臓物大展覧会

小林泰三

角川ホラー文庫
15635

臓物大展覧会　目次

プロローグ

あなたは、その町に間違えて来てしまったのだった。

ふだんなら、そんな間違いは絶対にしないのだが、地図が古すぎた上、バスの時刻表の文字が小さ過ぎたため、目的地と全く違う場所に到着したのだ。

終点だと言われて慌ててバスから降りて、時刻表を確認している間にバスは出てしまった。そして、そのバスが最終であることに気付いた。

さて、と呟《つぶや》き、あなたは地図を広げる。近くに他のバス停か駅がないかと思ったのだ。もう日が沈んでしまったので、夕焼けの光でなんとか読み取ろうとした。

どうも近くに駅はないようだった。しかも、この町は近くの町から隔絶しているようで、徒歩で隣の町に行くのに五、六時間かかってしまいそうだった。

夜中に山の中を歩くよりは、見知らぬ町で泊まった方がましだろう。

夕闇が迫る中、とぼとぼと見知らぬ町を歩き出す。

店という店はシャッターを閉めていた。道行く人もいない。

みんな家に戻って夕食でも食べているのだろうか？

そう思うと無性に腹が減ってきた。

とにかく食い物屋の一つも見つけないと、辛《つら》い夜を過ごす事になる。

あなたはきょろきょろと看板を探しながら、町をさ迷った。

ふと看板が目に留まった。

臓物大展覧会

なんだ、こりゃ？

最初、見間違いかと思ったが、確かに「臓物大展覧会」と書いてあった。おどろおどろしい青と黄色の原色をバックにして、赤い字がのたくっていた。わざとなのか、偶然なのか、文字を書いたときに飛び散ったと思《おぼ》しき飛沫《ひまつ》が血のように見えた。

誤字だろうか？　しかし、臓物と間違えるようなよく似た単語なんてあっただろうか？

動物？　植物？　ひょっとして「蔵物」なんて言葉があるのだろうか？

あるいは、本当に臓物なのかもしれない。

そう。寄生虫の博物館や解剖遺体を展示する催しもあるし、昔は衛生博覧会という名目で梅毒に冒された性器や猟奇殺人現場の写真を公開していたとも聞く。

ここにもそういったある種悪趣味な展示物があるのだろうか？

しかし、そんなものがこの県にあったのなら、一度くらい耳に入っていてもおかしくないのに、今日初めて知るというのはどうしたことだろう？　出来て日が経ってないのだろうか？

看板の掛かっている建物は到底新しいものとは思えなかった。看板がなかったら単なる廃墟《はいきょ》だと思って通り過ぎたかもしれない。窓という窓に材木が無造作に打ち付けられており、中は見えないようになっていた。

ああ。きっと、これは地方によくある秘宝館の類《たぐい》だな。

秘宝といっても、本物の宝物が展示してある訳ではない、大人の玩具《おもちゃ》や春画などのエロティックなものが並べてあるのだ。

おそらく幾ばくかの入場料を取られるのだろうが、到底それに見合った価値があるとは思えない。

あなたは臓物大展覧会の看板を通り過ぎようとした。

待てよ。どうせ今晩はこの町から出ることはない。そして、この町には映画館や漫画喫茶やゲームセンターといった娯楽施設もなさそうだ。だったら、暇つぶしに覗《のぞ》いていっても構わないんじゃないだろうか？　入場料はちょっと勿体《もったい》無いが、話の種が一つ増えると思えば、安いものだろう。

あなたは切符売り場らしい暗い窓口に近付いた。

しばらく待ったが、誰も出てこない。中は真っ暗で人がいるのか、どうかもわからない。

あの。すみません。

何か用ですか？　はらわたに響くような唸《うな》り声がした。

切符を買いたいのですが……。切符売り場はここでいいんですね。

闇の中からぬっと手が突き出た。皺《しわ》くちゃで骨ばっているが、白粉《おしろい》をぬったくって真っ白になっていた。爪は長く真紅だ。

大人一枚。掌《てのひら》に恐る恐る料金を置くとひったくるように闇の中に戻っていった。しばらくすると、また手が現れて切符を落としていった。

茶色に変色した小さな紙切れ。表面に何か書かれているようだが、インクが掠《かす》れている上に外は暗くなっているので、よく見えない。

あなたは仕方がないので、入り口へと進んだ。

煤《すす》けたドアを開ける。中は暗いが仄《ほの》かな明かりが点《とも》っており、目を凝らすと少しずつ中が見えてきた。

それはどう見ても廃校のようにしか見えなかった。黒板や教壇のある教室のような部屋に壊れて埃《ほこり》を被《かぶ》った机や椅子が無造作に積み上げられている。酸っぱい臭いが漂っている。

あなたはゆっくりと歩き出す。

ぎしぎしぎし。

後ろでばたんとドアが閉じた。

ぎしぎしぎし。

斜めになった机や椅子の上に何かが置いてあった。

全部で数百個はあるだろうか？

あなたは、そのうちの一つに顔を近づけて観察する。

それは肉の塊のようだった。半ば溶け掛かっており、絶え間なく粘液を机の上から床に向けて垂らしている。床にはどろりとした水溜《みずたま》りができており、徐々に広がりつつあった。

それはぐにょぐにょと細かく動いていた。さらに顔を近づけると蛆《うじ》のようなものが動いているのだった。試しに指で触れてみると、生温かい感触と共にずぶりと突き刺さり、汁が飛び散った。

あなたの顔にも腐汁の飛沫がかかった。凄《すさ》まじい悪臭が鼻と口から侵入してくる。

あなたは耐え切れなくなり、その場に嘔吐《おうと》した。

これはいったい何だ？

表の看板を見てなかったのか？　臓物に決まっているではないか。

机の山の中に誰かが座っていた。

暗いのでよく見えないが、服とも包帯とも見分けがつかないものを身に纏《まと》っていた。包帯だとしても新しいものではない。血が固まって茶色くなって、さらに黴《かび》が生えているような気がした。

ええと。展覧会の関係者の方ですか？

ああ。そうだよ。君と同じさ。

何か、勘違いをされているようですが、わたしは関係者ではありませんよ。単なる入場者です。

馬鹿なことを言ってはいけない。関係のないものがここに入れるものか。

しかし、わたしは本当に関係者ではないのです。

君がそう思っているだけだ。さあ、こちらに来なさい。

あの。実は床を汚してしまいました。

どこを汚したというんだ？

あなたはさっき嘔吐した場所を指し示そうと思った。しかし、この部屋の床は一面汚物だらけで、さっきの吐《と》瀉《しゃ》物がどれなのか皆目見当が付かなかった。

つまらないことを言わずに、こちらに来なさい。

あなたは一瞬躊躇《ちゅうちょ》したが、この不気味な人物に逆らうのは得策ではないと考え、言うとおりに近付いた。

それでいい。まずはその辺の椅子に腰掛けてはどうかね？

あなたは近くにあった椅子に座った。

尻《しり》の下で何かが瞑《つぶ》れて、液体がズボンと下着に広がる感触があった。

あなたは深呼吸をして、その感覚を無視することにした。

さて、君はどんな物語を持ってきたのか？

あの。さっきから何をおっしゃってるのか、全くわからないのですよ。

そうかね。それじゃあ、まだ無理なんだろう。じゃあ、まず臓物たちの話を聞いてみるかい？　そうすれば徐々に思い出すことだろう。

臓物たちの話？　何をおっしゃってるんですか？

君、臓物たちに記憶があることは知ってるだろうね。

初耳ですが。

体内の様々な臓物は神経系やホルモン系で脳からのコントロールを受けているのは知ってるだろ？

はあ。そのぐらいは知ってますが……。

脳は臓物のするべきことを逐一考えて指示していると思うかね？

当然そんなことはないでしょう。そんなことをしていたら脳は忙しくてオーバーヒートしてしまいます。

その通り、脳は必要最低限の命令だけを出し、後の細かい作業は臓物たちが自分たちの記憶に基づいて行うのだ。

失礼ですが、とても信じられない話です。それに仮に臓物たちが記憶を保持しているとしても、物語を語ることができるとは思えません。

物語といえども、特別な存在ではない。単なる情報だ。臓物はその細胞一つ一つに物語をホログラムのように畳み込んでいる。実際に体験してみれば、懐疑も消えることだろう？

ちょっと待ってください。実際に体験するとはどういうことですか？

あなたの質問には答えず、ずるずると部屋の中を這《は》いずるように歩き回り、九つの臓物を集めた。そして、あなたの目の前の机に並べた。

あるものは半ば溶け掛け、別のあるものは干からびていた。またあるものは細かく引き裂かれ、別のものはガラス瓶の中に押し込まれていた。ただし、保存液はホルマリンやアルコールの類ではなさそうで見事に発酵していた。

人間の臓物。人外の臓物。天然の臓物。人工の臓物。現実の臓物。仮想の臓物。肉の臓物。魂の臓物。過去の臓物。未来の臓物。臓物にも様々な種類があるのだ。

むっとする臓物の臭いが立ち上り鼻を突く。

さあ、臓物の話を聞いてみよ。

何も言いませんが？

耳を近付けて待っていても臓物はしゃべるはずがなかろう。

では、わたしはどうすればいいので？

臓物を取り込むのだ。細胞同士で情報交換すれば、物語は自《おの》ずと現れる。

つまり、どうしろと？

突然、凶暴な腕が現れ、あなたの頭を摑《つか》んだ。

あなたの頭はびくりとも動かせなくなった。

生臭く、酸っぱい途方もなく太い指があなたの口に押し込まれ、下顎《あご》を強引に押し下げた。

顎の関節が破壊される音が響いた。

あがあがあが。

閉じられない口の端から涎《よだれ》が糸を引いて落ちていく。

まずは最初の臓物だ。

焼け付くような味と脳味噌《みそ》をかき混ぜられるような臭い。

なあ。懐かしいだろう？

あなたは抗《あらが》い、臓物を吐き出そうとした。

だが、臓物を押し込む力は強く、喉《のど》の奥へと突き進む。

激しい咳《せき》の発作が起きた。

なんとか、舌で侵入を阻もうとするが、どうにもならない。
激しい吐き気に襲われ、再び嘔吐する。
しかし、吐瀉物は臓物にぶつかり喉へと戻る。
さらに激しい嘔吐。
行き場を失った吐瀉物は気管に入り込んだ。
肺が熱くなる。
息ができない。
光のない星が頭の中に瞬く。
咀嚼《そしゃく》しろ。
上下の顎がばちんと叩《たた》き付けられた。
臓物の端が千切れ、あなたの体内に入り込んでいった。
何もかもがおぼろげになり、そして、何もわからなくなった。

透明女

「もしもし。今川《いまがわ》さんのお宅ですか?」

誰かな?

「はい。そうですが」

「義子《よしこ》、久しぶり。康子《やすこ》よ」

「えっ?」

誰? 康子?

「北条《ほうじょう》康子。覚えてない」

誰だっけ? 聞いた事ある。北条、北条……。

政子。

それは歴史上の人物。

北条康子。そう知ってる名前だ。

北条康子、北条康子……。

「あっ。高校で一緒だった!」

「そうよ。思い出すのに、随分時間掛かったじゃない」

「だって、卒業してから、もう五年よ」

「それにしてもすっかり忘れることないじゃない」

「日々、覚えなくちゃならないことだらけで、古い記憶は押しやられていくのよ」

「酷《ひど》い。わたしの記憶は日々押しやられていく訳ね」

「いや。そういう訳じゃなくて」

わたしと康子って、こんな軽口を叩《たた》くような仲だっけ？　やばい。本当によく覚えてない。

まあ、調子合わせておくか。

「それで、今日は何か用？」

「ほら、ノブちゃんていたじゃない」

「ノブちゃん……」

「小田信美《おだのぶみ》よ」

「小田信美……」

「確かに影の薄い子だったけど、完璧《かんぺき》に忘却するのもどうかと思うわ」

「ああ。なんとなく、そんな名前の子がいたような気がする」

「ほんと？」

「ほんとよ。確か、三組の子よね」

「何、言ってるの？　わたしたちと同じ四組よ」

「えっ。そうだっけ。というか、わたしと康子、同じクラスだったんだ」

「班もいっしょだったじゃない」

「ええ？　そうだっけ。何学期の時？」

「二学期と三学期。ノブちゃんも同じ班だった」

「それは驚きだわ！」

「そんなことぐらいで、驚かないでよ」

「わたしの驚異の記憶力のなさに驚いたのよ」

「ああ。それには同意するわ」

「それで、ノブちゃんがどうしたの？」

「あなたの住所を教えて欲しいんだって。構わない？」

「ということは、康子、わたしの住所知ってるんだ」

「何、言ってるの？　毎年、年賀状やりとりしてるじゃない」

「う～ん。わたし、そういうことパソコンに任せてるから」

電話の向うから溜《た》め息が聞こえてきた。「それで、教えても構わない？」

「別にいいと思うけど……。あっ。ちょっと考えさせて」

いったいわたしに何の用かしら？

義子はもう一度信美の顔を思い出そうとした。髪の毛の長いぼんやりとしたイメージしか浮かばない。そもそものイメージが本当に信美なのかも自信がない。誰か他の子と間違えているのかも。

「変なマルチ商法とか、宗教の勧誘じゃないわよね」

「たぶんそうじゃないと思う。ただ、みんなと久しぶりに会いたいって言ってた」

「それって、同窓会ということ？　ノブちゃんが幹事するんだ」

「ううん。どうなのかな。そんなおおげさなもんじゃなくて、ただ何人かに会いたいって、感じだった」

「ひょっとすると、結婚するんじゃない？　結婚式に呼ぶ友達を探してるとか」

「結婚とか、そんな感じじゃなかったけど。だいたい結婚するなら、ちゃんとそう言うんじゃない？」

「ノブちゃんと会ったの？」

「ええと、会ったっていうのかな」

「どういうこと？」

「最初は電話があったのよ。突然、『小田です』って言われて、誰だかわからなかったわ」

「その気持ちわかるわ」

「あんたよりは早く気付いたわよ」

「たぶん目立たない子だったんじゃないかな。同じ班だったと言われて、ああ、そう言えばそうだったかなって。ところで、本当に同じ班だった?」

「ええ。それは間違いないと思う。卒業アルバム見ればわかるんじゃないかな?」

「そうだ! 卒業アルバムがあった。でも、卒業アルバムに住所とか載ってるんじゃない? どうして、信美わたしの住所を康子に聞いたりしたのかしら?」

「卒業アルバムには住所載ってないよ。個人情報だから」

「あら。そうだっけ?」

「アルバムとか、売るやついるからね」

「じゃあ、どうしてノブちゃんは康子の電話番号知ってたの?」

「連絡網のメモが残ってたんだって」

「で、わたしの住所が知りたいって言ったの?」

「義子だけじゃなくて、班員全員よ」

「班って、他に誰がいたっけ?」

「木下秀代、武田春子、長尾輝香」

「ああ。聞いた事ある」

「そりゃクラスメートだもん」

「あっ!」

「どうしたの？」

「今、突然フラッシュバックした。文化祭でみんなで喫茶店やったんだった」

「そうそう」

「顔もなんとなく思い出せた」

「よかったわ」

「でも、うちの班五人じゃなかった？」

「自分も数に入れてる？」

「もちろんよ。わたしと秀代がウエイトレスして、春子と輝香と康子が嫌がって、それで裏方に回るって言ったのよね」

「そうそう」

「ノブちゃん、何やってたっけ？」

「ウエイトレスでしょ。裏方じゃなかったわよ」

「絶対違う。ウエイトレスは二人しかいなかったって」

「でも、あんたの記憶力あてになるの？」

「まあ、そう言われると自信ないけど」

「で、昨日、ノブちゃんが訪ねてきたんだ」

「ノブちゃん、変わってた？」

「それがよくわからないのよ」

「わからないほど変わってたの？　整形したとか？」

「そういうんじゃなくて、顔を見なかったのよ」

「見なかったってどういうこと？　家に来たんでしょ？」

「来たけど、入らなかったの」

「入らなかった？　玄関先で話したってこと？　それにしたって、顔ぐらい見るでしょ」

「インターフォン越しに話しただけ」

「どうして入らなかったの？」

「夜、遅かったから……」

「遅いからこそ、入れてあげなくちゃいけないんじゃない？」

「いや。遅いから入らないって向うが言ったのよ」

「何時ぐらいに来たの？」

「三時ぐらい」

「夜中の三時に来たの？　それって、深夜っていうか、未明じゃない」

「そう。非常識よね」

「わたしだったら、誰か来ても出ないわ」

「そうよね。モニターに女が映ってたって、男がカメラの死角にいるかもしれないし、怖いわよね。だから、ノブちゃんも気を遣って開けなくていいって言ってくれたんじゃないかと思う。わたしも何回か開けるって言ったんだけど、結局ノブちゃんの言葉に甘えてインターフォンで話をすることにしたの」

「あんたのとこのインターフォン、モニター付いてるの?」

「ええ。便利よ」

「だったら、顔見えてたんじゃない?」

「ところが、なんだかノブちゃん、マイクと間違えたのか、カメラに思いっきり顔を近付けて喋《しゃべ》ったものだから、照明がうまく当たらなくて顔が真っ黒になっちゃったのよ。まあ、髪が長いのは、昔のままだったかしら」

「声は?」

「声? どうだったかしら。よく覚えてないわ」

「それって、高校の頃のノブちゃんの声を覚えてないってこと? それとも、昨日聞いた声を覚えてないってこと?」

「そういう義子はノブちゃんの声覚えてるの?」

「顔も覚えてないのに、声まで覚えてる訳ないじゃない」

「わたしも一緒、声まではわからないわ。ただ、昨日聞いた声は覚えている。なんだか、落ち着いた感じというか、しっとりとした感じだった。自信に満ちた感じというか」

「ノブちゃんにそんなイメージないけどな」

「どんなイメージならあるの?」

「ううん。あんまりない。どっちかというと、消え入りそうな微《かす》かなイメージかな」

「それって、単に義子が覚えてないってだけなんじゃ?」

「そうとも言う」

「とにかく、みんなの連絡先を教えて欲しいって言うのよ。それで、まあ問題ないと思うけど、一応みんなに聞いてから、教えるって答えたの」

「夜中に訪ねてきた人に、そんなそっけない返事したの?」

「だって、それ以外、答えようある? て言うか、午前三時に住所録探す気力あると思う?」

「まあ確かにそうかもね。非常識なのは向うだし。それで、ノブちゃんは?」

「ちょっとがっかりした感じだった。すぐに教えてもらえると思ってたみたいで。でも、明日の晩また来るから、その時には絶対に教えてねって」

「で、みんなに会いたい訳は何だって?」

「それがよくわからないのよ。みんなにお礼がしたい。報いたいとか」

「報いたい? 報いたいって言ったの?」

「何か、そんな感じのことを言ったわ」

「わたしたちって、ノブちゃんに何かした？」

「どうだったかな。何かしてあげたんじゃない？　こっちにとってはちょっとしたことでも、向うはとてもありがたかったってこと、よくあるじゃない」

「よくあるかな？」

「とりあえず、ノブちゃんに義子の住所教えておくから、近々連絡があると思うんでよろしく」

「了解。楽しみにしておくわ」


あれ。電気、消えちゃった。停電かな？

「今日はみんなの住所、教えてくれるよね？」

「わっ！　びっくりした。ノブちゃん？」

「ええ。そうよ」

「ど、どうやって入ってきたの？」

「普通によ」

「玄関から？　わたし、鍵《かぎ》閉めてなかったかしら？」

「みんなの住所は？」

「チャイムを鳴らしてくれたらよかったのに。ああ。ひょっとして停電で鳴らなかった？」

「住所は？」

「ちょっと待ってよ。そんなに慌てなくてもいいでしょ。停電で何も見えないのよ」

「どこにあるの？」

「テーブルの上、さっきプリントアウトしておいたんだけど」

「これね。ありがとう」

「あら、ノブちゃん、見えるの？　どうしたの？　急に笑い出したりして。わたし何かおかしいこと言った？」

「気にしないで。ちょっと面白かっただけだから。あなたに見えないものがわたしには見えるのよ」

「どういうこと？」

「あなたには見えないんでしょ、わたしが」

「見えないわ。あなたにはわたしが見えるの？」

「ええ。どうしてだかわかる？」

「目がいいから？　何ていうの？　鳥目の反対みたいなもの？」

「ここにAさんとBさんがいます」

「何？　クイズ？」

「Aさんには B さんが見えます。でも、Bさんには A さんが見えません。どうしてでしょう?」

「考えて」

「それって、謎々? そういうの苦手なのよ」

「ええと。Aさんは遠くから双眼鏡でBさんを見ているから」

「それも答えの一つね。でも、AさんとBさんはすぐ近くにいるのよ」

「Bさんは目が悪いから」

「残念。惜しいわ。でも、Bさんは目が悪くないのよ」

「全然わからないわ。ヒントはないの?」

「ヒントはね……そう。わたしよ」

「ノブちゃん?」

「わたしの渾名《あだな》は何だったでしょう?」

「ノブちゃんの渾名? 何だったかな?」

「思い出して」

「そう。確か。なんとか女って」

「そうよ」

「でも、ノブちゃん、自分の渾名嫌いじゃなかった?」

「あの時は嫌いだった。でも、今ではそうでもないのよ」

「あら。そうなの？　何だったかしら？　色白女だったかしら」

「透明よ」

「え？」

「白よりもっと薄いの。透明女」

「そうだっけ？」

「わたしは透明女」

「なんだか厭《いや》な感じの渾名だわ」

「わたしが見えないのは透明だから」

「それどういう意味？」

「そのままの意味よ」

「透明人間とかそういうこと？」

「そうよ」

「それどういう意味？」

「だから、そのままの意味よ」

「だって、意味があるはずでしょ」

「何を言ってるの？」

「つまり、透明ってどういうことよ？　純粋とかいうこと？」

「透明は透明。それだけのことよ」

「だって、まさか本当に透明人間だって言うわけじゃないでしょ」

「本当に透明人間なのよ」

「それって、何かの比喩《ひゆ》なのよね」

「比喩ではないわ。わたしは透明女なの。それ以上でも以下でもない」

「透明だからわたしからノブちゃんが見えないってこと？」

「その通り。わかってるじゃない」

「でも、ノブちゃんはわたしが見えるんでしょ？」

「ええ。康子は透明じゃないから。今はまだ」

「『今はまだ』ってどういうこと？　わたしも透明女になるって？」

「ええ。康子も透明女になれるのよ」

「別にならなくてもいいけど」

「何を言ってるの！　透明は素晴らしいのよ！」

「ああ。わかった。わかった。透明は素晴らしいわ」

「康子、わたしの言うこと信じてないんだ」

「だって、理屈に合わないじゃない」

「理屈には合ってるの。わたしは自分の作り出した理論で透明になったのだもの」

「それは凄《すご》い理論ね」

「透明であることはどういうことかを研究して辿《たど》りついたのよ」

「透明って、どういうことなの？」

「目に見えないってことよ」

「いや。それってそのままだから」

「そのままでいいのよ。わたしの理論は難しくない。とてもシンプルだから、どこにも不明な点はないの。誰でも簡単に理解できて、透明人間になれる完璧《かんぺき》な理論なのよ」

「いったいどういう理論なのよ?!」

「ウロボロス理論よ。わたしは『秘術』と呼んでいるけど」

「何、それ？」

「見えないということは存在しないこと。つまり、存在しないものは見えない」

「存在しなくなるってどういうこと？」

「もちろん、本当に存在しなくなるわけじゃない。存在は続けるのだけれど、この宇宙には存在しなくなるということ。この宇宙には存在しなくなるので、目には見えない。だから、透明になったということになるの」

「もうなんかね、頭が混乱するというか」

「心配しなくてもいいわ。あなたはこの方法で透明にならなくてもいいから。この理論は実践するのはとても大変だから」

「安心したわ。で、わたしはどの薬を飲めばいいのかしら？」

「薬ではないのよ。そんな怪しげなものではなく、誰でも話を聞けば納得できる方法よ」

「何か呪文《じゅもん》でも唱えるの？」

「だから、そんな非科学的なことではないのよ」

「降参よ。教えて頂戴《ちょうだい》」

「簡単なこと。取り替えればいいのよ」

「何を取り替えるの？」

「パーツよ」

「パーツって何？　部品のこと？」

「そうよ。部品。あなたの部品は透明じゃない。ああ。一部の例外はあるわね。水晶体やガラス体」

「それって、目の中の組織のこと？」

「そうよ。目の中が透明じゃないと、何も見えないもの」

「そりゃそうよね」

「だから、人間はすでに部分的には透明人間なのよ」

「でも、目だけでしょ」

「他の部分も透明であってもいいのよ」

「そりゃ、いいでしょうけど、現に透明でないんだから、仕方がないわ」

「だから、交換すればいいのよ」

「交換って、つまり、透明な部品と交換するってこと？」

「ほら、簡単にわかったじゃない」

「わかったも何もそんなのナンセンスだわ」

「どうして、そんな決め付けができるの？」

「だって、無理に決まってるじゃん」

「試したことはあるの？」

「まさか、そんなことする訳ないじゃない」

「ほら。できないって決め付けてる」

「だったら、ノブちゃんは試したっていうの？」

「もちろんよ」

「もちろんって……あの、それ冗談よね」

「わたし、冗談は嫌いなの。だけどね、厳密に言うとわたしが試したのは今の方法じゃないんだけどね。わたしがやったのはウロボロスの秘術で……」

「あ、あの、もう帰ってくれる。なんだか、その、怖いから……」

「怖がる必要はないのよ。わたしがちゃんとやってあげる」

「えっ？　何をする気なの？」

「だから、透明女にしてあげるのよ」

「えっ？　いやっ？　なんで、そんなことを」

「あなた、覚えてないの？」

「何を？」

「学生の頃、あなたがわたしにしてくれたことよ」

「それ、前にも言ってたけど、わたし、何かノブちゃんにしたかしら？」

「ええ。たっぷりとね。だからね、今度はわたしが康子にお返しをするの」

「あ、あの、気持ちは嬉《うれ》しいんだけど、その、気持ちだけで嬉しいから、もう充分だから。ね。だから、もう帰って……」

「それでは、わたしの気が済まないわ。わたしが透明女になったのだから、あなたも透明女にしてあげる」

「いいえ。もう本当にいいから。そんな気遣いは無用……うっ！」

「どうしたの？　怖がらなくてもいいのよ」

「な、何これ？　痛。痛たたたたた」

「痛い?」

「痛い。痛い。痛い。止めて。止めて」

「いいえ。止めない。ちょっと我慢すればすぐ済むわ」

「本当に止めて。何かの冗談なの?」

「わたし、冗談は嫌い。本気よ」

「マジで止めて。何これ?」

「包丁よ」

「痛い。痛い。止めて! ちょっと。怪我したわ」

「怪我なんか気にしないで」

「血が出てる。血が出てる。これわたしの血よね。ちょっと何してるの?! 助けて! 助けて!」

「ええ。今から助けてあげるわ」

「向こうへいって!」

「あら。逃げるの?」

「きゃっ!」

「見えないのに、走るからこんなことになるのよ」

「止めて。助けて。止めて……。ぐふっ!」

「床に倒れてくれて助かったわ。体重が掛けられるので、奥まで突けるから」

「刺さった。……刺さった」

「そうよ」

「おなか……痛い。痛い」

「痛みはすぐに終わるわ」

「救急車……呼んで……」

「まさか。せっかく透明女になれるのに、そんなこと、しやしないわ」

「げぼ。げぼ……吐いた……息が……」

「心配しないで。ゲロじゃなくて血だから、そんなに汚くないわ」

「止めて。止めて」

「いいえ。止めないわ」

「ごめんなさい。ごめんなさい」

「なぜ謝るの？　変だわ」

「助けて。助けて。……死にたくない」

「大丈夫。助けてあげるわ」

「ぎゃあああ!!」

「痛い？　おなかの肉を抉《えぐ》り取るところだから、ちょっと我慢してね」

「うわぁぁぁぁぁぁ!!」

「暴れないで。余計痛いわよ」

「ひぃぃぃぃぃぃ!!」

「とれたわ」

「死ぬ……死ぬ」

「ほら見て。あなたの肉よ」

「た……す……け……」

「あら。ごめんなさい。見えなかったわね」

「電話……。警察……」

「何を言ってるの?　もう少しで透明女になれるっていうのに」

「ぎゃあああ!」

「暴れないで。どうして、わたしの顔を引っかくのよ?」

「いやよ。……いやいや」

「せーの!」

「ごぼごぼ」

「ごめんなさい。肋骨《ろっこつ》に当たっちゃったみたい」

「う～ん」

「よいしょ」

「ぐぐぐ」

「おかしいわ。白目なんか剝《む》いて」

「血が……わたしの血が……」

「血なんか気にしないで、透明じゃないから要らないのよ。そうそう。目もちゃんとしなくちゃね」

「いやあぁぁぁぁ！　目を……とらないで」

「いやねぇ。とったりしないわ。ちゃんと戻しておくわよ」

「ごめんなさい。ごめんなさい」

「あなたは謝る必要はないのよ」

「顔は止めて。綺麗《きれい》な顔のまま死にたい……」

「何言ってるの？　顔が透明じゃなかったら、体が透明になっても仕方がないじゃない」

「ひぃぃぃぃぃぃぃぃぃぃ!!」

「あら。綺麗な脂肪ね」

「ぼぐぐぐぐぐぇぇぇぇぇ!!」

「暴れないの。静かにして」

「あぅぇぇぇぉぉぉっっヶッッャョュ」

「そう。じっと静かにしていてね。すぐ済むから」

「ケケケケケケケケケケケケケケケケケケケケケケケ」

「そう。何かおかしいのね」

「血ぃぃぃぃぃぃぃ！　血ぃぃぃぃぃぃぃぃ！」

「しっ」

「コッ」

誰かしら、朝っぱらから？

玄関のドアを開けると、背の低い中年の男と若い男が立っていた。

「今川義子さんでしょうか？」

「あ。はい。そうですが」

「我々はこういうものです」

二人は警察手帳を見せた。

「えっ。何かあったんですか？」

「はい。大変な事件がありました」若い刑事が言った。「ええと。警部、言っちゃっても
いいんでしょうか？」

「言わんと話にならんだろうが」

「今川さん」刑事が言った。「深呼吸してください」

何だか厭《いや》な予感がする。

「そんなこと言ったら、余計に不安になるじゃないか」警部が言った。

「でも、突然言って、失神したりしたら、大変ですから」刑事は手帳を取り出した。「深呼吸をしながら、答えてください。あなたと北条康子さんとのご関係は？」

「康子に何かあったんですか？」

胸にずしりと重いものを感じた。

「ただのお友達ですか？　それとも、親友ですか？」

「同級生です。親友という程の関係ではありませんが……」

「ああ。よかった」刑事は胸を撫《な》で下ろした。

「いや。全然よくないぞ」警部が窘《たしな》めた。「そんなことは事件の重大性となんの関係もない」

「でも、親友とただの知り合いでは、ショックは全然違うでしょ」

「康子に何かあったんですね！」

「あっ。深呼吸、続けてください」

「深呼吸は充分です。何があったか教えてください。事件に巻き込まれたんですね」

「おそらくそうだと思います」刑事が言った。

「まだ、断定してはいかんぞ。事故の可能性もある」

「どんな事故が起きたら、あんな状態になるんですか?」

「康子は無事なんですか?!」

「まさか」刑事が言った。「無事じゃないですよ」

義子はへなへなとその場に座り込んだ。

「ほら。深呼吸をしないから」

「深呼吸したからって、どうにもならんだろ」警部が呆《あき》れて言った。

「でも、命に別条はないんですよね」義子は縋《すが》る様に言った。

「まず深呼吸してください」刑事が言った。

「もう言わないでいいです」義子は顔を手で覆った。「わかりました。死んだんですね」

「どこでそのことをお知りになったんですか?」刑事は手帳を取り出した。

「推測したに決まっとるだろ」警部が言った。

「何を材料に推測したんですか?」

「おまえの言動だ」

「もう帰っていただいていいですか?」義子は顔を伏せたまま言った。

「申し訳ないが、そういう訳にはいかんのですよ」警部は眉《まゆ》に皺《しわ》を寄せた。「あなたは彼女の死の直前に電話で話をしたのです」

「わたしが？」義子は顔を上げた。「わたしが康子と最後に話をしたんですか？」

「そうとは限りませんよ」刑事が言った。「彼女が最後に話をした相手は犯人である可能性はかなり高いと思います」

「こいつは誤解を招くような言い方をしてますが、つまり我々が知っている中では、あなたが最後だということですな。電話の通話記録を調べてわかったのですが」

「電話の通話記録……。わたしの他には誰に電話していました？」

「それはお教えする訳にはいきません」警部が言った。「なにしろ殺人事件の捜査ですから」

「わたし、疑われているんでしょうか？　でも、康子と電話していたということは立派なアリバイじゃないんですか？」

「そんなのは全然アリバイになりませんよ」刑事が言った。「あなたが犯人だとして、北条康子の家からここに電話をすれば済む話です」

「おまえは黙っていろ」警部が窘める。「安心してください。アリバイなどなくても、我々があなたを疑う理由は何一つないのですから」

「『何一つない』ってのは言い過ぎじゃないですか？　これから何か出てくるかもしれないんだし」

「この男の言うことは無視してください」

「我々がお聞きしたいのは、彼女が電話をしてきた理由です。何を話されましたか？」

「何って……」

ノブちゃんのことを言うべきかしら？　でも、ノブちゃんのことを言ったら、彼女が疑われちゃうんじゃないかな？　でも、警察には正直に何でも話した方がいいか？　実際、彼女が犯人かもしれない訳だし。でも、もし違ってたら？　わたしの証言が原因で冤罪《えんざい》になったら？　ああ。もうわかんない。とりあえず、ノブちゃんのことは黙っとこ。

「ええと。確か同窓会についてです」

「同窓会？」

「ええ。友達の誰かがみんなに会いたいっていうから、同窓会を開こうかって」

「友達の誰かって？」

「それはよく覚えてないです。ひょっとしたら、名前を聞いたかもしれないですが」

ああ。うまく言えたわ。これだと嘘を吐いたことにならない。ど忘れって誰にもあるもの。

「何とか思い出せませんか？」

「う〜ん。無理みたいです」

「そうですか」警部は宙を睨《にら》んだ。何かを考えているようだ。「もう一つだけ。北条康子の遺体の状況についてなのですが……」

「あっ。警部、それ言っていいんですか？」

「何でいかんのだ？」

「だって、犯人しか知りえない情報でしょ」

「ああ。確かにそうだな。ええと、今川さん」

「はい」

「今からわたしが言うことは犯人しか知りえない情報です。だから、他言無用です」

「はい」

「これでいいだろ」

「いや。この人が犯人だったら、意味なくなっちゃうじゃないですか」

「意味なくなるって？」

「つまり、犯人しか知りえないことを知ってたら、犯人だと目星が付くじゃないですか」

「そりゃそうだ」

「でも、この人にその情報を教えたら、この人がその情報を知っていても不思議ではないことになります」

「そりゃそうだ」

「だったら、教えちゃだめじゃないですか」

「おまえはこの人が犯人だと思うのか？」

刑事は首を振った。「そう思う理由はないです」

「なら、問題はない訳だ」

「だめですよ」

「だって、この人は犯人じゃないって思うんだろ」

「犯人じゃないって思ってるんじゃなくて、犯人だと思う理由がないだけです」

「どう違うんだ？」

「全然、違います。これから犯人だと思う理由が出てくるかもしれないじゃないですか」

「仮定の話をしていても埒《らち》があかん」警部は刑事との会話を打ち切った。「今川さん、北条康子さんの遺体は極めて異常な状態でした」

義子は顔を顰《しか》めた。「ばらばらになっていたんですか？」

「まあ、少しはばらけてましたが、問題はそこではありません。……ええと。深呼吸しますか？」

「大丈夫です。続けてください」

「遺体の一部は切り取られていました。現場の状況と検視結果によると、その時、被害者はまだ生きていました」

「その時って？」義子は震えながら、訊《き》いた。

「一部を切り取られた時です」刑事が言った。

「一部ってどこなんですか？　ひょっとして首とか？」

「首というか、顔ですね」刑事は手帳のページを捲《めく》った。「顔の皮膚と脂肪、それから筋肉の一部、鼻と耳は完全に切り取られていました。後は手の指と乳房、それから肋骨《ろっこつ》が少し削られていました。心臓と肝臓はごっそり、なぜか胃と腸は切り裂かれているだけで、そのままでしたね。腎臓《じんぞう》は左側だけ、子宮と卵巣は遺体と繋《つな》がってはいましたが、殆《ほとん》ど床の上に露出していました。それから、下腹部ですが……」

「遺体の様子をこと細かくメモされているんですね」義子は吐き気を堪《こら》えながら言った。

「いいえ。単に現場写真を見ながら喋《しゃべ》ってるだけですよ」刑事は手帳に挟んであった写真を取り出した。「ご覧になります？」

義子は目を逸《そ》らした。胃がごぼごぼと不快な音をたてた。「それが生きている間に行われたのですか？」

「まさか。心臓がなくなった後はもう死んだと思いますよ」

「遺体の異常さはわかりました。それで何がおっしゃりたいんですか？」

「いいえ。ここまではいたってありふれていますよ」警部が言った。「異常なのは、ここからです。切除されていた遺体に別のものが押し込まれていたのです」

「別のもの？　凶器が残されていたということですか？」

「中には凶器もあったのかもしれませんが、大部分は違うでしょうな。押し込まれていたのは、ガラスのコップ、ペットボトル、セロハンテープ、眼鏡レンズ、窓ガラスの破片、ビニール管、ポリ袋、料理用のラップ……」

「ちょっと待ってください。何の話ですか？」

「だから、遺体に突っ込まれてたものです」

「どんな感じで？」義子が尋ねた。

「写真見ます？」刑事が言った。

「ちょうど切り取られた様々な器官、臓器の跡を埋めるような形です。皮膚を剝《は》いだ部分にはラップが巻きつけてありましたし、内臓の部分にはコップやペットボトルが挿入されていました。血管を切り取って、チューブで繫いでいる部分もありました」警部が言った。

「ちょっと、変わったところもありましたよ。眼球は一度取り出して、外側の組織を剝《む》いでガラス体を剝き出しにしてから、もう一度眼窩《がんか》に戻してありました。瞑《つぶ》れて原型は保ってなかったですが。それから鼻を切り取った穴の奥から骨を割って、脳髄を引き摺《ず》り出して、代わりにゼリーを流し込んでますね」

「ゼリー？」

「子供がよくおやつで食べるやつです。それから切り取られた指の跡にはボールペンが刺さっていました。中のインクが確認できるタイプの。それも完全な形ではなく、中のインクと先端のペンの部分はなかったんです」

「なんで、そんなことを？」

「それは我々も知りたいところなんです。何か心当たりはありませんか？」

義子は首を振った。「ありません。そんなこと、聞いたこともありません」

「何か気付いたことはありませんか？」警部がさらに尋ねる。

「今、心当たりはないと……」

「そうではなく、我々の話を聞いて気付いたことはないかということです」

「とおっしゃられても……」

「共通点です。遺体に挿入されていたものの共通点」

「わかりません。日用品ということですか？　さほど高価なものはなかったと思いますが」

「透明だったのですよ」

「えっ？」

「使われていた物品はすべて透明な素材で出来ていたのです」

「義子」かすかな息だけで囁《ささや》く声が聞こえた。

えっ？　誰？

「わたしよ。信美」やはりかすかな吐息のような声。

ノブちゃん、何？　どうしたの？

「ふふふふ。驚いた？」

驚いたわ。どうやって入ってきたの？

「わたしはどこにでも潜り込めるの。だって、……なんですもの」

えっ？　今、何て言ったの？

「ふふふふ」

今、何時？

「かなり遅いわ」

時計が見えないわ。電気つけなくちゃ。

「そんな必要はないわ」

あら、やだ。

「どうしたの？」

体が動かない。

「あら。そうなの」

何かしら、これ？

「さあ。何かしら？」

ひょっとして、金縛り？

「そうね。金縛りかもしれないわね」首筋に息を感じた。

あれ？　わたし、声出てる？

「そうね。出てるかもしれないし、出てないかもしれない」

冗談でしょ。声が出てないなら、聞こえないはずだもの。

「どうして、そう思うの？」

ちょっと、気味の悪いこと言わないで。

「わたし、気味が悪い？」信美の声のトーンが変わった。

気に障ったなら、ごめんなさい。でも、なんだか、ノブちゃん、心が読めるみたいなことを言うんだもの。

「義子、わたしが心を読めると思ったのね」

ええ。ちょっとだけね。単に錯覚だけど。

「面白いわ」

面白いって、わたしがノブちゃんに心を読まれてると思ったこと？

「いいえ。それを錯覚だと思ったことよ」

今日はいったい何の用？

「用がなくちゃ、来ちゃいけないの？」また声のトーンが変わった。

そういう訳じゃないけど、普通じゃないでしょ。

「普通じゃないって？」

だって、何の用もなく、夜中に勝手に家に入ってくるなんて。

「ああ。そうね。それはしちゃいけないことなのね」

怒ってる訳じゃないのよ。ただ、ちょっとびっくりして。

「あのね。義子、わたしのこと覚えている？」

えっ？　も、もちろん覚えてるわよ。

「しちゃいけないことってあるのよね」信美はベッドの上にまで上がってきたようだった。シーツを介しても肌の湿り気を感じる。「わたしは自分にされた仕打ちを忘れない」

しちゃいけないことをされたって言ってるの？

「そうよ。ちゃんと覚えてるでしょ、あなたは」

えっ？　なんのこと、あの、そんな覚えは……。

「覚えてない？　まあ、面白い冗談よね！」信美の語気はやや強くなった。「でも、今ではわたしもそんな冗談を受け流せるぐらいには強くなったのよ」ふたたび、元の囁きに戻る。

あの。来てくれたのは本当に嬉《うれ》しいんだけど、今夜中だし、動けないし、わたし、ちゃんとおもてなし出来ないから……。

「あら。そんなこと気にしなくてもいいのよ。ふふふ。でも、今日のところは帰ることにするわ。楽しみは残しておいた方がいいから。本当は義子のところは最後に来るはずだったのよ。でも、今日住所がわかったので、つい来てしまったの」

楽しみは残しておいた方がいい？　どういうこと？

「それはあなたが一番よく知っている」殆《ほとん》ど顔にくっつきそうな距離に吐息を感じた。

「いいわね。今度会う時までにちゃんと思い出しておいて」

電話が鳴った。

気が付くと、義子はベッドの上に半身を起こしていた。室内の照明は煌々《こうこう》と輝き、全身汗みずくだった。

しばらく呆然《ぼうぜん》としている間に、電話が鳴り止み、数十秒後再び鳴り始めた。

義子は震えながら、這《は》うように電話の元に移動し、受話器をとった。

「もしもし……」

緊張が走る。

「ああ。よかった。家にいたのね。わたしよ。秀代。木下秀代」

全身から力が抜けた。

「ああ。秀代、久しぶり。どうしたのこんな時間に？」

「こんな時間って、もう九時前よ」

義子は時計を見た。

すっかり寝過ごしてしまった。勤め先に電話をしなくては。

ああ。気が重い。電話をしたら、課長と話さなくてはならない。

「ごめんなさい。ちょっと変な夢を見て、混乱したみたい」

「無理もないわ。わたしも夜は眠れないし、食事も喉《のど》を通らないもの」

一瞬、何の話をしているのか、わからなかった。

どうかしてる。秀代は康子の話をしているに決まってるわ。

そうか。康子のことがあったから、あんな夢を。

「あなたのところにも警察が行ったの？」義子は自分から切り出した。

「えっ?! 警察来たの？ うちには来てないわ」

「じゃあ、どうして知ってるの？」

「ニュースで見たの。康子が殺されたって。警察は事件と事故のそれぞれの可能性を探ってるって」

「事故の線はまずないと思うけど」

「えっ？ じゃあ、何が起こったのか、義子は知ってるのね」

「知ってるというか、まあ聞いた話だけど」

「いったい何がどうなってるの？ ニュースでは変死だとしか言ってないし」

「それが物凄《ものすご》いことに……」

あっ。待って。話しちゃっていいのかな？

確か、遺体の状況は犯人しか知りえない情報だから、あまりみんなに知らせない方がいいって言ってたんだった。

「全身、何箇所か刺し傷があったみたい」義子はぼかして言った。

秀代の息を呑《の》む声が聞こえた。

「だからたぶん他殺だと思う」

「でも、例えば自殺しようとして、躊躇《ためら》い傷を付けたのかもしれない」

「そんな感じではなかったみたい。わたしも聞いただけなので、はっきりとは断言できないけど」

「最近、康子から電話あったよね」

「ええ。住所を教えてもいいかって電話があったけど」

「わたしのとこにもあったのよ」秀代はやや興奮気味に言った。「ねえ。ノブちゃんのこと、覚えてる？」

「ええ。ノブちゃんがみんなの連絡先を教えてって言ったらしいわね」

「だから、ノブちゃんのこと、どのぐらい覚えてる？」

「どのくらいって……。その……髪が長い子よ」

「髪型って、何度か変えてなかった？」

「そうだったかな？　とにかく髪が長いって印象が……」

「今、卒業アルバム持ってる？」

「卒業アルバムがどうかしたの？」

「ノブちゃんの顔、見てみて」

ああ。なるほど。写真を見れば思い出せるわ。なぜ、そんなことに気が付かなかったんだろう？

「ちょっと待ってね。確か簞笥《たんす》のどこかに……あっ。あったわ」

「見てみて」

「ええと。わたしたちのクラスの写真は……あれ？」

「個人の写真の中にないでしょ」

集合写真の下に各個人の写真が並んでいるが、その中に信美のものがなかったのだ。

「どういうこと？」

「何かの手違いだと思う。それとも、わたしたちの記憶違い？　実はノブちゃんは別のクラスだったとか？」

「集合写真の方は？」

「たぶん、入ってると思う。後ろから二列目の右から五人目」

「えっ？　これ、ノブちゃん」

「消去法でいくと、それ以外ありえないの」

「消去法？」義子は聞きなれない言葉に戸惑った。

「ええと。個人写真の人物を一人ずつ集合写真から消していくと、一人だけ残るの」

「じゃあ、これがノブちゃんに違いないわ。別のクラスの子が集合写真に紛れ込むなんて考えられないし」

「ノブちゃんの姿を見てどう思う？」

「どう思うって？」

義子は信美の写真を改めて見た。全体的に印刷の具合が悪かったが、なぜか特に信美の周囲だけ、微妙に印刷ずれがあったようで、顔の表情はよくわからなかった。髪の毛はぼんやりとしているが、やはり結構長いように見える。

「なんだかピンボケではっきりしないわね」義子は感想を言った。

「どうして、卒業アルバムの写真にそんなのを選んだのかしら？」

「なぜって、これしかなかったからじゃない？　何枚か撮ったけど、まともなのが一枚もなくて、仕方なく一番ましなやつを修正して、載せたとか？」

「クラスのページ以外にも何枚かノブちゃんらしい姿が映ってるんだけど、どれも遠くにぽつんと写っていたり、ぼけていたり、後ろを向いていたりして、はっきりしないの」

「単に写真運がめちゃくちゃ悪いんじゃないの？」

「写真運？　何、それ？」

「写真に関する運よ。単に写真写りが悪いってだけじゃなくて、写真を撮る瞬間、ふざけている訳でもないのに必ず目を瞑《つぶ》ってたり、変な顔をしてる人っているじゃない」

「いるかな？」

「いるいる。あと、こんなのもあるわ。パーティーの時にカメラ担当が全員平等に撮っているつもりなのに、一人だけ全然写らないとか。本人は写る気まんまんなのに」

「その人がファインダーに入るとシャッターを押す気がなくなるってこと？」

「カメラマンには全然自覚がないんだけどね」

「まあ、ノブちゃんに写真運がなかったとしましょう。それで、義子、ノブちゃんの顔以外に覚えていることある？」

「ええと。そうよ。文化祭で一緒に喫茶店やったわよね。わたしと秀代がウエイトレスで、残りの四人が裏方やってたでしょ」

「それはわたしもぼんやり覚えている。わたしたち二人がウエイトレスだったのは間違いないと思うけど、ノブちゃん、裏方だっけ？」

「だって、ウエイトレスだったら、わたしたち覚えているはずでしょ？」

「本当に？」

「一緒にウエイトレスやってたら、いくらなんでも覚えてるでしょ」

「でも、ウエイトレスが二人って少な過ぎない？」

「少な過ぎるもなにも、二人しかいないんだから仕方がな……」

ふと、部屋の隅の暗がりに立つ髪の長いウエイトレスのイメージが浮かんだ。

「あれ？」

「どうしたの、義子？」

「ひょっとしたら、いたかも。でも、なんだかはっきりしないのよね」

「わたしもなの。なんだかもやもやする感じ。ノブちゃんのことを思い出そうとすると、なんとなく頭の中に霞《かすみ》が掛かったような気がするのよ」

「ひょっとしたら……」義子は言い淀《よど》んだ。

「どうしたの？」秀代が尋ねる。

「何でもないわ」

「わたしが代わりに言いましょうか？『ノブちゃんって本当にいたのかしら？』でしょ」

「むむ。秀代もそう思う？」

「そうじゃないかと疑った。何かの勘違いでそんな子がいたと思い込んでいるだけじゃないかって。でも、そうだとすると、不自然なのよね。写真に誰かが写っていることは確かなんだし、わたしと義子と康子の三人共が覚えていることが説明できなくなる」

「暗示に掛かったんじゃないかしら？　康子がさも本当にノブちゃんて子がいたように言

ったものだから、本当にいるって思い込んだとか」

「電話でそこまでのことができるなら、超一流の催眠術師になれるわ」

「康子って本当は催眠術師だったんじゃないかしら？　あっ。実は死んでないけど、催眠術で死んだことにしたとか」

「催眠術師云々《うんぬん》は冗談よ。催眠術師だって、電話越しには催眠術は掛けられないわ」

「そう。それに写真もあるしね」義子は無意識に写真の信美の顔を指で擦《こす》った。

一瞬、信美がにやりと笑った。

「ひっ！」

「どうしたの？」

「いや。今、ノブちゃんの表情が見えたような気がしたの」

「ずっと、同じ写真を見ているとそんなことになることがあるわ」秀代はさほど気にしていないようだった。「そんなことより、ノブちゃんについて他に覚えてることはない？」

「他にって言われても……」

教室の隅で泣いている女学生。

「ノブちゃん、泣いてた」義子はぽつりと言った。

「なんで泣いてたのかな？」

「たぶん」義子は必死に思い出そうとした。「苛《いじ》められてたから」

「そうなの？」

「わからない。でも、今そんな気がした」

「誰に苛められてたの？」

ぼんやりとした信美の周りにぼんやりとした人影が集まっている。

何人いるのかもわからない。どこまでが一人なのかもわからないような朧《おぼろ》げな影。

信美を取り囲み、わいわいと騒ぎ、げらげらと笑っている。

ふと。一人の顔が鮮明になる。

「えっ？」

「どうしたの？」秀代が尋ねた。

わたし？

「ううん。なんでもない」義子はとっさに答えた。

「ノブちゃんは誰に苛められてたの？」

「わからない。本当に苛めがあったのかもはっきりしないし」

「まさか、康子が苛めてたってことはないわよね」

「それ、どういうこと？」

「単なる推測だけど、苛められた仕返しってことはないかしら？」

「仕返しって何のこと？」

「ノブちゃんが苛めの仕返しをしたのかもしれない」

「ちょっと、まさか……」

「でも、それだと辻褄《つじつま》が合うの」

「だって、康子は全然そんな雰囲気じゃなかったわ。ノブちゃんのことも平気で話していたし」

「康子もノブちゃんのこと、あまり覚えてなかったんじゃない？」

「うん。そんな感じだった。もし苛めてたなら、覚えてるはずでしょ」

「逆よ。苛められた方は決して忘れないけど、苛めた方はあっさりと忘れてしまうの」

「なんで苛めなんて酷《ひど》い事を忘れられるの？」

「人はどうして苛めるのかわかる？」

「楽しいからじゃない？」

「どうして楽しいのかしら？　苛められた人間は苦しいのに」

「それは……」義子は考え込んだ。「Sだから？」

「Sになる理由よ。苦しむ人間を見ると、相対的に自分の幸せが引き立つからよ」

「でも、たった、それだけの理由で……」

「それだけの理由よ。自分の不幸を紛らわせるために誰かを苛める。苛めているその時は苛められている相手よりも優位に立って幸せでいられる」

「でも、それって錯覚だわ」

「そう。錯覚よ。だから、苛めたことも忘れなくてはならないの。誰かを苛めた記憶は自分が不幸だったことの証拠だから、不快な思い出だもの」

「それって、随分身勝手よね」

「そう。身勝手よ。でも、苛めた側は苛めたことなんてすっかり忘れているから、自分が身勝手だということにも気付かない。苛められた側はどう思うかしら？」

「苛めは苛められた側にとっても不快な思い出よね。だったら、同じように忘れちゃうんじゃないかな？」

「そうは簡単にいかないの。苛めた側は苛められている人間を見てカタルシスを味わう。苦しみと苦しみからの見せ掛けの脱却という物語の儀式はそこで完結するので、もう価値はなくなる。後はそのような儀式を行った記憶を消せば完璧《かんぺき》よ。でも、苛められた側は違うの。あるのは苛められた苦しみだけ、苦しみを終わらせるカタルシスがなければ物語は完結しない。物語が完成するまで、記憶は消えはしない」

「つまり苛められた側はそのことを覚えてるのね」

「そして、カタルシスによる物語の完結を望んでいる」

「カタルシスって具体的には何よ？」

「復讐《ふくしゅう》よ」

「待って」義子は眩暈《めまい》がした。「まさか、そんな何年も前の苛めで、人を殺したりはしないでしょ」

「そうだったとしても不思議ではないってことよ。ノブちゃんはずっと憎悪の炎を燃やし続けていたとしたら？　時と共に憎しみは増幅され、とんでもない怪物になってしまったのかも」

「それ警察に言うつもり？」

「言う訳ないじゃない。客観的な証拠に基づいた推理じゃなくて、単なる推測なんだから」

「安心したわ」

「何、安心してるのよ。わたしたちの身に危険が迫ってるかもしれないのに！」

「わたしたちって？」

「わたしとあなた」

「どうして、わたしと秀代の身に危険が迫っているのよ？」

「わたしはノブちゃんについて殆《ほとん》ど覚えてなかった。そして、あなたも」

「だからどうだって言うの？」

「康子もノブちゃんのことをよく覚えてなかった。なぜかしら？」

「それはさっき秀代が言ったじゃない。あなたの説によると、康子がノブちゃんを苛めていたから……えっ？」

「わたしが何を言いたいかわかった？」

「わたし、苛めなんかした覚えはないわ」

「わたしもない。でも、本当にしていないって確証はある？」

「もちろんよ。苛めたことを完全に忘れるなんてことあるはずがない」

「じゃあ、どうして、ノブちゃんのことを覚えてないの？　名前は覚えてるのに」

「それは……それは影が薄かったから」

「そんなの理由にならないわ。班まで同じなんだから何かしらエピソードの一つや二つ覚えていてもいいいんじゃない？」

「覚えてるわよ。エピソードの一つや二つ」

「どんなエピソード？」

「……」

「もし彼女と関わりのある記憶が全て苛めに関することだったとしたら、何も思い出せなくても不思議ではないわ」

「もし、秀代の考えが当たっていたとしたら……」義子は生唾《なまつば》を飲み込んだ。

「そう。次にノブちゃんに狙われるのは、わたしかあなたかもしれない」

わたしは透明になろうと思った。

そう。わたしは透明になりたかったのだ。

こんなことになってしまったのは、苛《いじ》められる子に問題があるからだ、と言った先生がいた。

馬鹿な。

誰が好き好んで苛められる立場になるものか。

わたしは苛められたいなどと一度も考えたことがない。

わたしを苛めようと思ったのはあの子たちだ。

わたしは彼女たちに何も悪さをしていない。

嫌がらせ一つしていない。

それなのに、わたしはターゲットにされた。

理不尽すぎる。

わたしの鞄《かばん》の中身は床にぶちまけられ、汚され、捨てられた。

わたしのお弁当の中には得体の知れない不気味な汚物が投げ込まれた。

わたしの名前で誰か人気のある子を中傷した手紙が書かれ、公開された。

わたしが援助交際をしていると噂を立てられた。

わたしの親は犯罪者だと囃《はや》したてられた。

休み時間にはわたしを見てひそひそと囁《ささや》きあっていた。
わたしが何を話しても悉《ことごと》く無視された。
彼女たちは、まるでわたしがいないかのように、空気であるかのよう振舞った。
そんな時、彼女たちはわたしを「透明女」と呼んだ。
無視するなら、ずっと無視してくれたら、どんなにかよかっただろう。
でも、彼女たちは無視などしてくれなかった。
何かにつけてわたしの周りにたむろし、不快な言葉を投げかけ続けた。
それは毎回わたしが泣き出すか、ヒステリックに喚《わめ》き散らすまで続けられた。
彼女たちがわたしを無視してくれないのなら、わたしが彼女たちを無視したかった。
だが、それは無理な話だった。
わたしは取り囲まれ、熱気と若い体臭で窒息しそうな有様だった。
どっちを見ても彼女たちの肉体が見えた。
仮令《たとえ》、耳を塞《ふさ》いでも彼女たちの刺々《とげとげ》しいさえずりが聞こえ続けた。
わたしには逃げ場がなかった。
だから、わたしは本物の透明女になろうと思ったのだ。
透明女は誰にも見られることはない。
透明女は存在しない。

存在しないのだから、誰も苛めようがない。
存在しないのだから、誰も辱めようがない。
存在しないのだから、誰も気付かない。
存在しないのだから、誰も思い出せない。
存在しないのだから、誰も覚えられない。
わたしは透明女。
誰もわたしを知らない。
だから、もう苛められたりはしない。
苛められたことなどない。
なぜなら、わたしは存在しないし、かつて存在したこともないから。
存在しないものを苛めることはできない。
存在しないものを苛めたはずがない。
わたしはみんなの記憶に痕跡《こんせき》を残さない。
過去も記憶も透明になる。
わたしは透明女。
「はい。今川です」

「もしもし、西中島です」

「ええと。どちらの西中島さんですか？」

「先日、お伺いした警察の者です」

「ああ。はいはい」

「今日は緊急の要件で電話しています」

「緊急……ですか？」

「そう。緊急です。本来なら、直接お伺いして、お伝えすべきなのですが、なにしろ緊急なので、のんびりしている訳にはいかないのです。何かあっては大変ですから」

「いったい何のことをおっしゃってるんですか？」

「まず深呼吸をしてください」

「何かよくないことが起きたのですね」

「それは推理ですか？」

「刑事さんには、推理の説明を聞いている時間があるのですか？」

「まさか、これは一刻を争うのです。そんな悠長なことをしている暇はありません」

「だったら、早く教えてください」

「亡くなりました」

「誰がですか？」

「木下秀代さんと武田春子さんです」

「そんな……。わたし、今日も秀代と電話を……」

「知っています。電話会社の通話記録に残っていますから」

「いったい何があったんですか？」

「康子さんと同じです。切り裂かれ、抜き取られ、代わりに透明な品物が突っ込まれています」

「わたし……心当たりがあります」

「小田信美のことですか？」

「ご存知だったのですか？」

「ようやく突き止めました。気付いていたなら、もっと早く教えてくれればよかったのに」

「わたしが教えていたら、秀代や春子は助かったんでしょうか？」

「さあ、それは何とも言えませんね。証拠もないのにいきなり小田信美を拘束する訳にはいきませんからね。極論すれば、今でも信美を拘束するにたる証拠は揃っていないのです」

「どうして、信美に辿《たど》り着いたんですか？」

「被害者の共通点ですよ。北条康子、木下秀代、武田春子には小田信美を巡って共通点があった」

「じゃあ、苛めのことは……」

「高校の同級生の聞き込みですぐにわかりましたよ。子供ってのは、まあ残酷なもんですね」

「まさか、こんなことになるなんて……」

「そうですよね。まさかこうなるとはあなた方も予想はできなかったでしょう」

「わたし、心の底から後悔してます」

「えっ？　それを聞いたら、信美はどう思うか」

「どう思われても構わない。とにかく信美に伝えなくては」

「まあ。何を誰に伝えようと自由ですけどね」

「今から信美に電話をかけます」

「ああ。電話は繋《つな》がりませんよ。我々が試しています」

「じゃあ、家に行ってみます。現在の住所をご存知ないでしょうか？」

「今、我々が向かっているところです。ただ、もう家にはいない可能性が高いんですよ。だから、とにかくあなたにお伝えしようと思って」

「どうして、わたしに？」

「だから、被害者の共通点を探ってたら、あなたと長尾輝香さんが浮かび上がってきた訳ですよ」

「次にわたしが狙われるということですか?!」

「あなたか、長尾さんか、どちらかでしょう」

「すぐ人を寄こしてください」

「一応、近くの交番には連絡しましたが、原則的に一般人の護衛はできないことになってますからね。とりあえず様子は見にいくと思いますので」

「様子を見にくるって、いつですか?」

「それは仕事が一段落した時でしょうね」

「そんな、わたし、どうすればいいんですか?」

「普段通りのことをすればいいだけです。まず戸締まりをきちんとして、誰かが訪ねてきても容易にドアを開けない。それから、家の電話のコードレス子機を手元に置いておいてください」

「うちの電話、コードレスじゃないんです」

「じゃあ、携帯電話でもいいです」

「携帯はいつもポケットに入ってます」

「戸締まりの方はどうですか?」

「ええと。帰りがけに買い物に行って、その後……」

「まず、鍵《かぎ》を確認してきてください。わたしはいったん電話を切ります。これから長尾さんの方にも連絡しなくてはいけな……」

ばちん。

電話が切れると同時に照明も落ちた。

停電？　ブレーカーが落ちたの？

でも、どうして電話も？　電話回線の電源は別のはずなのに。

ああ。そうか、ＩＰ電話にしてあるから、ルーターの電源が落ちてしまったのね。

会話の途中で切って、無礼だと思われなかったかしら？　でも、話が終わりかけだったからいいか。向こうは携帯みたいだったから、電波のせいと思ったかもしれないし。

ええと。何をするんだったかしら？

そうそう鍵を確認しなくちゃ。

何かが軋《きし》む音がした。玄関へ続く廊下の方だ。

全身に緊張が走った。

わたしはドアを閉めたかしら？

また軋んだ。

少しずつ近付いているような気がする。

「ノブちゃんなの？」義子は掠《かす》れ声を出した。

大丈夫。さっき、突然電話が切れたから、刑事さんはきっと不審に思って駆けつけてくれるわ。

ああ。駄目。話が終わりかけたから切ったと思ってるに決まってる。

義子はゆっくりと立ち上がった。

まず、本当にノブちゃんかどうか、確かめなくちゃ。もしノブちゃんだったら、殺意があるのかどうか、そして凶器を持っているのかどうかも確かめる。

ドアの開く音がした。

義子は反射的に周囲を見回した。ぼんやりと光が見えている。

なぜかしら? そうだわ。外の光よ。雨戸の隙間から漏れてるんだわ。雨戸を開ければ、部屋の様子がはっきりわかるわ。

義子は摺《す》り足で窓の方へと進んだ。

気配が部屋の中に入ってきた。

誰かがいるのはわかる。だけど、姿がはっきりしない。

「誰なの? ノブちゃん」

「そうよ」男かと思うほど低いねっとりとした声が響いた。

「あ、あのちょっと待っててね。今、雨戸を開けるから」

「その必要はないわ」

生臭い匂いが強烈に漂ってくる。

「どうして？　真っ暗じゃない」

「それでいい。それがいいのよ」

「わたしをどうする気？」

信美はけたけたと笑った。「何を心配しているの？」

「康子を……秀代と春子を殺したのはあなたなの？」

「誰がそんなことを言ったの？」信美の声に凄《すご》みが加わった。

「け、警察の人よ」

舌打ちの音が聞こえた。「余計なことを！」

「ねえ。本当なの？」

「嘘に決まってるじゃないの」突然猫撫《ねこな》で声に変わる。「なぜ、わたしがそんなことをしなくてはならないの」

「それは、あの苛《いじ》めのことがあったから……」

「ああああああ!!」信美はどんどんと足を踏み鳴らした。「むかむかする！　思い出すだけで腹が立つ！　何であんな酷《ひど》い事を！　腐れ！　腐れ！　腐れ落ちろ！　不幸になるがいい！」

「ごめんなさい。ごめんなさい」義子はその場に跪《ひざまず》き、許しを乞《こ》うた。

「何してるの？　なぜ謝るの？　何かの冗談なの？」信美はまた笑った。

「へっ？」

突然、怒ったり、笑ったり信美の様子は明らかに常軌を逸している。

義子は静かに立ち上がった。

早く逃げなければ。でも出口は彼女に塞《ふさ》がれている。

「じゃあ、あなたは康子たちのところに行かなかったのね」義子は刺激しないように話を続けることにした。

「何を言ってるの？　ちゃんと行ったわよ」

「そう。じゃあ、亡くなる前に会えたのね」

「はあ？　さっきから何の事言ってるの？」

「ご、ごめんなさい。わたし、とんちんかんなこと言ってるみたい」

「いいのよ。別にそんなこと気にしなくても。おおかた警察に騙《だま》されたんでしょ」

「騙された？　どういうこと？」

「康子は死んでなんかいない。秀代も春子も」

本当だろうか？　もし三人が死んでないとしたら、警察がわたしを騙そうとしたことになる。しかし、いったい何のため？　それに、それだとマスコミもぐるになってなくちゃならない。やはりそんなことは考えられない。

三人は殺されたんだ。ノブちゃんに。

「死んでないとしたら、三人はどこにいるの？」

「三人じゃないの。四人よ」

「えっ。それってわたしも入ってるってこと？」

「あなたはこれからよ。馬鹿ね。輝香のことよ」

「輝香も？　いったいいつ？」

「一番最初。康子の前。だって、わたしが連絡先知ってるの輝香だけだったんですもの。ほら連絡網ってあったじゃない。あの紙はなくしちゃったんだけど、わたしが次に連絡する輝香の電話番号だけは古い手帳に残ってたのよ。それで実家に連絡したら、今の住所をすぐ教えてくれた。それでまず輝香のところ行ったの。輝香のところには康子の連絡先があって……」

「輝香も殺したの？」義子はつい口走ってしまった。

「だから、警察に何を吹き込まれたのよ！」

信美の唾《つば》らしき生ぬるいものが顔にかかった。

「そ、そうね。死んでなんかいないんだったわね」義子は深呼吸をした。「それで、四人はどこにいるの？」

「さあ、知らないわ。どこか、その辺、好きなところに行ってるんじゃない？」

「どういうこと？　なぜ、あなたが居場所を知らないの？」

「わたしが知ってる方がおかしいでしょ。みんな自由なんだから、わたしに断りを入れる必要はないのよ」

「そうよね。当たり前よね。あのね。わたし、用事があるから、そろそろ外に行ってもいいかしら？」

「ええ?!　こんな夜中にどこに行くと言うの？」

「だから、わたしにだって、自由があるでしょ。あなたに断りを入れなくても」

「駄目よ」

「えっ？　なんで……」

「今すぐは駄目ってこと。わたしの気が済まないから。行くのは終わってからにして」

　義子は生唾を飲み込んだ。「終わるって何が？」

「透明になってからよ。あなたも透明女になるのよ」

「『透明女』って、それノブちゃんのことなんじゃ……」

「そう。苛めっ子たちがわたしに付けた渾名《あだな》。最初はとても酷いと思った。でもね。これってなかなかいいんじゃないかと思ったの」

「どうして？　みんなに無視されるってことでしょ？　みんながあなたを見えないふりをする。空気みたいに」

「そうよ。それが徹底していれば、別に構わないの。ずっと、わたしのことを無視し続けてくれれば、わたしには何の問題もない。静かに過ごす事ができた。でも、実際にはそうではなかった。みんなはわたしを無視し続けてはくれなかった。『透明女』なんて呼びながら、都合のいい時だけ、突然見えることにして、わたしを責め苛《さいな》んだ。そうでしょ！」

信美の顔がぐっと近付き、生温く湿った呼気が義子の顔を覆った。

腰から下の力がすっと抜けた。

凄《すさ》まじい音を立てて、臀部《でんぶ》が床に激突する。だが、不思議なことに痛みは感じなかった。

「許して。許して。許して」義子は請い願った。

「許すとか、許さないとかではないのよ。これはあなたたちがやったことがそのまま返ってくるだけなのよ。だから、怖がることなんか全然ない。それに」信美は義子の耳に唇を付けて喋《しゃべ》った。「それにあなたも本当は透明女になりたいのでしょう」

「そんな、わたしは透明になんかならなくてもいい。だって、わたし充分に幸せだもの」

「幸せ？　何が幸せ？」

「わたしは……わたしは、友達がいっぱいいるし、それに……」

「友達って、一緒に昼食を食べる人たちのこと？　本当にあの人たちのこと、友達だと思ってるの？　あなた帰りや休日に誘われたこと一度でもあって？」

「わたしの友達はそんなべたべたと付き合うタイプではないの」

「あの人たちいつもあなた抜きで遊びにいってるのよ。知らないのはあなただけ。そして、あなたの話をして笑っている」

「嘘だわ。そんなことわかるはずがない」

「わたしにはわかるの。透明女だから、自由に話が聞けるのよ」信美は鼻を義子の耳朶《みみたぶ》に擦《こす》り付けるように言った。「それに、課長のことも知ってるのよ」

「何を言ってるの？」

「一昨日《おととい》も言い争いになってたわね。彼はあなたのために奥さんと別れてくれると思ってるの？」

義子は暗闇の中で無意識に顔を覆った。

「わたしはそんなことは……彼の重荷になるようなことは……」

「それって本心なの？　ずっと都合のいい女のままでいいの？」

「違う。わたしはそんなことは考えていない」

「ねえ、透明女になれば」信美は義子の耳の中に舌を入れた。「透明女になれば、すべてが解決するの。気の合わない同僚と友達のふりをする必要も、冷たい男の前でものわかりのいい女のふりをする必要もなくなる」

義子は体ががくがくと震えるのをどうすることもできなかった。首を振って信美の言葉を否定したかったのだが、どうしても体が動かない。

ひょっとして、ノブちゃんの言葉が本当だったら？　透明女になれば何もかも全てから逃げ出せるの？

「さあ、わたしと一緒になりましょう。二人の透明女に」

熱く尖《とが》ったものが首筋に触れた。

厭《いや》！　駄目。死にたくない。

「ひっ。ひひひふふふひひひひふふふふひひ」義子は這《は》いずって、信美から逃れようとした。

違う。わたし、何か忘れている。

「駄目よ。あなたわたしが見えないんでしょ？　逃げられないわよ」

そう。思い出した。

「わたしにあなたが見えないのは、透明だから？」

「そうよ。ウロボロスの秘術を使ったの」

べとべとした手が義子の腕を摑《つか》んだ。

「いいえ。あなたは透明なんかじゃない」

義子はポケットから携帯電話を取り出し広げた。

携帯電話の光が信美を照らし出した。

義子はその姿を一生忘れることができないだろう。

髪は真っ白だった。べったりと首筋から胸にかけて纏《まと》わり付いている。その皮膚もまた真っ白だった。すべすべした健康的な白さではない。何かの塗料を塗ったかのようにざらついた白だった。その目はどんよりとして、殆《ほとん》ど白に近い薄い青色になっていた。真っ白な唇の端からはどす黒い液体が垂れており、歯はなかった。彼女は全裸だった。片手は義子の腕を摑み、もう一方の手にはガラスの大きな破片が握られていた。強く握っているためか、掌《てのひら》に食い込み、大量に出血していた。乳房は萎《しお》れ、体毛も殆ど抜け落ちていた。あちこちに奇妙な形をした腫《は》れ物ができており、光線の加減か蠢《うごめ》いているようにも見えた。

信美は叫んだ。それは言葉に出来ない類《たぐい》のまるで獣の咆哮《ほうこう》のようだった。

そして、義子を突き飛ばし、猛然と走り出した。家の中をあれだけの速度で走り抜けるなど到底考えられないことだったが、彼女はそれをやり遂げたようだった。

「あと、もう少しで恩返しができたのに！」遠くから信美の声が聞こえた。

わたしは彼女たちにお返しをしなくてはいけないと思ったの。

わたしは毎日毎日苛《いじ》められて、苛められて、もうどうしようもなくなっていた。

その時、救いの手を差し伸べてくれたあの子たち。

文化祭の時、一緒に同じ班に入ろう、って言ってくれた。

でも、わたしは彼女たちに報いることができなかった。

彼女たちにとって、わたしの存在も、わたしに声をかけたこともさほど大きな出来事ではなかったと思うけど、わたしにとっては一大事件だった。

わたしは苛められるためだけに生まれてきたのではないと知ることができたんだもの。

もう彼女たちはすっかりわたしのことを忘れているだろうけど、わたしは絶対に恩返しをしたい。

だから、わたしは彼女たちを透明女にしてあげることにした。

ただ、わたしが見つけたウロボロスの秘術は彼女たちには絶対無理。

あれは、ものすごい覚悟がいる。

だから、もっと簡単な方法にしたの。

少しは痛いけれど、透明女になれるのだから、そんなの関係ない。

でも、簡単な方法でも自分ではできはしない。

だから、わたしが手伝うことにしたのよ。

わたしがすることはそれほど複雑じゃない。

ただ、あの子達の透明でないところを切り取るだけ。

そして純粋な透明な材料と取り替える。

最初は悶《もだ》え苦しむけど、やがて運命を受け入れ、じっとする。

彼女たちはもともと純粋で綺麗《きれい》な心をしているから、透明になるのにそんな時間は掛からない。

透明になった彼女たちはわたしに優しく微笑んで、そして空気の中に溶け込むように去っていくの。

わたしは自分の行為の気高さにうっとりとなる。

そう。

うまくいかなかったことは、もう忘れることにする。

成すべきことはすべて成し遂げた。

今こそわたしはウロボロスの秘術を実行するの。

これは古代より偉大な賢人たちが使った神聖な秘術よ。

でも、世にはいっさい広められていない。

だから、どんな本にも載っていない本当の秘術。

賢人たちはほんのちょっとだけヒントを残しただけ。

わたしはそのほんのちょっとしたヒントからこの秘術を見つけ出したの。

ウロボロスの伝承は世界各地の古代文明にある。

ウロボロスは自らの尾を飲み込む聖なる蛇。

それははじまりもないおわりもない完璧《かんぺき》な存在。

でも、その本当の意味は限られた人間にしかわからないようになっているの。

わたしのように特別な人間だけにわかる。
わたしは物事を突き詰めて考えただけ。
尾を飲み込む蛇はどうなるか考えてみただけ。
自分を飲み込むことで蛇は完全になる。
すべてのものを飲み込む蛇は何もかも消滅させることができる。
そして、その食欲は自らをも消滅させる。
消滅——それは究極の透明。
ないものはどんな手を使っても決して見ることはできないから。
そして、ないものについて考えることはできないから、すべての思い出からも消える。
わたしは透明女になるために生まれてきた。
わたしは自分を飲み込まなくてはならないの。
すでに準備は終わっている。
鋭利な包丁。
骨をも切断できる電動工具。
そして、血を飲むためのコップ。
わたしは床の上に丁寧にビニールシートを広げる。
零《こぼ》れる血を全部飲み干すのは難しい。

下の部屋の人に迷惑はかけたくないわ。
わたしは服を脱ぎ捨てる。
生まれたままの姿になる。
わたしの細い体。
土気色の体。
すべてが愛《いと》おしく、わたしはわたしを抱き締める。
だけど、もうこれで執着するのは最後にする。
わたしは肉体を捨て、透明女になるのだから。
まずどこからにしようか？
わたしにはウロボロスのような尾はない。
だったら、どこからでもいいのだろう。
ただ、腕は最後まで残しておいた方がいいかな。
作業がしにくいから。
目も残しておこう。
ああ。
片目だけでいいかも。
肺や心臓、それから脳も後回しかな。

胡坐《あぐら》をかき、右足の親指の付け根に包丁の刃を押し当てる。
力を込める。
ざくりとした手応《てごた》え。
痛みはない。
ううん。
ちょっと痛い。
痛い。
痛いよ。
これ痛い。
痛い。
思わず声が漏れた。
手の親指を噛《か》んで我慢する。
血が溢《あふ》れ出る。
慌ててコップを添える。
血は少しずつ溜《た》まっていく。
痛い。
痛い。

しばらく待ったけど、血はとまらないし、痛みも消えない。
当たり前よね。
これから切り落とすのに血が止まるのを待っていても仕方がない。
とりあえず、コップに溜まった分を飲み干す。
生臭い鉄の味が喉《のど》の奥まで広がり、うっとりとなった。
痛みも少し和らいだような気がする。
じんじんと鼓動する痛み。
傷口を広げてみる。
刺すような痛み。
血塗《ちまみ》れで中はよく見えない。
傷口に包丁の刃を挿し入れる。
焼けるよう。
目を瞑《つぶ》り、いっきに体重をかける。
ぷつん。
そんな感じなのよ。
また失敗した。
足の親指の先まで痛い。

目を開けると、足の親指はなくなっていた。
ビニールシートの上に血塗れになって転がっていた。
もうないのに、先まで痛いの。
つまり、ほんものの指はもう透明になって残っているということなの。
そこに落ちている指は抜け殻の偽物。
だけど、これだけではまだ不完全。
物質としての指はまだ残っていて、透明ではないもの。
わたしは指を摘《つま》み上げた。
切り口にある白っぽいのが骨かしら。
口の中に入れる。
嚙んでみる。
当然嚙んでも新たに痛みは感じない。
わたしから離れたただの物体だから。
骨が硬くて嚙み切れないので、ごくりと飲み込んだ。
ビニールシートはもう一面血の海だわ。
こうやって一本ずつ切ってたら、とてもじゃないけど、痛みに耐え切れない。
いっきに脚をとろうかしら。

それがいいわ。

まず大きく切ってから、細かく刻んで食べればいいもの。

どこを切ろうかしら?

足首か、脹脛《ふくらはぎ》のところ?

駄目よ。

どうせ上の部分を切るんだから、もっといっきにやった方が痛みに耐える回数が少なくて済む。

だったら、腿《もも》よね。

でも、ももの骨って物凄《ものすご》く太いから、切りにくそう。

腿の付け根の股関節《こかんせつ》のところなら、楽かも。

電動カッターのスイッチを入れる。

結構音が大きい。

近所迷惑だけど、まあ今日だけだから我慢してもらうことにしよう。

刃を腰に近づける。

すっと赤い傷口が広がる。

声を上げて反射的に電動カッターを放り出す。

ああ。

駄目よ、これでは。
キッチンから重たい食卓を運んできた。
片足の親指がないから結構苦労した。
こんなことなら最初からキッチンでやればよかった。
食卓の脚に電動カッターをきつく縛り上げて固定する。
そして、床に寝たまま、両腕で机を持ち上げる。
電動カッターのスイッチを入れる。
腰をカッターの下に滑り込ませる。
両腕の力を抜く。
体は逃げようとしたけど、刃はぶすりと食い込んだ。
ががが と音を立てて刃が止まる。
痛いけれど、それよりも熱くて痛みはあまり感じない。
今の間に終わっとかないと、痛みが酷《ひど》くなってからだと動けないかもしれない。
わたしは真っ赤に染まったダイヤルを最大出力にした。
再び刃が動き出す。
がん。
衝撃と共にあっけなく脚は分離した。

ガリガリと刃が床を削る。
ビニールシートの上を少し滑って止まった。
物凄く痛い。
でも、親指だけの時と比べて桁違《けたちが》いではない。
痛さの針が振り切れたというか。
人間が感じる痛さには限界があるのかな。
痛い。
筋肉とかが刃に絡まったからか、切り口は捩《よじ》れてぐちゃぐちゃになっていた。
自分の体の方を見ると、性器とか肛門《こうもん》とかも半分持っていかれてた。
痛みの中に何かじんじんと快感も混じっている。
何かがすっと際限なく抜けていく感じ。
出血は凄いけど、想像してたほどじゃない。
水道の蛇口を捻《ひね》ったみたいな出方をすると思ってたのに。
きっと体が自動的に出血を抑えてるんだ。
人体の驚異。
体を捻ってなんとか脚を摑《つか》んで引き寄せる。

かなりでかい。
電動カッターで分割しよう。
骨の破片がばりばり飛んで危ないけど、わたしは気にしない。
顔や目にも破片が刺さったけど、どうでもいい。
涙がぼろぼろ出て止まらない。
ぐちゃぐちゃの破片を口の中に押し込む。
じゃりじゃりして不味《まず》い。
血を飲んで、飲み下す。
無理に押し込む。
ゲロを吐いた。
生の血肉のゲロ。
ゲロを手に掬《すく》って、また口に押し込む。
口の端から、だらだらと血と胃液の混合物が垂れる。
手が冷たくなってきた。
食べることに拘《こだわ》っていると、体力がなくなってしまうかもしれない。
まず切断。
食べるのは後でもいいか。

次はどこを切る？
もう片っぽの脚？
でも、動き辛《づら》くなる。
もう動かなくてもいいかもしれないけど、念のためまだ脚は一つ残しておこう。
腕も二つあった方が便利かな。
耳は別にいらないか。
片耳を電動カッターで切り落とす。
喧《やかま》しい。
耳がじいんとなった。
もう耳ないけど。
残った耳の穴に血が流れ込んで、ごぼごぼいってる。
水の中みたい。
耳朶《みみたぶ》はミミガーみたいな感じでつるりと飲み込めた。
目も一つあればいいかな。
骨片が刺さった方の目にフォークを突き刺す。
このままたこ焼きみたいにくるりと取り出せるかと思ったけど、簡単じゃない。
視界がぐにゃりと曲がって、見えなくなった。

いや。
見えないのとは違う。
見えているけど、なんだかわからない。
鏡で見ると、眼窩《がんか》の中で目玉が瞑れて、拉《ひしゃ》げてる。
仕方がないので、包丁で細かく千切りながら穿《ほ》り出す。
どろりと透明なものが溢《あふ》れ出す。
それは集めてまた、眼窩に戻す。
鏡で見ると、目の穴ってけっこうでかい。
鼻もとろうかと思ったけど、血が喉《のど》に流れ込むと、窒息するかもしれないので後回し。
次はどこかな?
乳の上あたりを真一文字に切り裂く。
頭がぽおっとなる。
わたしの乳房の上に血が滝のように流れる。
綺麗《きれい》。
電動カッターを右乳房の上に押し当て、スイッチを入れる。
ちゅいいいいん。
乳房が裏返り、そのまま垂れ下がった。

皮で繋《つな》がってぶら下がっている。

痛くない。

本当にもう痛くない。

ちょっと痛い。

でも、あまり痛くない。

ぐにゃぐにゃした赤い塊。

こんなものをいとおしんでたなんて馬鹿みたい。

皮を切り裂き、引き千切る。

胸の筋肉が見えてる。

かっこいい。

これやばい。

手を動かすと、胸の筋肉もぐにょぐにょ動く。

左の乳房を揉《も》んでみる。

右の胸の筋肉もなんか反応してるし。

みぞおちにカッターを当てて、いっきに引きおろす。

ぶりんという感じ。

なんかいろいろ出てきた。

手をいれると物凄《ものすご》い吐き気がした。

生温かい。

命を感じる。

なんだか蛇みたいなものがあったので、引き摺《ず》り出そうとしたけど、引っかかってうまく出ない。

カッターで切断する。

中から血と臭い液が出てきた。

口に当ててちゅうちゅうと吸ってみる。

酸っぱ臭い。

もう片っぽの切り口からぼたぼたと何か溶けかけの肉みたいなのが落ちた。

拾って口の中に入れる。

反応してぐぐってなったのがたぶん胃袋。

それを包丁で切り開いてみる。

感覚がある。

やっぱり胃袋。

中にはいっぱい汚いものが入っていた。

取り出して、口に入れる。

食べても食べても溢れ出てくる。
きりがないので、ちょっと休む。
溢れ出るのが止まった。
今のうちかも。
腹の中に飛び散った肉片を両手でかき集めて、いっきにごくりと飲み込む。
と突然、また肉が胃袋から飛び出してきた。
もっと早く食べなきゃだめだ。
胃袋を切り開き、中身を取り出すのが面倒になり、胃袋全体を切り取った。
なんだか、胃がすっきりとした。
肉片を飲み込む。
胃のすぐ上にあった管から肉片が飛び出す。
慌てて管を口に咥《くわ》え、ちゅうちゅうと吸い出す。
後から後から中身が出てくる。
まるで魔法みたい。
ウロボロス。
これがウロボロスなのね。
なんだか気持ちがいい。

ほわっとしてきた。

手脚が先から蕩《とろ》けていく。

まだある脚ももうない脚も同じように蕩けてく。

気が付くと、血の海で泳げそうだ。

血だけじゃない。

内臓も流れてるのか。

もう体の外と中の区別はない。

部屋中にわたしの血と肉が広がっているのだから、この部屋全部がわたし。

いいえ。

体の外と中は皮膚で遮られているけど、部屋は出入り口や窓を開ければ、際限なく広がる空間に繋がっている。

だから、わたしはもう際限がない。

これがウロボロスなのね。

やっとわかった。

もうわたしは透明女。

みんなの記憶からも消えていく。

だから、わたし自身の記憶も消える。

もう殆《ほとん》ど何も思い出せない。
ぼんやりと考える。
まだ完璧《かんぺき》じゃない。
わたしの脳はまだ頭《ず》蓋《がい》骨《こつ》に閉じ込められている。
解放してやらなければ。
そして、早く食べなくちゃ。
えっと、誰が食べるんだっけ?
そうそう。
ウロボロスよ。
ウロボロスはわたし。
わたしは電動カッターを床に刃を上にして置いた。
うつ伏せになり、鼻の下辺りを刃に押し付けた。
顔の骨が切れたら、そのまま脳も解放されるんだわ、きっと。
そして、そのまま喉の奥に流れ込む。
スイッチを入れる。
前歯がばりばりばりと弾《はじ》け飛ぶ。
鼻の下から鼻の奥へと鋭い痛みと快感が突き抜ける。

がががががと骨が響く。
じんじんと全身が響く。
ばちっと光って目が見えなくなった。
ああ。
もうわからない。
何をしてるんだっけ？
そう恩返しだわ。
わたしを苛《いじ》めから救ってくれた。
康子、秀代、春子、輝香、義子。
ありがとう。
とっても幸せ。
わたしは透明女。
ありがとう。
ありがとう。
ありが

チャイムが鳴った。

義子は呆然《ぼうぜん》と立ち上がり、玄関に向かった。

「朝っぱらから失礼します」

例の二人連れの刑事が立っていた。

あら。やだ。わたし、パジャマのままだ。

「刑事さん、ご連絡しようと思っていたところです。昨日、あれから……」

「事件は急展開しました」警部が言った。「小田信美は死にました」

「夜遅くに、信美が……。えっ？　なんとおっしゃいました？」

「ほら。まず深呼吸しろって言わなかったから、混乱されてるじゃないですか」若い刑事が勝ち誇ったように言った。

「本当なんですか？」義子は確認した。

警部は頷《うなず》いた。

「死因は何ですか？　ひょっとして、わたしが関係あるのかもしれません」

「あなたには無関係です。これだけは言えます」警部が言った。

「ええと死因はですね」刑事が手帳を取り出した。「状況から見て、直接の死因はおそらく脳幹部損傷です。ただし、それ以前に失血でかなり弱っていたと思われます。現場の写真見ます？」

「はい」

多少のグロテスクな写真なら耐えられる自信があった。彼女の最後の姿を確認するのが自分の務めのように思ったのだ。

「おい。いくらなんでも、それはやめと……」警部の制止は間に合わなかった。

「うぅぅぅぅぅわぁぁぁぁぁぁ。おぼぼろろぉぉろろ」義子はその場にべちゃべちゃと吐いた。

「あっ。大丈夫ですか？」刑事は警部の方に向き直った。「ほら。深呼吸させないから」

「それ、解剖後の写真じゃないですか」義子は涙を流し、座り込んだ。

「いいえ。これは発見直後の遺体ですよ。片脚が根元から切断されていて、内臓はかなり抜き取られていた。胃なんか切り取られて裏返して、中身ぶちまけてたし、あと自分の食道を咥えてました。電動工具の刃が鼻の下から入り込んで、ほぼ顔面全体を切断するような形で、脳幹部にまで達していて、それが直接の死因です」

「遺体にこんな酷《ひど》いことを……」

「いや。顔の部分は最後で、それ以外は生きているうちですよ」

胃がきゅっと縮まったが、何も出てこなかった。

「最初に切断したのは脚で、その後、腹を割いて、あっちこっち切った後、最後に顔です」刑事は淡々と言った。「という訳で、自殺と断定しました」

「ええっ？」義子は口の端から吐しゃ物をぶら下げながら目を丸くして刑事の顔を見詰め

た。「そんな訳ないでしょ」

「昨日の夜は鶏肉《とりにく》料理ですか？」刑事は熱心にメモしていた。

「それが真《まこと》に奇妙なことですが、現場の状況から見て自殺としか考えられないのです」警部が言った。「遺書も出てきていますし」

「遺書？」

「ええ。彼女がこのようなことを行った理由がわかりました」

「苛めですね」

「そう。学生時代の苛めがここまで後をひくとは、全く不可解だが、人間の心というものは他人からすればどうでもいいようなことに囚《とら》われるものです」

「わたしは当事者ですから、責任を感じます」

「なぜですか？　小田信美はあなたがたに感謝していましたよ」

「感謝？　あの、おっしゃっていることがよくわからないのですが」

「わかりにくいことは何もありません。信美は苛めを受けていた。それをあなたたちのグループが救ってくれた。それだけのことです。信美はずっと深く感謝し続けていたようですね。このことは高校の同級生たちの調査で裏がとれています」

「でも、わたし、そんなこと全然覚えてなくて……」

「あなたがたにとって、たいしたことじゃなかったからでしょ。本当無意識に近い状態で彼女を助けたんですよ。やって、当然のことはわざわざ記憶に残らないのです」

「じゃあ、なんでノブちゃんはみんなを殺したんですか？」

「それですが」警部が伐の悪そうな顔をした。「捜査はやりなおしです。信美は一連の連続殺人とはほぼ無関係でしょう」

しかし、あれは確かにノブちゃんだった。いったいどういうことなの？

「あと、もう少しで恩返しができたのに！」遠くから信美の声が聞こえた。

そう。あれは恩返しのつもりだったのよ。信美はわたしたちを自分と同じ透明女にすることで恩返ししようとした。透明女になることはとても素晴らしいこと。ノブちゃんはそう思い込んでいた。

なんていう事なの！　ノブちゃんには最初から殺意も悪意もなかった。あったのは感謝と善意の気持ちだけ……。

「どうかされましたか？　顔色が変わったようですが」

「警部さん、お話することがあります」

「今回の事件に関係することですか？」

「はい。信美が連続殺人を犯した理由がわかったのです」

「そのお話なら、後日改めてお聞きしましょう。とりあえず、今我々はやらなければならないことが山積みなので」

「何をおっしゃってるんですか？　わたしは彼女の動機がわかったと言ってるんです」

「だから、彼女は犯人ではあり得ないのですよ」

「彼女はみんなを殺害してから自殺したんです。最後にわたしを殺すのに失敗して……」

「彼女の遺体は死後二週間が経過していました」

「その後にすぐ自殺……。えっ？　二週間？」

「彼女が亡くなったのは二週間前です。したがって、一連の殺人に対しては鉄壁のアリバイがあります。今回はご報告のみに伺いました。何か今回の事件に関係があることを思い出されたら、また連絡ください」

二人の刑事はそそくさと去っていった。

義子は吐しゃ物の中に取り残された。

ふと背中に何人もの気配を感じた。

「ねっ。あなたも透明女になってみたくなったでしょ」

義子はゆっくりと振り向いた。

ホロ

喫茶店に入ると、すぐに彼が見付かった。

彼は手を上げると、わたしに向かって大きく振ってみせた。

わたしは溜息《ためいき》をつきながら、彼の向かいの席に座った。「急に呼び出して、何の用？

あんまり時間がないんだけど……」

「そんなに、時間は掛からない」彼はそわそわと指を組んだりはずしたりしながら言った。

「ただ、どうしても君に確認しておきたいことがあるんだ」

「言っとくけど、縒《よ》りを戻す気はないわよ。奥さんとうまくいってないの？」

「妻とは関係ない問題だ。……いや。全く無関係という訳でもないか」

「用があるんなら、簡潔に言ってくれない？」わたしは腕時計を見た。「これから大事な
打ち合わせがあるの」

「時間はとらせない。ただ、ちょっとした確認とアドバイスが欲しいだけなんだ」

「わたしじゃなくちゃ駄目なの？」

「ああ。今となっては」

「じゃあ、早く話しちゃってくれる？」

彼は額に手を当てた。「どこから話したらいいかな？」

「何よ。すぐに終わる話じゃなかったの？」

「もちろん、すぐに終わるつもりだ。ただ、どう話せば、うまく伝わるか……」

「何についての話なの？」

「それは……つまり……幽霊《ホロ》についての話だよ」

「幽霊《ホロ》？　今頃何を言ってるの？　幽霊《ホロ》が一般に普及してから、もう十年以上経つじゃない」

「そう。俺は幽霊《ホロ》についての疑問を持ってるんだ。例えば……」

ウエイトレスがわたしの注文をとりにやってきた。

彼は黙り込んだ。

わたしはホットコーヒーを注文した。

「なぜ黙ったの？　ウエイトレスに聞かれたくなかったの？」

「今のウエイトレス、生《なま》だと思うかい？　それとも幽霊《ホロ》だろうか？」

「そんなことどうでもいいじゃない」

「どうでもよくない。そこに人一人が存在するのか、それとも実は誰もいないのかは重要な違いだ」

「そうかしら？　何が違うというの？」

「だって、幽霊《ホロ》は幻なんだぜ」

「今時そんなことを言ってるのはあなただけよ。生か幽霊《ホロ》かを気にするから、いつまで経っても慣れないのよ。幽霊《ホロ》だとか、生だとか気にせずに、普通に接すればいいのよ」

「幻を相手に人間のように接しろってかい？　向こうには心がないのに、人に接するように気を使えってか？」

「深く考えると、馬鹿馬鹿しいと思うかもしれないけど、人と出会うたびに、生か幽霊《ホロ》かを確認するぐらいなら、全部生として扱った方がずっと楽だわ。そもそも幽霊《ホロ》か生かを簡単に確認する方法なんてある？」

「それはあるはずなんだ。だけど、幽霊《ホロ》システムを設計したやつはそんな必要性は滅多にないと考えたんだろう。だから、簡単に実行することはできないようになっているんだ」

「わたしもそんな必要性はないと考えるわ。……ねえ。こんな話だったら、わたしもう帰るわね」わたしは腰を浮かした。

「まだコーヒーも来てないじゃないか。すぐに終わるから、もう少し我慢して聞いてくれないか？」

「じゃあ、もう少しだけ付き合うけど、仕事しながらでもいい？」わたしはバッグから携帯端末を取り出した。「気になるっていうなら、この話はまた今度にして」

「……いいよ。君の時間を無駄にする訳にはいかない」

「話は半分ぐらいしか聞かないけど、勘弁してね」わたしはキーボードを叩《たた》き始めた。

「それで、幽霊《ホロ》がどうしたって?」

「俺の家にも幽霊《ホロ》がいる」

「たいていの家にいるわよ」

「五年前に死んだ親父だ」

「そりゃ、幽霊《ホロ》だからね」

「でも、お袋はいない。死んだのは十二年前だ」

「それは残念ね。その頃はまだ幽霊《ホロ》システムが完成してなかったから」

「いや。基本的なものはできていたはずだ。ただ、一般に普及してなかっただけだ」

「一般に普及してなかったら、ないも同然だわ。電話会社ができる前の電話と同じ。変わった発明というだけで、何の役にもたたない」わたしは素早くキーを叩きながら、半分上の空で会話を続けた。「あなたのお母さんは運がなかったのよ」

「それって、つまり親父に運があったってことか?」

「ええ」

「どうして、お袋に運がなくて、親父に運があるって言えるんだ? 二人とも死んだことには変わりはない」

「でも、お父さんは死んでから、幽霊《ホロ》になれたじゃない」

「幽霊《ホロ》になった？　冗談じゃない。あれは親父なんかじゃない」彼は首を振った。

「でも、お父さんの幽霊《ホロ》なんでしょ？」

「それは『幽霊《ホロ》』という言葉に惑わされているだけだ。親父が変化して、あれになった訳でも、親父の魂があれになった訳でもない」

「でも、お父さんと同じ姿をして、同じ言動をするんでしょ？　あなたに区別は付くの？」

「人間と幽霊《ホロ》の違いは知っている」

「そういう知識のことじゃなくて、感覚的に生と幽霊《ホロ》の区別が付くかって訊《き》いているのよ」

「もちろん見た目で区別が付くようなもんじゃないけど……」

「区別が付かないなら、お父さんだと思ってもいいじゃない。『区別の付かない差異は、差異ではない』って格言なかったっけ？」

「それは、親父の生前の姿と言動の記録から親父のモデルを作り出して、コンピュータがシミュレーションしているからだ。あれは親父ではなく、親父のデータに過ぎない」

「生の人間だって、おんなじことでしょ？　あなたがあなたとして、行動しているのは、あなたの脳の中にあなたの記憶が詰まっているからなのよ。もしそれが他の人のそれと摩《す》り替わったら、あなたはあなたでなくなってしまう」

「幽霊《ホロ》は親父の本物の記憶を持っている訳じゃない。親父の姿と言動を観察したデータから組み立てられているんだ」

「どう違うと言うの？　思い出が脳の中にあるか、外にあるかだけの違いじゃない」

「あれには心がない」

「あなた、どんなふうにお父さんの幽霊《ホロ》と接しているの？　生前と変わりなく接してるんじゃない？」

「それはそうだが……」

「何か不自然な点はある？」

「幽霊《ホロ》シミュレーションは膨大なデータの裏付けがあるから、そう簡単には見破れないさ」

「見破れないなら、心があるってことなんじゃないの？」

「どんなに表面を取り繕ったって、プログラムはプログラムさ。本質的に心を持つことはできないんだ」

「あなた、お父さんにも今言ったのと同じことが言える？」

「親父ではない。親父の幽霊《ホロ》だ」

「今と同じことをあなたの幽霊《ホロ》にも言ってるの？」わたしは言い直した。

「いいや」彼は首を振った。「そんな言い方はしないが……」

「なぜしないの？」

「そんなことを言えば、親父が……幽霊《ホロ》が傷付く……ように見えてしまうからだ」

「幽霊《ホロ》の何が傷付くの？　心なんかないんでしょ？」

「頭では心がないことを理解している。でも、俺の心が反応してしまうんだ。自分でも馬鹿馬鹿しいとは思うんだが……」

「それは、あなたの心が決めることよ」わたしは素早くキーを叩きながら言った。

「えっ!?」

「ペットを飼っている人の多くは動物にも心があると思っている。一方、動物には心などないと思っている人もいる」

「それとこれとは話が違う。幽霊《ホロ》は単なるプログラムなんだ。心などありえない」

「どうしてプログラムだと心がないと言えるの？」

「なぜって、プログラムは機械の中にあるデータでしかない。実体を持たないんだ」

「人間の心だって、脳という機械の中のデータでしかないわ」

「人間は機械なんかではない。君だって、わかって言っているのだろう」

「じゃあ、どうして心があるってわかるの？」

「心はある。俺のこの気持ち、苦しみ、喜びは誰にも否定できない」

「それはあなたの心のことよね。わたしが言っているのは、他の人の心のことよ。どうして、自分以外の人間に心があるってわかるの？」

「同じ人間同士なんだから、わからないはずがないじゃないか。人が喜んだり、悲しんだりするのを見れば、熱い思いは必ず伝わってくる」

「そう。結局はあなたの心が決めることなのよ。他人に心があるかどうかなんて、直接確かめることじゃない。ただ、あなたの心が他人に心を感じているだけ。他人の心の定義はそれ以上でもそれ以下でもない。あなたの心が幽霊《ホロ》に心を感じるなら、幽霊《ホロ》には心があるのよ」

彼は俯《うつむ》いた。唇を噛《か》み、何かに耐えているようだ。

「わたしに訊きたかったのは、それだけ？　だったら、そろそろ帰らせて貰《もら》っていいかしら？」

「自分の心を素直に信じることができたら、どんなにかいいだろう？」彼は殆《ほとん》ど消え入るような声でぽつりと言った。

「どういう意味？」

ウエイトレスがやってきてわたしの前にコーヒーを置いた。

わたしは片手でキーを打ちながら、コーヒーを啜《すす》った。「あの娘《こ》、幽霊《ホロ》じゃなかったわね」

「どうして、そう言えるんだ？」

「だって、コーヒーを運んできたじゃない。幽霊《ホロ》にコーヒーが運べる？　ただのプログラムなのに」

「幽霊《ホロ》はただのプログラムで実体はないけれど、見ることも触れることもできる」

「幽霊《ホロ》が見えたり、触れたりできるのは、人間の神経がコンピュータに騙《だま》されている結果よ。昔は仮想現実を体験するのに、大げさなヘッドマウントディスプレイを使ったこともあったらしいけど、それは殆ど普及しなかった。一日中稼動させなくちゃならないのに、使用する時にいちいち装着しなくてはならないなんて馬鹿げているわ。爆発的に普及したのは、今のように埋め込み式のチップになってから」

「僅《わず》か三十秒の手術で装着できる。ピアスの手術よりも簡単だ。だけど、本当にそれは俺たちが思っていたようなものだったんだろうか？」

「チップはわたしたちの五感を司《つかさど》る神経に直接作用して、そこに幻覚を作り出すのよ。何もない空間に人の姿を見せ、その空間に手を伸ばせば相応《ふさわ》しい触覚を与える」

「逆向きの情報の流れもある。チップは我々の五感情報を拾い上げて、幽霊《ホロ》システムに送信する。もちろん、ネット上に幽霊《ホロ》専用のコンピュータの実体がある訳ではない。幽霊《ホロ》システムはネット全体に広がる仮想的なマシーンだ。とにかく、人間の五感と幽霊《ホロ》システムの間に双方向の情報の流れがあるおかげで昔のように街中に無数のカメラを仕掛けなくたって、幽霊《ホロ》に生の人間側の反応を自然にフィードバックできるし、将来幽霊《ホロ》を作るために生の人間の姿や行動パターンを蓄積することも簡単にできる」

「愛する者を失った悲しみはとてつもなく大きいものよ。だから、その苦しみを和らげるために、幽霊《ホロ》システムは死んだ人間とそっくり同じ姿、同じ行動をとる」

彼は頷《うなず》いた。「最初は幽霊《ホロ》を見たいと思う個人だけに姿が見えるものだったが、やがてチップを装着しているもの全員に同じ幻が見えるようになった」

「その方が便利だからね。自分だけに見えているんだったら、その人の存在を実感できないわ」

「そこに落とし穴があるんだ」

「どんな穴？」

「普通の幻覚は自分一人にしか見えない。しかし、幽霊《ホロ》はチップを装着している人間——つまり世の中の全員——に見える」

「全員に見えるなら、問題ないじゃない。一部の人にしか見えないのなら、面倒なことになりそうだけど」

「では、どうやって俺たちは幻を共有しているんだろう？」

「さあ、不思議に思ったことすらないけど、これなんかと同じなんじゃない？」わたしは携帯端末を軽く叩《たた》いた。「今じゃ、世界中にネットが遍在しているのよ。無線が届かないのは深海や宇宙の果てぐらいじゃないかしら？」

「潜水艦や宇宙船内の基地局経由でネットには接続できるとされている。だから、深海や宇宙にも幽霊《ホロ》を連れていける……幽霊《ホロ》システムがネットに繋《つな》がっているというのが本当だとして」

「何を言ってるの？　幽霊《ホロ》システムがネットに繋がってないとしたら、どうして幽霊《ホロ》のイメージを共有できるというの？」

「俺は電磁波の研究をしている」

「確かそうだったわね」

「研究所で実験中は電磁波シールドを使って余計な電磁波を遮断するんだ」

「ひょっとして、退屈な話を始めるつもり？　だったら、わたしはこれで……」

「実験室の改造のため、一時的に家にシールドを持って帰った。そして、移動時の振動で壊れてないかどうかを確認するために起動した」

「家にまで仕事を持ち帰って、ご苦労様」

「そして気付いたんだ。シールドを作動させても親父の幽霊《ホロ》は消えなかった」

「幽霊《ホロ》は電磁波からできてるんじゃないでしょ。さっき言ったように、チップが脳に直接信号を送り込んでるんだから」

「しかし、そのチップにデータを送っているのは無線の電磁波のはずだ。俺が電磁波から隔絶された瞬間、俺の目の前からすべての幽霊《ホロ》が消えうせるはずなんだ」

「何かの思い違いでしょ」

「俺は技術者なんだぜ」

「だったら、その電磁波シールドとやらが壊れていたのよ」

彼は小さな装置をテーブルの上に置き、ボタンを押した。

携帯端末の画面がフリーズした。

「何、すんのよ!?」

「あ、ごめん。君が機械の性能を疑ったから、デモしたまでさ」彼はボタンを元に戻した。

携帯端末の画面が動き出した。

「このように、シールドは完璧《かんぺき》に動作している」

「あなたの言いたいことはわかった。随分不思議なことを発見したのね。でも、だからって何？　わたしにネットや情報処理のことを訊《き》くのはお門違いよ。自分で調べて頂戴《ちょうだい》」

「もちろん調べたさ。無線で接続されていないのなら、有線で接続されていることになる。しかし、俺の体には電話線も光ケーブルも差し込まれていない」

「見ればわかるわ」

「じゃあ、俺の頭の中のチップはどこに繋がっているのか？　どこに幽霊《ホロ》のデータが蓄積されているのか？」

「今、思ったんだけど、あなたのお父さん一人のデータぐらいだったら、たいして大きくもないんじゃないの？　チップの中のキャッシュに一時保存されてるんじゃないかしら？」

「親父一人分ぐらいなら、そうかもしれない。しかし、この世の中には無数の幽霊《ホロ》が存在している。俺の親父の幽霊《ホロ》が俺以外の人間にも見えるように、俺は世の中のすべての幽霊《ホロ》を見ることができる。すべてのチップが互いに接続されていなければ、このようなことは不可能なはずだ」

「でも、それって矛盾じゃないの？」

「そうだ、大いなる矛盾だ。ある前提の下で論理展開をした結果、矛盾に陥ったなら、その前提に誤りがあったことになる」

「どんな前提？」

「『幽霊《ホロ》は外部のシステムにより作り出された共有幻覚である』という前提さ」

「だって、現にそうじゃない」わたしはキーボードを打ちながら言った。

「しかし、そこに誤謬《ごびゅう》があるとしか考えられない。仮に幻覚の源が外部にないと仮定すると、内部に存在することになる」

「つまり、あなたはすべての幽霊《ホロ》たちはあなたの個人的な幻覚だと主張したいの？」わたしは笑った。「それこそとんだ妄想だわ」

「だが、俺は確かめずにいられなかった。もし幽霊《ホロ》を作り出すデータが外部にないのであれば、それはどこにあるのか？」

「そりゃ、もしそんなデータがあるとしたら、チップと同じように、あなたの脳の中でしょ。もちろん、そんなはずはないけどね」

「脳の中に装置を仕込むのはかなり面倒だ。チップは脳の表面に取り付けられているに過ぎない」彼は額の汗を拭《ぬぐ》った。「それは俺の体のどこかに隠されている。そして、それは脳のチップと有線で繋がっているはずだ」

「体の中を通っているのなら、まず見付からないんじゃない？　結構重要な線なんだから」

「本当にそうだろうか？　神経や動脈は重要だが、皮膚の直《す》ぐ下を通っている箇所もある」

「それは体の構造とか、発生の関係じゃないかしら？」

「チップとデータとの通信線もなんらかの制約で、皮膚の直ぐ下を通っている箇所があるかもしれない」

「あるかもしれないわね。でも、そんなの確かめようがないじゃない。まさか体のあっちこっちの皮膚を切ってみるわけにもいかないし……」

彼は突然着ている服を摑《つか》むと、引き裂くように広げた。

ぱちぱちとボタンが飛び、喫茶店の床に散らばった。

客たちはほぼ同時にわたしたちの方を向き、そして次の瞬間、目を逸《そ》らした。

逸らすには理由があった。

彼の喉《のど》から胸、腹にかけての皮膚には殆《ほとん》ど隙間がないぐらいに傷が付けられていた。殆どは数週間以上たった古いものだったが、いくつかまだ赤く血が滲《にじ》んでいるものもあった。傷跡を見るに、かなり深く切ったらしく、おそらく皮下脂肪にまで到達しているだろう。

「毎日少しずつ切って調べたんだ。一回に切るのは十センチぐらいかな。声を出さないようにタオルを噛《か》みながら切るんだ。包丁は火で炙《あぶ》っておいたんだけど、意外と皮膚の上にも雑菌が多いから、結構化膿《かのう》したりして大変だったんだよ」

「ちょっと。何、それ?」わたしは唖然《あぜん》として言った。「普通じゃないわよ」

「もちろん普通じゃない」彼は平然と言った。「なにしろ体内にデータストレージが埋没してるんだからね」

「もう帰っていいかしら? なんだか気分が悪くなってきたわ」

「本当にあと少しだから、待ってくれ。今から大発見を教えてあげるよ」

「発見?」

「それはここにあった」彼は首の横を指でなぜた。そこには縦に大きな傷があった。「見付けたのは一週間前だった」

彼は傷に人差し指の爪を引っ掛けると、ぴりぴりと開き始めた。

「ちょっと何してるの？」

傷口が裂け、テーブルの上にぼたぼたと血液が垂れた。客たちは次々と席を立っていく。彼はもう片方の手も傷口に掛け、唸《うな》り声を上げながら、引き裂く。迸《ほとばし》る血液の中に白い脂肪が見え、筋組織の上を動脈が蠢《うごめ》いていた。

「早く救急車を」

「大丈夫。慣れてるから」彼は微笑《ほほえ》んだ。「何回もやって癖になってるから、傷口は簡単に開く。そんなに痛くないよ」

「もしそれがわたしへの嫌がらせだったら、すぐ止《や》めて」

「こういうの嫌なのかい？　悪いね。でも、もうちょっとだけ我慢してくれよ。これからが発見なんだから」彼は脈打つ動脈を指で摘《つ》まんで引っ張り少し浮かした。「あんまり強く摘まむと、血流が止まって気を失うんで気を付けなくちゃいけない。二、三回やっちまった。まあ、気を失うと力が抜けるんで、すぐ気付くんだけど、運が悪いとそのまま逝《い》っちゃうかもしれないからね。ええと、動脈に白い線が絡んでるのがわかるだろ？」彼はわたしの方に顔を突き出した。

「見たくないわ」

「そんなことを言わずに」

不快感と戦いながら、彼の指先を見ると、蜘蛛《くも》の糸のようなものが数本動脈に絡んでいるのが見てとれた。「ええ。何かあるわね」

「これがデータ用の白金線だったんだ。距離が短いから同軸線でなくても、結構な高周波が送れるんだ」彼は片手でポケットを探り、携帯端末を取り出した。

それはかなり改造されており、基板が剝《む》き出しで、先が鰐口《わにぐち》クリップになった導線が飛び出していた。

「この線を繋《つな》げばアクセスできる」彼は注意深く鰐口クリップで白金線を挟み、かちゃかちゃとキーを打ち込んだ。

画面に夥《おびただ》しいファイル名が流れた。

「これが何かわかるかい？」

「さあ」

「このファイルの一つ一つが幽霊《ホロ》のデータなんだ。このファイルのどれか一つを消すと、幽霊《ホロ》が一つ消えることになる」

「全世界の幽霊《ホロ》のデータがすべてあなたの中に埋め込まれてるって？　悪いけど、そんな妄想に付き合っている暇はないのよ」わたしはコーヒーをいっきに飲み干そうとカップを持ち上げた。

彼は素早くキー操作した。

コーヒーカップの手ごたえがなくなった。

温かみも匂いも瞬時に消失した。

「何？　手品？」

「手品なんかじゃない。今、そのコーヒーカップのファイルを検索して、消去したんだ」

「コーヒーカップのファイルって何よ？　ファイルがあるのは、幽霊《ホロ》だけでしょ」

「だから、コーヒーカップも幽霊《ホロ》だったんだ。君はコーヒーを持ってきたことを根拠に、あのウエイトレスは生だと言った。でも、実際にはコーヒーカップとその中のコーヒーも幽霊《ホロ》だった訳だから、それは彼女が生である証拠にはならない。ええと、消去してもまだごみ箱の中には残っているから復活させるのは簡単なんだ」彼は端末を操作した。

出し抜けに手の中に熱いコーヒーを湛《たた》えたカップが現れた。

わたしはカップを取り落とした。

カップはテーブルにぶつかって割れ、コーヒーは彼の血と混ざり合った。

「あっ。もったいない」

「いいの。どうせ、ごみ箱に入っていたものを飲む気にはなれないわ」

「ごみ箱といっても単なるフォルダだから汚くなんかないんだけどね」

「つまり、コーヒーとカップは実在していたのではなく、あなたの中のデータストレージに保管されていたデータファイルだと言いたいのね？」

「その通りだ。なかなか飲み込みがいい」

「でも、どうしてあなた個人の中にある幽霊《ホロ》のデータがわたしにも見えるの？　あなたとわたしに同じ幽霊《ホロ》が見えるということは、つまり二人のチップ間に通信があることの証拠じゃない」

「ところが、チップ間の通信を仮定しなくても、この現象は説明が付くんだよ」彼は傷口を手で開いたまま、にたりと笑った。「俺は自分の体内に幽霊《ホロ》のデータがあることに気付いて、まず親父の幽霊《ホロ》を検索し、削除してみた。それから、自分の知っている幽霊《ホロ》を片っ端から検索し、削除した。ある時、間違って生きているはずの人間を検索してしまった。すると、驚いたことにその人物のファイルも俺の体内のディスク上に見付かったんだ」

「それは単に、その人が幽霊《ホロ》だってことをあなたが知らなかっただけでしょ」

「おそらくそうなんだろうけど、それを俺が知らなかったという事実自体が奇妙なことだったんだ。なにしろ、その人物というのは、俺の妻だったんだから」

「まさか！　家族の知らない間に、人間一人が幽霊《ホロ》になっていたなんて！　きっと何かの間違いよ」

「ところが、間違いじゃなかったんだ。ファイルを削除すると、妻は綺麗《きれい》に消えちまった。これはどういうことだろう？」

「どうもこうもそれが本当だとしたら、何か酷《ひど》い悪ふざけが行われているのか、それともあなた自身が……」

「錯乱状態に陥っているか、だろ？　俺もその可能性は思い付いた。だからこそ、君を呼んだんだ」


「わたしに証人になれと？」

「まあ、そういうことだ」

その時、喫茶店の店長らしき人物がわたしたちのテーブルに近付いてきた。「お客様、いったいどうなされたのですか？　うわっ!!」店長は仰《の》け反《ぞ》った。無理もない。客の一人が自分の頸《くび》を切り裂き、テーブルと床が血の海になっているのだから。

「す、すぐに救急車をお呼びします」

「今、大事な話をしているんだ。しばらくほっておいてくれないか」

「し、しかし、お客様……」

「じゃあ、仕方ないな」彼はぱちぱちと携帯端末に打ち込んだ。「削除したよ」

店長が掻《か》き消えた。

「今の人も幽霊《ホロ》だったの!?」わたしは目を見開いた。

「君は本当にまだわからないのかい？　合理的な解答は一つしかないじゃないか」彼は店の中をきょろきょろと見回した。「他に消して欲しい人はいるかい？　誰でもいいよ」

今まで、遠巻きにわたしたちを見ていた店員や客たちが悲鳴を上げ、一斉に飛び出していった。

「面倒だな」彼は入力した。

客も店員も全員いなくなった。店の中に残っているのは、彼とわたしだけだ。

「とりあえず、この場所から半径百メートルの範囲にいる人間の姿を持った幽霊《ホロ》は全部消した」

「あなた、こんなことして許されると思ってるの？」

「何がいけないのかな？　本当に人間を消した訳じゃない。俺が消したのはただのデータだ」

「データだって、勝手に消去すれば、器物破損よ」

彼は吹き出した。血飛沫《ちしぶき》が飛び散る。「そりゃ他人のデータを消せば犯罪だろうさ。だけど、俺が消したのは自分の体内のデータだぜ。自分のパソコン内のファイルを消したからって、それは個人の勝手というものだろう」

「いつの間に、こんなに幽霊《ホロ》の数が増えたの？」

「いい質問だ。答えは『知らない間に』だ。しかも、人間だけじゃない」

「コーヒーカップも幽霊《ホロ》だったわね」

「それ以外のものもだ」彼は携帯端末を操作した。

わたしは全裸になっていた。

「あんまり慌ててないみたいだな」彼は拍子抜けしたようだった。

「つまり、わたしは服を着ていたと思い込んでただけってことでしょ。だったら、最初から全裸なんだから、今更慌てても仕方がないわ。それに、周りにいるのはあなただけだし」

「あのビルを見ててごらん」

ビルは当然のごとく消え去った。

「次は太陽を消してあげよう」

「もう充分だわ。わたしはあなたの主張の証人になってあげるわ。だから、元に戻して頂戴《ちょうだい》」

「説明は求めないのかい？　どうして、俺の体内のデータを消すたびに世界の一部が消えていくのか？」

「訊《き》いて欲しいのなら、尋ねるわ。いったい、どうしてあなたの体内のデータと世界がリンクしているのかしら？」

「そんな超自然現象が起こっている訳はないだろう。幽霊《ホロ》はあくまで脳内のチップが作り出した、個人的な幻覚なんだ。ファイルの操作で人間や器物が消えたり、現れたりするのは、単に俺の頭の中のチップが俺の五感を制御しているに過ぎないのだ」

「だから、そのあなたの個人的体験がどうして、他人も共感できるの？　チップが無線で通信していないとしたら」

「だから、それもまた幻覚なんだ」

「説明になってないわ。わたしが訊いているのはわたしの幻覚があなたと同じになる理由よ」

「だから、そんなことは起こっていないんだ」

「でも、現にわたしは体験しているわ」

「体験しているのは、君じゃない。これは俺の体験なんだ」彼は幸せそうに笑った。「俺の個人的な体験さ」

「何を言ってるの？　わたしの体験はわたしだけのもので、あなたのものではない」

「だから、それもまた幻覚なんだよ。俺の目の前の女性が『自分もあなたと幻覚を共有している』と主張している幻覚を、今俺は体験している」

「つまり、あなたはわたしも幽霊《ホロ》だと思っているのね」

「その通り。それで全ての説明が付く。『この世界には大勢の人間がいて、その各々のチップを通して、幽霊《ホロ》システムと接続している』という設定の幻覚を俺は見せられ続けている」

「幼稚な唯我論ね」

「これは今までの唯我論とは違う。なにしろ実証する手段があるんだから。もう一度整理して説明しよう。まず俺の脳はチップに幽霊《ホロ》を見せられている。これは間違いない。しかも、そのチップは俺の外部に接続していない。然《しか》るに俺の見ている幻覚は他者のそれと共通している。結論。他者は存在しない。俺が他者だと感じるものはすべて俺の脳内の幽霊《ホロ》だ」

「証明などできはしないわ」

「証明ができなければ、どれだけけいいだろう。俺は一縷《いちる》の望みに賭《か》けたんだ。俺の知り合いは、家族も含めてこの幽霊《ホロ》システムが出来上がった後に付き合いのあるやつばかりだ。だが、君と別れたのは幽霊《ホロ》システム完成以前だ。俺のチップが君の容姿や行動を蓄積する機会はなかった。だとしたら、君はまだ幽霊《ホロ》ではなく、生なのかもしれない。俺はそんな希望を持ったんだ」

「その希望は当たっているかも」

彼は首を振った。「残念ながら、その希望も潰《つい》えた。君は俺と幻覚を共有した。君が俺の脳外に実在するなら、俺の幻覚を体験するはずがない。したがって、君もまた俺の脳内の幽霊《ホロ》なんだ」

「あなたは大きな見落としをしている。自分だけが特別な存在だなんて、どうして信じていられるの？」

「君も実在の人物だと言いたいのか？　だが、どうやってそれを証明する？」

「そんな証明をする必要はないわ」

「証明する必要がないのではなく、証明不能なんだよ」

「あなたはわたしが幽霊《ホロ》だと証明するつもりなの？」

彼は頷《うなず》いた。「残念だが」

「それにどういう意味があるの？　自分が特別な存在だと確認して自己満足するの？」

「そうだとして、何が悪い？」

「思い上がりもいい加減にして」

「君は俺の脳の中の幻覚なんだから、君が何を言っても俺の良心は咎《とが》めない。さようなら、気が向いたらまたごみ箱から復活させてあげるよ」彼は傷口から片手を離した。

開いていた傷口がずるずると弾性で戻っていく。

彼は血塗《ちまみ》れの両手をキーボードに伸ばした。

だが、わたしの指はすでに自分のキーボードに乗せられていた。

だから、わたしは彼よりも先に入力を完了できた。

彼はエンターキーを押す動作をしてから、数秒間異常に気付かなかったようだ。

わたしは消えずに全裸のまま微笑んだ。

「なぜだ？」彼は目をぱちくりした。「まさか、君も俺と同じ実在……いや。だとしても、幻覚を共有している理由がわからない」

「まだ自分が特別だなんて思っているのね」

彼はこちらを見ながらしばらくキーを打ち込む動作を続けていたが、ふと自分の手を見下ろした。

「うわっ!!」彼は目を見開いて、自分の手を眺めていた。

そこには両手の甲だけがあり、指は全てなくなっていた。付け根の部分から一センチ程骨が飛び出している。

「俺の指がぁ！」

「そんなに悲しまなくてもいいのよ」わたしは彼を慰めた。「指なんか元々ないんだから」

「俺の指に何をした!?」

「何も。初めからないんだから、どうこうしようがないわ」

「俺の指を戻せ!!」彼は殴りかかってきた。

わたしはコマンドを打ち込み終わっていた。

彼の両腕の肘《ひじ》から先がなくなった。剝《む》き出しの関節から血管と神経が垂れ下がり、ぶらぶらと揺れていた。

「うわっ！　うわっ！　うわわわわわっ！」彼は仰《の》け反《ぞ》り、そのまま床に倒れた。

「まだ理解できていないようね」わたしは操作を続けた。

彼の足はなくなり、腹の皮膚が消えうせ、脈打つ筋肉と皮下脂肪が剝き出しになる。やがて、その下の蠢《うごめ》く内臓が露出し、床に零《こぼ》れ落ちた。

「死ぬ！　死ぬ！　俺は死んでしまう！」

「大げさね」

「だって、内臓がなくなっていくんだぞ！」

「あなた、かなり物分りが悪いわね。だから、最初から内臓なんてないんだから」

「待ってくれ！　まさかそんなこと……」

「現実を認めなさいよ」

「教えてくれ。俺の体はいったいどこまでが幽霊《ホロ》なんだ？」

「今からなくなるとこ全部よ」

彼の体は急速に小さくなっていった。まるで、塩の中に埋められた蛞蝓《なめくじ》のようだ。わずかな筋肉が絡みついた骨をばたばたさせていたが、それもすぐに収まった。

顔の皮膚が捲《まく》れ上がり、耳が削げ落ち、筋肉でできた穴の中で目玉が剝き出しになった。瞼《まぶた》がないので、瞬《まばた》きができないらしい。

その眼球も急速に萎《しぼ》み、あとには肉の窪《くぼ》みが残った。

「まさか全てが幽霊《ホロ》だったなんて、俺は意識だけの存在だったのか？　いったい、いつ俺の肉体はなくなったんだ？　俺は脳だけになって、永久に幽霊《ホロ》たちの夢を見続けるだけの存在だというのか？」

下顎《あご》が瘦《や》せ細り、かたかたと動く骨だけになった。顔の骨がなくなり、頭蓋骨《ずがいこつ》が崩壊していった。

そして、後に残ったものは、一台のハードディスクだった。そこには脳などなかった。

「あなたは大きな見落としをしていた。自分だけが特別な存在だなんて、どうして信じていられたの？」わたしはハードディスクに向かって呟《つぶや》いた。「あなたもまたわたしたちと同じ幽霊《ホロ》だったのに」

無駄な時間を過ごしてしまった。もう一度やり直しだ。

二十年ぐらい戻せばいいかしら？

わたしは素早くキーを叩《たた》いた。

わたしの裸体を服が包んでいく。

店の中には人々が発生した。

彼はきょとんとわたしを見つめていた。「ええと……」

「何？」わたしは静かに彼を見つめ返した。

「何だったっけ？」彼は戸惑っているようだった。

「何のこと？　おかしな人ね」

「いや。つまり、俺が君を呼び出したんだよね」

「そうよ。デートだもの」

「えっ？」彼は周りを見回した。「そうだ。デートだ」

「そうよ。初めてのデートよ」

彼は頷いた。「そうだ。初めてのデートだった」

今度は馬鹿な考えに囚《とら》われずに一生を静かに終えますように……。

わたしは優しく微笑みながら、携帯端末をぱたんと閉じ、バッグにしまった。

少女、あるいは自動人形

テーブルの上のくるみは自由に食べていいよ。えっ？　殻が固くて食べられない？　それなら、くるみ割り器を使えばいいじゃないか。

そうそう。くるみ割り器で思い出した話がある。

君は最近ペテルブルグのマリインスキー劇場で上演されて評判になった「くるみ割り人形」というバレエを知ってるかい？　そう。チャイコフスキーの。

いや。知らなくたって、かまいやしないさ。ただ、あのバレエを知ってたら、これから僕が話すことの理解の助けになるんじゃないかって思ったのさ。

「くるみ割り人形」では、一人の少女がくるみ割り人形を手に入れる。くるみ割り人形というのは、口の中にくるみを入れて顎を閉じると殻を割るような仕掛けになった人形で、その動作はちょっと間抜けでユーモラスなんだが、このくるみ割り人形、実は自由意志を持ってるんだ。というのも、この人形の正体は実はどこかの国の王子で、夜な夜な二十日鼠を相手に戦争をしているらしい。

まあ、バレエというものは、とどのつまり踊りを見せるためのものだから、そんな細々とした設定などは実はどうでもいい。とにかく、少女の助けで戦いに勝った人形は王子の姿に戻り、城に戻って大宴会をすることになる。

これから話す話にもくるみ割り人形が出てくる。もっとも、こっちの話に出てくる、くるみ割り人形は王子じゃないけどね。


あれは今から、四十年ほど前になるだろうか。僕は日暮れ時にある屋敷へと向かっていた。

屋敷は人里離れた鬱蒼《うっそう》とした森の中にあった。森の中に木々よりも遥《はる》かに高い黒々とした建物が怪物のように突き出していた。それはごてごてとしたゴシック様式で、鋭く天に刺さっているのではなく、何かずんぐりとした巨大な塊のようだった。

僕はがさがさと湿った音をたてる腐った葉の上を足早に進んだ。日はすでに落ちていたが、赤みを帯びた満月が昼間のように明るく照らしていたので、足元が危ないということはなかった。

ノッカーを叩いて、数分経っても誰も出てこないので、もう帰ろうかと思った時、扉が開いた。

屋敷の中の光が森の中に広がる。

出てきたのは背の高い初老の紳士だった。広い額が強い意志と知性を感じさせた。

「はじめまして。わたしは……」

「あなたのことは存じ上げております」紳士は僕の言葉を遮った。「わたしの方から、ここに来てくださるようご招待したのですから、当然ですが」

「いったいどのようなご用件でしょう？　正直当惑しております」

「実はお願いがあって、来ていただいたのです。……まあ、その話はおいおいいたします。まずは中にお入りください」

屋敷の中の空気は外と同じく湿ってはいたが、遥かに暖かかった。

僕は紳士の後に続いて、廊下を進んだ。紳士の持つランプの明かりがゆらめき、二人の影が奇妙に躍る。

やがて居間に到着した。

「食事の準備がなくて、申し訳ありません。うちはいつも早めなので、もう済ませてしまっているのです」

「いえいえ。お気になさらないでください。わたしも済ましてきております」

床には一面夥《おびただ》しい数の人形が並べられていた。それらは完成されているものも未完成なものもあった。いくつかは頭部や手足などの部品が無造作にならべられているだけのものまであった。そして、すべてが少女の姿をしていた。あまりに生々しかったため、わたしは解剖された遺体を連想してしまった。

「これはいったいなんですか？」

紳士は軽く笑った。「驚かれましたか？」

「いいえ。ただ、少し……」

「気味が悪いと」

「そんな、つもりはありません。立派なコレクションです」

「正直におっしゃってください。わたしは異常に見えますか？」

僕は首を振った。「確かに、この人形たちには圧倒されるものがあります。だからと言って、持ち主の人格を疑うような証拠は何もありません」

紳士は安心したような笑みをみせた。「実はこの子たちはすべてわたしが作ったものなのです」

「なるほど。あなたは人形作家だったのですね。合点がいきました」僕は人形の一つを手に取った。「ずいぶん精巧ですね。まるで本物の人間の肌のようにきめが細かい」

「それは絹を素材とした特殊な製法による布を元にわたしが開発したものです。大きさを別にすれば、人間の肌と区別が付く人はいないでしょう。肌だけではなく、骨格や皮下脂肪の質感、女性特有の繊細な身ごなしすべて忠実に再現させて……」

「ちょっと待ってください。今、身ごなしとおっしゃいましたか？」

「ええ。確かに、そう申しました」

「それはつまり、この動くようななめらかなポーズのことでしょうか？」

紳士は声を出して笑った。「これは失礼しました。すっかり説明するのを忘れておりました」紳士は大きくぱんと手を打った。

手の中の人形が蠢《うごめ》いた。

わたしは人形を取り落とした。

人形は厚い絨毯《じゅうたん》の上で跳ねると回転し、床の上に立つ形になった。そして、自分でスカートを摑《つか》み、深々と頭を下げた。「ようこそいらっしゃいました」

「これはオートマータ——からくり人形です」

「オートマータ……」

「ご存知ありませんか?」

「いいえ。話に聞いたことはありますが……」僕はかがんでオートマータを覗《のぞ》き込んだ。

「しかし、今確かに話しましたが」

「オルゴールと同じ機構です。そもそもオートマータは時計やオルゴールと同じく、複雑な歯車やカムを使って、予《あらかじ》め決めた動作を忠実に再現させるものですから、オルゴールとの相性はとてもいいのです」

「しかし、人間の声に聞こえましたよ、確かに」

「人間の声に聞こえるためには、人間の声を忠実に再現させる必要はありません。そもそも人間の耳は音を人声に聞きたがるものです。風音や水音などが人間の声に聞こえた経験はおありでしょう。ちょっと工夫すれば、オルゴールの音は人の声に聞こえるものなのですよ」

「なるほど。そういうものですか。感服いたしました」

その時、僕たちが入ってきたのとは、別の扉からノックの音が聞こえた。

「お入り、マリア」紳士がそういうと、扉が開き、若い女性——むしろ少女と言ってもいい年頃の女性が入ってきた。

彼女の肌はそこにあったオートマータたちの肌と同じぐらい繊細で輝いて見えた。そして、その容姿、立ち居振る舞いも真《まこと》に申し分のないものだった。

「これはわたしの娘のマリアです。マリア、こちらは……」

「存じ上げております。お待ちしておりました」マリアは先程のオートマータと同じく深々と礼をした。

僕は挨拶《あいさつ》を返すこともせず、マリアの可憐《かれん》な姿をじっと見つめ続けた。

「どうです？　親のわたしが言うのもおかしいが、美しい娘でしょ」

「えっ?!　あ、はい。お美しいご令嬢ですね」

「お気づきになられたか、どうかわかりませんが、この部屋にある殆《ほとん》どのオートマータの姿と動きはマリアのそれを再現したものなのです」

「なるほど」僕は頷《うなず》いた。「お嬢さんの容姿と身のこなしは完璧《かんぺき》ですからね。わたしもすっかり魅せられてしまいました。このような方とお知り合いになれて本当に幸せです。この年になって、一目ぼれということが本当にあると……」

紳士とマリアが僕の顔をじっと見ていた。

僕は真っ赤になった。「すみません。その、つい、本音が……」さらに赤くなる。

「無理もありません」紳士はにこやかに言った。「マリアに会ったたいていの男性がそうなります。だからこそ、わたしはオートマータに彼女の姿を反映させるのです」

「マリアさん、あなたは幸せな方だ」僕は言った。

マリアは首を傾げた。「なぜ、そう思われるの？」

「その美しい姿をこのような形で世に広められるのは、お父様の愛の賜物ですよ」

マリアは冷たく微笑んだ。「そう。父はオートマータたちと同じぐらいにわたしを愛してくれているのかもしれませんわ」

「そうだ。マリア」紳士はマリアの言葉を遮るように言った。「お客人にオートマータの舞台をお見せ差し上げなさい」

「はい。お父様」マリアは無表情にオートマータたちに言った。「さあ。舞踏会の始まりよ！」

その声に反応したのか、オートマータたちはいっせいに顔を上げた。そして、ゆっくりとポーズをとり始めた。それも一体ずつがばらばらのポーズだった。あるものはすっと背を伸ばして立ち、あるものはスカートを広げてしゃがみこみ、あるものは背をそらして軽業師のように腕を床に付け、あるものは隣のオートマータに絡みつくように抱きついた。

マリアがぽんと手を叩《たた》く。

オートマータたちは一斉に踊り出した。一体ずつがオルゴールのハミングをしていて、それが合わさってまるでオーケストラの演奏のようだった。それぞれが全く別の動きをしているが、それぞれがぶつかったり、邪魔をするようなことは一切なかった。それも恐ろしいほどの速さでだ。人形たちは床中を走り回り、その様子は乱雑さの極みと言ってもよかった。もう足の踏み場もなかったよ。

ところが、次の瞬間、人形たちは突然整列し、元の位置にぴったりと収まったんだ。まさに、それは神業としか言いようがなかった。

「これは素晴らしい。まるで人間のようでしたよ!!」

僕がそう言うと、紳士は明らかに不愉快そうな表情をした。「はっ!! 人間ですと! 人間ごときにこのような精密で素早い動きができるものですか!」

「しかし、オートマータの動きは人間を模倣したものでしょう」

「模倣ではありません。わたしは不完全な人間の動きを洗練させ、完成させたのです。オートマータはわたしが動きを計算し尽くして設計した歯車の複雑で絶妙なバランスの命ずるままに動きます。もし人間なら、こんな大勢でこれほど精密で素早い動きなどできはしません。あちらこちらで無様に躓《つまず》いたり、ぶつかったりして目も当てられない様子になるでしょう」

「しかし、わたしはバレエを見たことがありますが、あれも素晴らしいものでしたよ」

「バレエ？　たかが数十人が同時に踊るだけではないですか？　それもごくゆっくりと。わたしのオートマータたちは仮令《たとえ》千体でも一分の狂いもなく、完全に同調して踊ることができる。そのようなバレエをご覧になったことは？」

「あなたの言葉はまるで」僕はそこで一呼吸ついた。「人間がオートマータより劣ったものであるかのように聞こえますが」

「その通り。漸《ようや》くわかりましたか。オートマータは人間より優れているのです。もはや人間に代わる新しい種族と言っても過言ではないでしょうな」

「ちょっと待ってください。その考えには到底同意できませんよ」

「なぜですか？　今、あなたはご自分の目で、オートマータの優越性を確認されたはずだ」

「確かに、オートマータは人間より、正確で素早いのでしょう。しかし、それだけで優劣を決めてよいものでしょうか？」

「『それだけ』ですと？　わたしにはそれだけで充分に思えるが」

「正確で素早いだけが人間の価値ではありません」

「なるほど。面白いことをおっしゃる。正確でも素早くもない人間にとりえがあるとしたら、それはいったい何でしょうかな？」

「それは……つまり……」僕の目は宙を泳いだ。「そう。心です」

「心？」

「そう。心がなければ、芸術はつまらないものになります。それがどんなに素早く正確であったとしても。心のない芸術がどんなに空しいものか、おわかりになるでしょう？」

「では、逆にお聞きするが、心があるってどうしてわかるのですか？　あなた以外の他人に心があるって」

「えっ……それは……。そう。反応です」

「反応？」

「人間は同じような状況にあっても、様々な反応をします。それは心があるからです。オートマータは歯車に決められた通りにしか動きません。しかし、人間は自由な意志に従って動きます。つまり、その行動は予測不可能であり、それゆえ豊穣《ほうじょう》な芸術がうまれるのです」

　紳士は大声で笑い出した。「毎回決まった反応をしないのが、心の証拠ですと！　だったら、心というのは単なる壊れた歯車にすぎないということになるではないですか。わたしの造るオートマータの中にも稀《まれ》に予測不能な動きをするものがあります。それはわたしの手先の僅《わず》かな狂いによって、歯車の並びに小さなずれが生ずるためです。初めは小さなずれでも時間が立つにつれ、狂いはどんどん大きくなり、ついには完全に予測不可能になります。もちろん、そんなオートマータは欠陥品なので、すぐに廃棄してしまいますが。人間とはそんな欠陥オートマータのような存在だという訳です。違いますかな？」

「うまくは反論できませんが、あなたは間違っています。……そう。オートマータは人間を模倣するために造られたはずです。だとしたら、自分よりも劣ったものを模倣するものが優れているということですか？」

「模倣ですと？　どうしてそんなことをする必要があるのです？」

「いいえ。あなたは人間を模倣してオートマータたちを造ったのです。あなた自身がそうおっしゃいました。『この部屋にある殆どのオートマータの姿と動きはマリアのそれを再現したものなのです』と」

「オートマータは完全な種族です。だから、その姿も完全でならなくてはならないのです。だから当然我々の足元にいる彼女たちは真の意味の完成品ではない」

「何をおっしゃっているのですか？」

「人間が不完全なオートマータだとしたら、オートマータとは完全な人間でなくてはならない。そして、完全な人間は完成された容姿と立ち居振る舞いを持たなくてはならない。

わたしは完全なオートマータを造った。そして、そのミニチュアの複製品が足元のオートマータたちだということです」

「だから何を言っているのか、わたしには……」僕はマリアの方を見た。「まさか……そんな……」

「ほら、騙《だま》された。てっきり、人間だと思ったでしょ」

僕はよたよたとマリアに近付いた。「そんな馬鹿な。彼女は人間だ」

「彼女に心があると？」紳士は首を振った。「いやいや。わたしはそんな欠陥品などを造りはしない」

僕はマリアの頬に触れた。弾力のあるそれは仄《ほの》かに暖かく、熱い血潮が感じられた。

僕は振り向いて紳士の目を見つめた。

青く澄んでいる。しかし、底知れぬ薄気味悪さを感じた。

「マリア、君は本当にオートマータなのか？」

マリアは冷たく微笑んだ。「あなたはどう思われますか？」

「これはいったいどういうことなんだ！」僕は紳士に怒鳴るように言った。

「失礼致しました。わたしは試したかったのです。わたしの造ったマリアがオートマータであることを見抜ける者がいるかを。マリアはオートマータであり、人間が本来もたない完璧《かんぺき》性を持っています。完璧であるが故に彼女は人間でないのです。しかし、オートマータの知識がない者には彼女は完璧な人間に見えるはずだ。わたしは彼女が最高傑作であるという証《あかし》が欲しかった。あなたは常に冷静に物事を観察する習慣を身に付けておられる。今回の試験にはうってつけだった」

僕はがっくりと肩を落とした。「やっと理想の女性に巡り合ったと思ったのに。彼女が人間ではないなんて……。わたしはあなたが彼女への愛故にこの小さなオートマータたちを造ったと思ったのに」

「もちろん、わたしはマリアを愛していますよ。そして、この複製たちもまた……」

「待ってください」僕は紳士を制した。「何かがおかしい」

「何を言っているんですか？」

「わたしは彼女に言った。『その美しい姿をこのような形で世に広められるのは、お父様の愛の賜物ですよ』と。そして、彼女は答えた。『父はオートマータたちと同じぐらいにわたしを愛してくれているのかもしれませんわ』と」

「それが何か？」

「辻褄《つじつま》があいません。彼女は僕の言葉に反応したのです。もし彼女がオートマータなら、彼女の言葉も動きも歯車によって予《あらかじ》め決定されているはずです。しかるに、彼女は僕の言葉に反応して答えた。僕が思わず口に出した言葉が予め歯車に組み込まれているわけがない。歯車のずれが偶然正しい言葉を紡ぎ出した？　そんな偶然は万に一つもありえない。あなたの言うことが正しければ、マリアは欠陥のないオートマータであるはず。ならば、決められていない行動をとる訳がありません」

紳士は返事をしなかった。凍りついたように僕を見ている。

僕はマリアを指差した。「マリアさん、あなたは人間です。自分でどう信じておられるのかはわかりませんが」

「ええ。自分が人間だということは承知していてよ」マリアは悪戯《いたずら》っぽく笑った。「ごめんなさい。あなたを試したのよ。わたしが人間であるかどうかを見抜けるかね」

「なぜ、そんなことを？」僕は言った。

「わたしが造ったオートマータの完全性を確認するのに、いい加減な観察眼を持った人間では意味がないもの。人間をオートマータだと言われて単に信じるような人間じゃ話にならないわ」

「あなたが造った？　じゃあ……」

マリアは頷《うなず》いた。「わたしはオートマータ職人のマリア。わたしの目的はオートマータを新しい種族として完成させること。この家のオートマータはすべてわたしが造りました」

「あなた自身をモデルとして？」

「殆《ほとん》どのオートマータはそうよ。一部例外はあるけれど」

「あなたは……その……お父様と同じように人間を欠陥オートマータだと思っておられる

のですか？」

「あれは元々わたしの考えなの。逆に言えば、完成された人間はオートマータに行き着くことになる」

「あなたは自らを完全だと思っておられるのですか？　だからこそ、自らの姿をオートマータに？」

マリアは首を振った。「いいえ。わたしはただの人間。オートマータの境地にはまだ程遠いわ。もちろん、それを目指して精進してはいるのだけれど」

「わかりました」僕は言った。「あまり気乗りのしない仕事ではありますが、請け負いましょう。そのオートマータをここにつれてきてください」

「どのオートマータ？」

「わたしをここに呼んだ目的のオートマータです。人間との違いをわたしが見抜けるかどうか、これから試すオートマータです」

マリアは声を上げて笑った。「もうその必要はありませんわ」

「なぜです？　僕の観察眼に恐れをなして、勝負を投げたのですか？」

「その反対よ。もう試し終わっているの。わたしは勝負に勝った。あなたには見抜けなかったのよ」

「いったい何を言ってるんですか？」

マリアは指をぱちりと鳴らした。

今まで黙って話を聞いていた老紳士がゆっくりと近付いてくる。表情には生気がなかった。

「全部のオートマータがわたしをモデルとしている訳ではないのよ」

「まさか、そんなはずはない」僕の視線はマリアと紳士の間を彷徨《さまよ》った。「悪ふざけもほどほどにしてください」

「わたし、冗談は嫌いなの。ねえ、お父様」マリアは老紳士の顔面を掴《つか》んだ。そして、まっすぐに引き剝《は》がす。

そこには精密に組み合わされた無数の歯車とカムが恐ろしい速度で回転していた。

「ほら、騙された。てっきり、人間だと思ったでしょ」


話はここまで。

それから、どうなったって？　それからはたいして面白くはない。マリアと僕は恋に落ち、そして今に至る。気の抜けたラヴストーリーなど君の好みではないだろう。

ふふふ。君の考えていることはわかるよ。

今、聞いた話にはいくつもおかしなことがある。まず、四十年も前の話だというのに、僕の見かけは三十そこそこだ。第二にオートマータである老紳士と僕の会話が成立しえるはずがない。第三にくるみ割り人形は出てこないではないか。なっ。図星だろ。全部ちゃんと辻褄の合う答えがあるのさ。君は目の前のくるみ割り人形に気付かなかったのかい？僕はずっと素手でくるみを割っていたんだよ。

「ほら、騙された。てっきり、人間だと思っただろ」

攫《さら》われて

「わたしたち、誘拐されたの。小学校から帰る途中、公園で道草してた時に」唐突に恵美《えみ》はそんなことを言い出した。

「誘拐って？　事件ってこと？　それとも何かの悪ふざけ？」僕は彼女に訊《き》き返す。

「事件よ。本物の事件」恵美はぼさぼさの髪を毟《むし》るように掻《か》きながら言った。

二人の間に沈黙が流れる。

ここは二人が暮らす部屋。前はもう少し整然としていたような気がするが、最近どんどん荒《すさ》んでいくように思える。洗っていない皿やインスタントの食べかすが部屋中に散乱している。元々テーブルがないこともあって、食べ物は床の上に置いて食べる習慣になっていて、薄っぺらな絨毯《じゅうたん》は食べ物の汁を吸い込んで焦茶色だ。このような状態になった原因の大部分は恵美の性格にあるのではないかと踏んでいるのだが、彼女にそう切り出すようなことはしなかった。彼女は怒ると手が付けられない。自分から厄介なことを招きたくはなかった。

恵美は生えっぱなしの髪の毛で半ば顔を隠して俯《うつむ》いていた。割り箸《ばし》の袋が散乱する床の上で自分の足を抱くように座っている。

「そりゃ、初耳だよ」僕は、沈黙に耐え切れなくなった。

　恵美は僕の方をちらりと見たが、僕の発言自体は完全に無視して、ぽつりと言った。

「わたしと幸子《さちこ》と馨《かおる》——放課後はいつもこの三人で遊んでいた。そして、三人一緒にさらわれたの」

「聞いたような名前だな」

「本当？」恵美は少し顔を上げる。

「ああ。でも、よくある名前だし」

　恵美はまた顔を伏せる。「みんな、忘れ去られてしまうのね」

「それでどうなったんだい？　誘拐事件なんかしょっちゅうあるんで覚えてないんだけど」

「今となってはもう関係ないわ」恵美は諦《あきら》めたように溜《た》め息をついた。

「これは僕の完全な推測なんだけど、その事件が今の君の人格形成に影響を与えたってことはないかな？」

「わたしの人格？」

「その……何に対してもやる気がないところとか、自暴自棄なところとか」

　恵美は乾いた笑い声をたてた。「そうかもしれないわ。わたしの人生で最大の事件だものね。あんなことを体験して、その後まともでいられる訳がないもの」

「話を聞きたいな」僕は思い切って言ってみた。

恵美はきょとんとして僕を見詰めた。「本気なの？」

「ああ。本気だよ。それとも、話すと何か拙《まず》い事でもあるのかい？」僕は恐る恐る尋ねた。

恵美はしばらく目を瞑《つぶ》っていた。「いいわ。話をしておくいい機会かもしれない」

「全部話してくれよ。僕は何を聞いたって驚かないから」

わたしたち三人はいつもの公園で遊んでいたの。三人ともまだ人生についてあれこれ考える余裕はなかったわ。砂場でままごと遊びをするのに忙しかったこともあるけど、何よりまもなく始まる夏休みの予定で頭がいっぱいだったの。もちろん、宿題は山ほどあった。でも夏休みはとても長くて、充分に遊んだ後で始めればいいと思っていた。あの日、わたしたちの心はもう夏休みに飛んでいたのね。公園から人影が消え、自分たちだけになっていることに気がついた時、もう日は沈みかけていた。でも、誰も帰ろうなんて言わなかった。遊びは楽しかったし、たとえ夜になったとしても、大人たちが言うような怖いことは何も起こりそうになかったもの。

その時、木陰から肩幅の広い男の人がゆっくり現れた。だらだらと汗を流し、はあはあと苦しそうに息をしていたわ。「お嬢ちゃんたち、お願いがあるんだけど、いいかな？」

わたしたちは互いに顔を見合わせた。知らない大人の人に話し掛けられるのに慣れていなかったので、どう答えていいのか、わからなかったのよ。

「なに、難しいことじゃない。ちょっとしたことさ。おじさんはただお嬢ちゃんたちに道を教えて欲しいだけなんだ？」

「何の道？」最初に答えたのは馨だった。

「こ、公民館へ行く道だよ」男の人はどぎまぎと答えた。

「公民館？　よくわからない」馨は困ったように言った。

「あたし、知ってるわ」幸子が自慢げに言った。「先週、おばあちゃんと一緒に行ったもの。あそこで手芸教室があったの」

「おじさんに教えてくれるかな、お嬢ちゃん」

「どうしようかな？　ちょっと遠いから」

「じゃあ、車に乗って行こう。公園の前に止めてあるから」

「だめよ、幸子」わたしは慌てて言った。「知らない人に付いていっちゃあいけないのよ」

「えっ？」男の人に付いていこうとした幸子の足が止まった。

男の人は舌打ちをした。

「お母さんも、先生もそう言ってたよ」

「そうかい、お嬢ちゃんは大人の言い付けをよく守って偉いね」男の人はわたしの頭を撫《な》でた。

「でも、どうして付いていっちゃあいけないのか、理由はわかっているのかな？」

「理由？……ええとね……」

「誘拐されるから」馨が口を挟んだ。

「そうだ。よく知ってるね。悪い人に付いていったら、誘拐されてしまうかもしれないからね。でも、おじさんは悪い人じゃないから、付いてきても大丈夫なんだよ」

「本当に？」

「本当さ。それどころか、みんなに誉められるかもしれないよ。困ってる人には親切にしなさい、っていつも言われてるだろう。おじさんは公民館の場所がわからなくて困ってるんだ。親切にしてくれなくちゃいけないよ」

幸子は男の人の言葉に頷《うなず》いて、また歩き出したの。

「待って！」わたしは食い下がった。「ひょっとしたら、そのおじさん悪い人かもしれないわ」

男の人は凄《すご》い形相でわたしを睨《にら》んだ。「お嬢ちゃん、言っていいことと悪いことがあるんだよ。初めて会った人を悪人呼ばわりするなんて随分と失礼じゃないか？」

「だって……だって……」わたしは自分が間違っていないのはわかっていたけれど、大人に強く言われて、どう言い返せばいいかわからなかった。

「そうよ、恵美。人のことを悪く言ってはいけないのよ。おじさんに謝りなさいよ！」幸子はここぞとばかりにわたしを窘《たしな》めた。

　馨はどちらが正しいか判断がつかなかったみたいで、きょろきょろと二人を見比べていた。

「困ったね。お嬢ちゃんたち、こんなところで喧嘩《けんか》をされたら、おじさん、どうしていいかわからないよ。そうだ。こうしたら、どうだろうか？」男の人はハンカチで汗を拭《ぬぐ》いながら言った。「三人ともおじさんと一緒に来るんだ。それだったら安心だろ。もし、おじさんが悪い人で、一人を捉《つか》まえてもあとの二人が逃げて警察に知らせればいいんだから」

「そうね。それがいいわ。ねえ、それだったらいいでしょ、恵美」

　馨はそれで納得したようだったけど、わたしにはいい考えだとは思えなかった。でも、三人がわたしをじっと見詰めるので、反対はできなかった。

「それだったら、いい」わたしは渋々呟《つぶや》いた。

「よし、これで決まりだ」男の人は幸子と馨の手を握ると、さっさと歩き出したわ。幸子と馨は背の高さも同じぐらいで髪型も似ていたから、後ろ姿だけを見ていると、双子みたいだった。わたしはしばらく三人が歩いて行くのをぼうっとみていたけど、仕方がないので、渋々後ろを付いていった。

　公園を出ると、すぐに軽自動車があった。幸子は助手席に、馨とわたしは後部座席に座った。男の人はすぐに発進すると、ぐんぐんスピードを上げだした。

「おじさん、こっちじゃないよ」幸子が不服げに言った。「公民館はあっちだよ」

男の人は何も答えなかった。

「ねえ。おじさん！」幸子は男の人の腕を摑《つか》み、揺すった。

「喧《やかま》しい！　静かにしろ!!」男の人は怒鳴りつけた。

わたしは目の前が真っ暗になったわ。

ああ。やっぱり、このおじさんは悪者だったんだわ。わたしたち、誘拐されたのだわ。

「おじさん、おじさん！　違うよ。この道は間違ってるよ!!」幸子はべそをかいてた。

「静かにしろって言ってんだろ!!」男の人は拳《こぶし》で幸子の顔を殴りつけた。
二、三秒の間、幸子は無反応だった。そして、大声で泣き始めた。同時に噴水のように鼻血が噴き出した。
わたしと馨は恐怖のあまりパニックになってしまった。

「降ろして！　降ろして！」

「止めて！　止めて！」

「煩《うるさ》い!!　黙れ!!　何度言やわかるんだ!!　糞《くそ》餓鬼どもが!!」男の人——誘拐犯人はまた幸子を殴った。べちゃりと湿った音がした。幸子はさらに大きな声で泣き出した。そして、床の上に吐いた。吐いたものの中に歯が何本か混ざっていた。

「黙れ!!　黙れ!!　黙れ!!　黙れ!!　黙れ!!　黙れ!!　黙れ!!　黙れ!!　黙れ!!　黙れ!!　黙れ!!　黙れ!!　黙れ!!　黙れ!!　黙れ!!　黙れ!!　黙れ!!」男は何度も叫びながら、幸子の顔に拳を叩《たた》き込んだ。幸子はもう泣いていなかった。その代わり咳《せき》のようなしゃっくりのような不思議な声をしばらく上げたかと思うと、ばたばたと手足を振りまわし、静かになった。時々、ぴくぴくと動いていた。

「やっと静かになったか。おい後ろのやつら！　おまえらも殴られたくなかったら、静かにしろ!!」

とても静かになどできなかった。わたしたちは声を限りに泣き叫んだ。

でも、その時、犯人はわたしたちを殴ったりはしなかった。わたしたちを殴るためには車を止めなくてはならなかったし、車を止めたら誰かに見られたり、わたしたちが逃げたりすると思ったからだと思う。

日が完全に沈む頃、車は山道に差し掛かった。わたしと馨は泣き疲れて、啜《すす》り上げるだけになっていた。幸子は手足をだらりとさせ、ぐったりしていた。

「どこに行くんですか？」震える声で馨が尋ねた。

犯人は何も答えなかった。

「おじさんは誘拐犯人ですか？」

「死にたくなかったら、余計なことはぐだぐだ言うな!!」犯人は苛立《いらだ》たしげに叫んだ。

「幸子を病院に連れていってください」

「んあ? ちょっと殴っただけだ。病院なんか連れてかなくても……」犯人は横目でちらりと幸子の顔を見た。「うわ!!」犯人は驚いてハンドルを切り損ないそうになった。車体がぐらりと揺れる。「俺のせいじゃない。そいつが騒ぐからいけないんだ!!」

「ねえ。幸子を病院に……」

「病院なんかにゃ行かねえ」

「だって、幸子は……」

「ちょっと殴っただけだっつってんだろが!!」犯人は喉《のど》が張り裂けそうな大声で言った。

「畜生! なんてこった。もう後戻りはできなくなっちまった」

「おうちに帰してください」磬が言った。

「状況考えろ。帰れる訳ねえだろうが。おい、どっちが荻野《おぎの》寧子《やすこ》だ?」

わたしと磬は質問の意味がわからず、ぼんやりと男の後頭部を眺めていた。

「前に座ってるやつが荻野寧子か?……いや。さっき、おまえらこいつのことを幸子って言ってたな。……おい、どういうことだ?!」

二人とも何をどう答えていいかわからなかった。

「まさか、そんなこと……」犯人の声が小さくなった。「おまえら荻野寧子じゃねえのか?!」

「寧子は先におうちに帰ったよ」馨がほっとしたように言った。「じゃあ、人違いだよ。寧子のおうちを教えてあげるから、車を戻して……」

「馬鹿餓鬼が本気で言ってるのか?! もうお終《しま》いなんだよ!! 何もかもおまえらのせいだ」男はしばらく無言になった後、また喋《しゃべ》りだした。「おまえらの家は金持ちか?」

「わからない」馨が言った。

「おまえは?」

わたしも首を振った。

「どんな家に住んでる? 一戸建てか?」

「団地です」

「おまえは?」

「わたしも団地」

「こいつは?」犯人は顎《あご》で幸子を指した。

「幸子のおうちは三階建てよ」

犯人はまたちらりと幸子の方を見た。「畜生ついてねえ。一番金になりそうな餓鬼を俺は……。いや。まだ駄目と決まったわけじゃない。こうなったら……」犯人はさらに車のスピードを上げたわ。

車はどんどん山奥に入っていった。いつの間にか目立たない脇道に入って、そこからさらに一時間程進んでから、犯人は車を止めた。

「よし。おまえら外に出ろ」

わたしと馨はびくびくと外に出た。外は真っ暗で、車のヘッドライトが照らしているところだけしか様子はわからなかった。様子がわかると言っても、何本かの木とうっそうとした茂みが見えているだけだったけど。足元はずるずるとした泥で、虫の声が微《かす》かに聞こえた。見上げると、星の海に山や木の影がくっきりと見えていた。

「逃げようなんて思うなよ。子供の足じゃ絶対麓《ふもと》まで辿《たど》りつけないぞ。途中で山犬に見付かって喰《く》われちまうのが落ちだ。おい。二人でこいつを運び出せ」

わたしたちふたりは命じられるままに、泣きながら幸子を運び出した。ぐったりしていて、とても重たかった。

「幸子大丈夫かな？　生きているのかな」馨が心細そうに言った。

「よくわからないわ。死んだ人を見たことがないから」

犯人は車のエンジンを切ると同時に、懐中電灯を取り出した。「よし、そいつを持ったまま、俺についてこい」

わたしと馨は動かない幸子を運びながら、犯人に付いていった。犯人が照らすところだけに世界があった。その他の場所はまだ世界ができていなくて、まだどろどろでわたしたちは始まる前の世界のどろどろの地面とどろどろの空気の中をどろどろになって進んでいた。どろどろの怪物たちがどろどろの森の中からわたしたちを睨《にら》んでいた。怪物は何百匹も何千匹もいた。

わたしは幸子の足を持って、馨は幸子の頭を持っていた。幸子は重くて、わたしたちは何度も落としそうになった。その度にわたしたちはなんとか持ち堪《こた》えた。馨は幸子の耳をぐいっと摑んで引っ張ったので、幸子の首は変なふうに曲がった。喉のところから何か音がした。幸子の呻《うめ》き声なのか、別の音だったのか、よくわからなかった。そして、ついに手が痺《しび》れて、幸子を落としてしまった。

「落とさずにちゃんと持て!!」犯人が怒鳴った。

わたしたちは慌てて、幸子を持ち上げようとしたが、もう疲れてしまって、どうしても持ち上げられなかった。仕方がないので、頭と手を摑んで幸子を引き摺《ず》っていく事にした。地面はどろどろだったけど、ところどころに大きな石が埋まっていて、幸子は何度も引っ掛かった。引っ掛かると、バランスを崩し、わたしたちは尻餅《しりもち》をつく。幸子の頭はごろんと地面にぶつかる。これの繰り返しだった。

そうやって、何十分か何時間か歩いていると、突然目の前に小屋が現れたわ。木で出来た粗末な造りで、今にもお化けが出そうだった。

犯人は小屋に入ると、明かりをつけた。

「よし。おまえら中に入れ」

入ると同時に二人は幸子を床に投げ出し、疲労のあまり倒れ込んでしまった。

床の上には埃《ほこり》が溜《た》まっていて、それが煙のように部屋いっぱいに広がって、天井を覆い尽くす蜘蛛《くも》の巣に被《かぶ》さった。

犯人は時計を見た。「もうおまえらの親たちはおまえらがいなくなったことに気付いているはずだ。住所と電話番号を教えろ」

馨はすぐに教え始めた。

「教えちゃ駄目！」わたしは馨を止めた。

「邪魔をするな！　おまえらの親に電話して迎えに来てもらうんだぞ」

「嘘だわ！」

「煩《うるさ》い!!」犯人はわたしの髪の毛を掴《つか》んで、持ち上げた。「素直に教えりゃ、すぐ親を呼んでやるっつってんだよ！」

「だって、住所を教えてしまったら、わたしたちを殺すつもりなんでしょ」

「ちっ！　こましゃくれた餓鬼だ。……ああ。そうだよ。一人殺すも二人殺すも同じだからな。だがな、住所を教えてくれれば、少しの間は生かしてやる。もし教えなかったら、今すぐ殺す!!」

「絶対教えない」

「この餓鬼ぃぃぃぃぃぃぃぃぃ!!」犯人は真っ赤な顔をして、わたしに襲い掛かってきた。

「馨！　逃げて!!」わたしは必死でもがきながら叫んだ。

馨は一瞬呆然《ぼうせん》としていたけれど、わたしの言葉の意味がわかったのか、小屋から飛び出していった。

「畜生!!」犯人は思いっきりわたしの顔を殴ったわ。顔が爆発したみたいだった。ごおんごおんと音が響いて、何もかもが小さく遠くなって、体がなくなっていくみたいな感じだった。

わたしも逃げなくちゃ……。

そう思ったけれど、なんだかぼうっとして、どうしても体に力が入らなかったの。

どのくらいたったのか、気が付くと、馨の泣き声が聞こえてきた。目を開けると、目の前に馨の姿があった。床に倒れて泣いていた。可哀想に馨の顔はぱんぱんに腫《は》れていた。

「逃げようなんて思うから、こんな目にあうんだ」男は馨を蹴《け》り飛ばした。

いつの間にか、外は少し明るくなっていたわ。

小屋の中にはたくさんの食べ物や水があったから、しばらくはここで暮らせそうだった。犯人は一人でがつがつと冷たいままのインスタント食品を食べ、食べ残しを床に捨てて、わたしたちに食べさせた。そして、お腹が一杯になると、ドアの前の床に横になり、ぐうぐうと鼾《いびき》をかき始めた。

「今なら、逃げられるんじゃないかな？」わたしは馨に提案した。

「駄目。ドアを開ける時に絶対に気付かれちゃう」

「じゃあ、窓は？」

二人はよろよろと立ち上がり、背伸びをして窓から外を眺めた。

窓の外は切り立った崖《がけ》になっていた。下まで十メートル以上ありそうだった。

「さっき外に出た時、小屋の周りはどんなだった？」

「まだ暗くてよくわからなかったけど、だいたい木ばっかりだった。小屋のすぐ裏は崖になっていて、その下はススキみたいな背の高い草がいっぱい生えていて、地面はよく見えなかったよ」

「窓と崖との間に立てるような場所はなかった？」

「よくわからない」

わたしは小屋の中を見まわしてみた。机か椅子があれば、それに乗って窓の下を覗《のぞ》いてみようと思ったのよ。でも、小屋の中には何にもなかった。

「肩車してみようか？」わたしは馨の耳元で囁《ささや》いた。「そうすれば、窓から外に出られるかもしれないよ」

「でも、肩車させてあげた方は逃げられないよ」

「先に窓枠に上った方が引っ張り上げればいいじゃない」

「そんなの絶対無理」馨はいやいやをするように首を振った。

「わたしが先に上るわ。わたしの方が力があるから」

目論《もくろ》み通りにはいかなかった。馨はわたしの股《また》の間に首を突っ込んだまま、うんうんと唸《うな》るだけで、ぴくりとも持ちあがらない。

「やっぱりわたしが下になる」

「でも、恵美を引っ張り上げるのは無理だって」

「だったら、引っ張り上げなくてもいい。一人で逃げて、大人の人にここの場所を教えるの」

「駄目だよ。さっきも逃げたけど、捕まっちゃったし」

「さっきはどうして捕まったの？　せっかく逃げられたのに。あいつ足速かった？」

「ううん。そんなには速くなかった。でも、いつまでも追い掛けてきた」

「隠れればよかったのに」

「隠れるところ、見られたらすぐ捕まるじゃない」

「だから、目につかないようなところに回り込めばいいの」

「そんなこと、できればとっくにやってるってば」

「馨のぐず!!」

馨はしばらく涙を堪《こら》えようとしていたようだったが、やがて目から大粒の涙が零《こぼ》れて、そして声を殺してしくしくと泣き出した。

「ごめん、馨。そんなつもりじゃ……」

「恵美はあいつに追いかけられなかったから、だからどんなにあいつのことが怖かったか、わからないんだよ」

「わかったから、もう泣かないで。あいつが目を覚ます」

「いいじゃん。別に。どうせ逃げられっこないんだから」

「逃げなくちゃ駄目。ここにいたら、いつか殺されちゃう」

「でもどうやって？」

「考えるの。何かいい方法がきっとある」

わたしたちは必死で考えた。でも、そんな思案も空しく、やがて犯人は目覚めてしまった。

「どうだ、餓鬼ども？　住所を教える気になったか？」

二人とも返事をしなかった。

「そうか、だんまり作戦のつもりか。だがな、大人を怒らせたら怖いぞ。おまえらなんて一捻《ひね》りだ」犯人は口の端をいやらしく歪《ゆが》めた。「まあ、いいだろう。時間はたっぷりある。別に今日でなくたって、明日でもいいんだ。いや。来週でも、来月でも構わない。ここにはたっぷり食料が用意してある。その間ずっと痛めつけるのも可哀想だから、時々は可愛がってやってもいいんだぜ」犯人は舌舐《なめず》りをした。

その日はとても酷《ひど》い日だった。悪夢のようだった前の日ですら天国のように思えるぐらいだった。わたしも馨もぼろぼろになって、幸子と同じように床に倒れ伏した。

犯人はまたインスタント食品を貪《むさぼ》ると、ドアの前で鼾をかき始めた。

「あいつ、絶対に許さない」馨は目に涙をいっぱい溜めて、犯人を睨《にら》んでいた。

「あいつを睨んでいても仕方ないわ。今は眠った方がいい。あいつが起きたら、また眠れなくなってしまう」

「眠らない。あいつが側にいる間は死んでも眠らない」

「じゃあ、起きてればいいわ。でも、無駄に目を覚ましているだけじゃ駄目。あいつから逃げる方法を考えるの」

「でも、ドアの前にはあいつが寝ているし、窓は高すぎるし……」

「あいつをドアから離れさせることはできないかな？」

「絶対、無理。動かそうとしただけで、目を覚ましちゃう」

本当に？　何か方法はないかしら？

わたしは小屋の中のあちらこちらをきょろきょろと見回した。隠れる所はどこにもない。物入れ一つない。あるのはインスタント食品と缶詰の山とペットボトル入りの水だけ。もちろん、山と言っても子供が隠れる程の大きさはなかった。

でも、わたしの心は何かに引っ掛かっていた。何かに。

そして、わたしは突然それが何かということに気付いてしまった。

「あいつを出し抜く方法が一つだけある」わたしは興奮のあまり思わず叫びそうになってしまった。

「どうしたの？　怖い顔をして」

「仕方がないの。わたしたちとても怖いことをしなければならないから」

「怖いこと？」

わたしは馨に作戦を耳打ちした。

「そんなこと本当にできる？」馨は不安げに言った。

「大丈夫。二人が力を合わせればきっとできるはずだよ」わたしは馨を元気付ける。

「本当にそんなことしてもいいの？」

「わからない」わたしは首を振った。「でも、しなくちゃいけない。それしか方法がないんだから」

「もし、あいつにばれたら？」

「逃げるのに失敗したって、別に今より悪くなるわけじゃない。馨は逃げられるかもしれない。うまくいけば、わたしも。どっちに行けばいいのか、わからないけどとにかくできるだけ遠くに逃げるの」

馨はしばらくの間、決心がつきかねる様子で、ぶるぶると震えていたけど、そのうち真っ青な顔で頷《うなず》いた。「わかった。今すぐ始める?」

「もう一人のやつはどこに行った?!」犯人は目を覚ますと同時に異変に気付いたようだった。

わたしは犯人を睨み返した。「知らない。知っていても言わない」そして、ちらりと窓の方を見た。

犯人は小屋の中のあちらこちらに目を配りながら、ゆっくりと窓に近付く。

夕暮れが近付いていていた。

犯人は窓を開けると、少し身を乗り出し下を見た。「畜生。草が多くてよく見えねえ」

わたしは音を立てないようにして、ゆっくりと犯人に近付いた。

今ならできるかしら? わたしは頭の中で想像してみた。犯人を窓から突き落とすには、体を持ち上げなければならない。でも、わたしの力では持ち上げるどころか、動きを止めることすらできそうになかった。じゃあ、どうすれば……。

突然、犯人が振り向いた。「おまえ、俺を突き落とす気か?!」ぎろりとわたしを睨んだわ。

わたしは首を振った。「そんなこと無理に決まってるじゃない」

「確かに無理なように思える」犯人は窓の外と小屋の中を交互に何度も見比べた。「しかし、おまえたちは現にできそうにもないことをやってのけている。……いったい、何を企《たくら》んでいるんだ？」

わたしは何も答えず微笑んでみせたの。

犯人の表情は険しくなった。顔は真っ赤になり、握り締めた拳《こぶし》がぶるぶると震えていた。

「この餓鬼……俺を馬鹿にしやがって！　あいつらと同じだ!!　絶対に見返してやる。俺の凄《すご》さを思い知らせてやるんだ!!」犯人はわたしに向かって一歩足を踏み出した。顔を殴るのにちょうどいい距離だった。

でも、わたしは一歩も動かなかった。

犯人がわたしを殴ることに気をとられれば……。ただ、少し位置が悪かった。なんとか、わたしが窓側に回らなくっちゃ。どうすればいいのかしら？

すぐにはいい考えは思い付かなかった。

犯人は手を振り上げた。

わたしは歯を食い縛ったけど、目は瞑《つぶ》らず犯人の顔をじっと見詰めていた。

犯人ははっとしたような顔をして手を下ろした。「なぜ逃げない？」

しまった。気付かれた？　ううん。まだ、大丈夫よ。焦らなければ、絶対にうまくいく。

「何か仕掛けがある。そうだろう。おまえは俺が何かをするのをじっと待ってるんだ」犯人は手の甲で額の汗を拭《ぬぐ》った。窓から射し込む夕日を浴びて、汗は血のように見えた。

わたしは相変わらず何も答えなかった。

犯人は物凄い顔つきでじっとわたしを睨んでいたけど、ふっと力を抜いて笑い出した。

「おまえは恐ろしく頭の切れる餓鬼だ。だがな……結局大人には勝てないんだ。このゲームは圧倒的におまえが不利なんだ」

「そんなことわからないわ。子供が大人を騙《だま》すことなんてそんなに難しくない。一休さんと将軍足利義満《あしかがよしみつ》の話は知ってる？」

「くだらん御伽噺《おとぎばなし》だ。あんなのは全部作り話だ。嘘っぱちなんだよ」

「そうかしら？　絶対に嘘だといえる？」

「ああ。言えるさ」犯人はわたしの顎《あご》を指で少し持ち上げた。「大人が子供にこけにされて、黙ってるはずがないからさ。俺が将軍だったら、小賢《こざか》しい屁理屈《へりくつ》をいう坊主はとっ捕まえて、首根っこをへし折って、叩《たた》っ殺してやるぜ」犯人はにやりと笑った。

わたしの心臓はどくんどくんと大きな音を立てた。頭がぼうっとして、とても痛くなって、目の前が明るくなったり、暗くなったりした。息もうまくできなくなって、そのまま座り込んでしまいそうになった。

殺されるかもしれない。でも、殺されるのなら精一杯抵抗しよう。わたしを殺すのに手間取るだけ、警《けい》察《さつ》にはチャンスが増えるもの。

「足利義満はあんたほど、酷い人じゃなかったかもしれないわ。少なくとも子供にこんなことはしなかったと思うわ」

磬は我慢できるかしら？　今はまだ早いわ。わたしに気をとられているけど、それだけじゃあ、充分じゃない。

「そうかもな。俺は子供にどんな酷いことでもできるからな」犯人は顔を歪《ゆが》ませてまた笑った。そして、眉《まゆ》を顰《ひそ》めたの。「話を長引かせようとしているのか？　それとも、俺の注意を逸《そ》らそうとしているのか？」犯人はわたしの目を覗《のぞ》き込んだ。「けっ！　いけ好かない餓鬼だ。……まあ、いい。いつまでもこうしているわけにはいかない。どんな手品を使ったのかはわからんが、もう一人の餓鬼が逃げ出したのは間違いない。そして、なぜかおまえは一緒に逃げなかった。理由は簡単だ。おまえには何かの役目があるんだ。それは何だ？」

わたしは口を噤《つぐ》んだ。

「答える必要はない。とても簡単なことだ。つまり、おまえは俺を足止めしようとしてるんだ。あいつが少しでも遠くに逃げられるように時間を稼いでいる。そうだな」

「そうだと思ったら、すぐに磬を追いかけたらいいじゃない」

「……」

しまった。焦り過ぎたかもしれない。感づかれたかも……。

犯人は思案し始めた。「俺があの餓鬼を追って外に出たら、おまえはきっと逃げ出すだろう。それが狙いか？　ふん。この前みたいに立てなくなるまで殴ってやろうか？　でも、それだと、罄とかいう餓鬼を探すのに手間取っている間に目が覚めて逃げられちまうかもな。もっと、思いっきり殴っておこうか？」

わたしはぎくりとした。こいつならやりかねないと思ったのよ。

「いや。これ以上やると、死んじまうかもしれない。殺したって構わないけど、そこは冷静に対処しないとな。身代金を渡す前に声を聞かせてくれと言われるかもしれない。万一、捕まった時に二人も殺してちゃあ、死刑になっちまうかもしれない。一人なら無期懲役で、模範囚になりゃあ、十年程で出てこれるだろう」

「今すぐ、わたしを逃がしてくれたら、もっと罪は軽くなるわ」

「俺が捕まるってのは万一の話だ。俺はそんなどじはまず踏まねえ。……とにかく今は罄を捕まえることが先決だ。そして、そのためにおまえを動けなくすることもだ」男はポケットの中を探った。

わたしはきっと手錠か何かを出すんだと思った。

それは大きなナイフだったの。カッターナイフよりずっと大きくて、殆《ほとん》ど包丁と言ってもいいぐらいだった。

わたしはついに後退《あとずさ》ってしまった。

「なんだ。全然意気地がねえじゃないか。さっきまでの威勢はどうしたんだよ？」犯人は刃をぺろりと舐《な》めた。

「さっき、殺したら死刑になるって、自分で言ってたのに」

「殺しゃしないよ。動けなくするだけだ。どこがいい？　目玉を抉《えぐ》り出せば逃げられないよな」

「わたし、一人になっても逃げないわ。だから……」わたしは必死で言った。

「今更そんなことを言って誰が信じる？」

「じゃあ、ロープか何かで手足を縛って」

「残念なことにここにはロープも紐《ひも》もない」

「作ればいいわ。服を細く裂いて、それを束ねて……」

「そんな辛気《しんき》臭《くさ》いことしてられるか！　あいつはもうかなり遠くまで行ってしまったのかもしれないんだぞ」

「じゃあ、馨を探しにいくのにわたしも連れて行って。そうすればずっと見張ってられるわ」

「山道を子供連れで歩けってか？　それこそおまえらの思う壺《つぼ》だ。つべこべ言わず観念しろ!!」犯人はわたしの顔を抑えつけて瞼《まぶた》に指を押し当てた。

「ひい！」わたしはめちゃくちゃに暴れ捲《ま》くった。

「畜生!!　そんなに暴れたら、手元が狂って顔中ぐちゃぐちゃになっちまうぜ!!」

犯人は脅して静かにさせようとしていたんだろうけど、わたしは構わず暴れつづけた。目を抉り取られたら、取り返しが付かないもの。

「ええい。じゃあ、目は止《や》めてやるよ」

わたしは安心して一瞬、力を抜いた。

犯人はわたしの足首を摑《つか》むと宙吊《ちゅうづ》りにした。スカートが顔にかかって、犯人が何をしているか、わからなかった。

右膝《ひざ》の後にひやっとした感覚があった。火を押しつけられるような燃える感覚に変わった。わたしは暴れようとしたけれど、宙吊りになっているので、体をぶらぶらと揺するのが精一杯だった。

足の痛みは耐えられない程になった。わたしは絶叫した。何かが膝の裏側に突き刺さっていることがわかった。その鋭い形がわたしの足の中で動き、膝の関節をばらばらにしようとしていたの。

「糞《くそ》っ!!　うまく力が入らねえ」

わたしは頭から床に落下した。首が変なふうに捩《ねじ》れ、全身に電流が流れたような気がした。

犯人はわたしの体をうつ伏せにして、わたしの足を自分の膝で押さえつけた。また、炎の痛みが戻って来る。

わたしはなんとか体を捻《ひね》って、自分の足に起こっていることを見た。

わたしの膝の裏側にナイフが突き刺さっていた。それを犯人が力任せに動かして、足を切り開こうとしていた。

わたしは繰り返し絶叫した。「お願い。わたしの足を切らないで!」

「心配するな。足を切り落とそうってんじゃねえ。ただ筋を切るだけだ。これで二度と歩けなくなる」

あまりの痛みでわたしは暴れることもできなくなった。息をすることもできない。

犯人はナイフに体重をかけた。ずぶずぶと刃が入り込み、不思議な音がした。

「切れたのかな? おい。おまえ、足を動かしてみろ」

わたしには足を動かす気力は残っていなかった。

「動かそうとしてるのか?」

わたしは返事をすることもできなかった。

「仕方ねえな」

足がすっと軽くなった。ナイフが抜かれたのよ。血が勢いよく噴き出して、床が真っ赤に染まったわ。

突然、別の痛みが足を襲った。まるで、足首が爆発したような感じだった。

「足首にナイフを刺しても動かないってことはちゃんと筋は切れてるみたいだな。念のため、こっちの足にもっと……」

左足に痛みが走った瞬間、わたしは反射的に足を蹴《け》るような動作をしてしまった。ナイフは宙を飛び、馨のすぐ近くに落ちた。

わたしは唇を噛《か》み締め、声を上げるのをなんとか我慢した。

馨、頑張って。今ばれたら、何もかも水の泡よ。

犯人はゆっくりと歩いてナイフを拾った。

馨は息を殺しているようだ。

そう。わたしのことは気にしないで。

犯人は気付かずに戻って来た。「なるほど当然こっちの足はまだ動くってことだな」

今度は左足が押さえつけられた。

なんとか耐えなくっちゃ。これが終わればあいつは馨を追い掛けて、外に出て行くはず。

わたしはもう歩けないけど、馨が逃げ出せれば助けを呼んでもらえる。馨も怖いだろうけど、もう少し頑張るのよ！

でも、それは到底耐えられるような痛みじゃなかった。わたしは声がかれるまで叫びつづけ、挙句の果てに胃の中のものを何もかも吐き出してしまった。

「けっ！　汚ねえな。後でちゃんと始末しとけよ。自分のことは自分でやるんだ。もちろん、この血もな」犯人はわたしの足をねじ切るようにして、ナイフで膝の中をめちゃくちやにかき回した。「こんなもんかな」

両足から泉の様に血が流れ出していた。

大丈夫。こんなことでは死んだりしない。絶対に死んだりしない。そうに決まってる。

病院に行けばこの足も治る。きっと治る。

犯人はわたしのスカートの裾《すそ》でナイフの血を拭《ぬぐ》って、ポケットに突っ込んだ。「これで安心だ。俺が小屋から離れても、おまえは逃げられない。馨をとっ捉《つか》まえたら、そいつも同じ目にあわせてやることにするぜ。そうすりゃ、ぐっすり眠れる」

犯人は鼻歌を歌いながら、小屋から一歩足を踏み出した。

ついにこの時が来た。でも、まだよ。もう少しあいつが小屋から離れるのを待って、そして……。

犯人の動きが止まった。

わたしは血の海にうつ伏せになったまま、息を吞《の》んだ。

大丈夫。気付かれたはずはないわ。

「ちょっと待て。何かが引っ掛かる」犯人はゆっくりと振り返る。「おい。馨はどうやってこの小屋から出たんだ？」

「……言わない」わたしは息も絶え絶えになって言った。

犯人は小屋の中に戻ってわたしの足を踏み付けた。

わたしは体をのけ反らした。

「言え。馨はどこから出ていった？」

「そこの……出口からに決まってるじゃない」

「嘘だ。俺はずっと出口の前で眠っていた。そこから出たのなら、絶対に気付いたはずだ」

「ぐっすり眠っていたから気付かなかったのよ」

「俺は眠る前にドアの隙間に泥を塗っておいたんだ。もしドアを開けたのなら、泥は崩れていたはずだ。だが、泥はそのまま乾いていた」

わたしの位置からドアはよく見えなかった。だから、犯人が本当のことを言ってるのか、かまをかけているのか、判断できなかったの。

犯人はさらに体重を掛けてきた。「さあ、本当のことを言え」

「ひょっとしたら窓から逃げたのかも」わたしはあまりに痛くて頭が回らなくなっていた。

「おまえらの背の高さで窓から逃げられるものか」

「馨は体育が得意だったから……懸垂の要領で……」

「そんな力があったら、おまえを引き上げて一緒に逃げたはずだ」犯人は窓枠を眺めた。

「おまえが肩車をしたら、出られないことはないかもしれない。そうしたのか？」

「そうよ。わたしが窓から逃がしたの。だから足をどけて」

犯人には足を上げる気はなかったようだ。「どうも腑《ふ》に落ちない。窓の外はすぐ崖《がけ》になっている。外に立てる余地はない」

「わたしたちの背では窓のすぐ下はよく見えなかったの」

「そうだな。でも、窓枠に上った時点で気付くはずだ」

「一《いち》か八《ばち》か飛び降りたの！」わたしは叫んだ。

「そうかもしれない。だとしたら、馨はこの下でくたばってる可能性が高い。でも、もしそうじゃなかったら？……どうした。顔色が変わったな」

「足が痛くて……」

犯人はわたしの言葉を無視して、こめかみに指を当て目を瞑《つぶ》った。

これが最後のチャンスかもしれない。次にあいつが目を開ける時には何もかも気付かれた時かもしれない。でも、今なら、あいつが目を瞑っている今ならほんの少しの可能性がある。

わたしは馨に合図を送ろうとした。しかし、馨はわたしを見ていなかった。

犯人は目を開いた。「なるほど。そういうことか。謎はすべて解けた！」

「謎ってなんのこと？」

「最近の子供はよく悪知恵が働く。もう少しで騙《だま》されるところだった」犯人はわたしの足から降りた。「馨の姿が見えないので、俺はあいつが逃げ出したと思い込んでいた。だが、それがおまえたちの手だったんだ。この小屋からの出口は二つ。ドアと窓だ。そして、ドアの前には俺が眠っていたし、窓の外は断崖《だんがい》だ。出口は二つとも塞《ふさ》がっていたということだ。つまり、ここは密室だったんだ」

わたしは口を開きかけた。

「俺が気付かなかったとか、窓から飛び降りたとかいう戯言《たわごと》はたくさんだ」犯人は勝ち誇ったように言った。「出口がないところからは出ることはできない。これほど確実なことはない。馨はこの部屋から出なかったんだ。では、馨はどこに行ったのか？　蒸発しちまったのか？　とんでもない。やつはここに隠れている」

わたしの体からがっくりと力が抜けてしまった。

万事休すだわ。

「では、どこに隠れているのか？　一見すると、この部屋には隠れるところはないようだ。でも、一つだけ方法があったんだ。隠れる場所がない時、どうやって隠れる？　簡単だ。隠れるための場所を作ればいい。もし地面があるなら、穴を掘ればいいし、押し入れがあったら、中の布団をほうり出せばいい。そして、土や布団は窓からぽいだ。だが、この小屋の中には地面も押し入れもない。俺が眠っている間に壁や天井に子供の力で穴を開けることはできない。もちろん、食い物の陰に隠れることもできない。たった一つの可能性—

―それはおまえらの仲間の死体だ」

馨はその瞬間、すっくと立ち上がった。身には幸子の服を纏《まと》っていた。そして、戸口に向かって、走り出そうとした。

だが、犯人は馨よりも遥《はる》かに素速かった。馨の腕を握ると、そのまま床の上に引き摺《ず》り倒《たお》した。

「まさか、自分の友達の死体を素っ裸にして、窓から捨てるとはな。全く呆《あき》れたもんだ」

「誘拐犯にそんなこと言われたくない!!」

「黙れ、糞餓鬼《くそ》！　おまえらにはほとほとうんざりなんだよ。どうして俺がおまえらを相手に探偵ごっこなんかしなくちゃならねえんだ？」犯人は膝《ひざ》で馨の鳩尾《みぞおち》を蹴った。

「うっ！」馨は腹を押さえて蹲《うずくま》った。

「どうやって、死体を窓まで持ち上げたんだ？」

「二人掛りでなんとか頑張って……」馨が苦しげに言った。

「なるほど。二人でやりゃあ、できるかもな。おまえの服は？　幸子の死体に着せたのか？」

「ちゃんとは着せてない。手足に絡めるようにしただけ」

「そして、死体が着てた服を自分が着たわけか。まったくたいした神経だぜ。死体の服だぞ。薄気味悪くないのか？」犯人は馨の髪の毛を摑《つか》み、引っ張り上げた。

馨は犯人を上目遣いに睨《にら》み、何も答えなかった。

「さて、どうしてやろう？　こんなことをしたお仕置きをしなくっちゃな」犯人は邪悪な笑みを浮かべた。「恵美の方は足の筋を切ってやったから、まあいいだろう。馨はどうしようかな？」

「馨は悪くないわ。わたしの考えた作戦だもの」

「誰が考えたかということは重要じゃない。おまえたちは二人して俺を引っ掛けようとした。これは絶対に許されないことだ。上下関係ははっきりさせとかなきゃな」犯人は馨の喉《のど》に手を掛けた。「おまえには死んでもらう」

馨は暴れ出した。でも、犯人の指はもう馨の喉に食い込んでいた。馨は口から泡を噴き出した。

「やめて!!　罪が重くなるわ!!」

「仕方がない。俺はずっと起きておまえらを監視するわけにはいかないんだ。二人より一人の方が見張りやすい。二人とも生かしておいて逃げられたら、元も子もない。背に腹は代えられないもんな。それに身代金をとるのには一人いれば充分だしな」

「馨も足の筋を切ればいいわ」

「また残酷なことを言ってくれるね。友達を窓から捨てただけのことはある」

「お願い」

「駄目だ。歩けない餓鬼を二人も面倒を見るなんてご免だ。それに俺はこいつを殺すことに決めちまったもんでね」

馨の手足から力が抜け、だらりと垂れ下がった。ぴくぴくと力なく痙攣《けいれん》していた。

「おやおや。呆気《あっけ》ないな。もうお終《しま》いみたいだぞ」犯人は指にさらに力を込めた。

馨は白目を剝《む》き、それっきり動かなくなった。

「一丁上がり」犯人は馨の喉から手を離した。馨の頭が床にぶつかり、鈍い音を立てた。

「さてと」犯人は一仕事終えたと言わんばかりに両手をぱんぱんと叩《たた》いたわ。「恵美、やっと二人きりになれたね」犯人は大声でげらげらと笑った。

「きっと報いが来るわ」

「はてさて、どんな報いかな？　俺に報いが来るなら、おまえにも来るぞ。おまえは友達を裸にして、窓から捨てた。そして、おまえの立てた下手な作戦のせいでもう一人の友達まで死んじまった。それに」犯人はわたしに顔を近づけた。「親にも言えないようなことをしたんじゃないのか？」

わたしは犯人に殴りかかった。でも、すぐに両腕を摑まれ、床に押しつけられた。

「どうやら、まだお仕置きが足りないようだな。仕方のない子だ」犯人はまたナイフを取り出した。「今度は腕の筋を……」犯人の言葉が止まった。戸口を見詰めている。目を見開き、ぽかんと口を開けている。手からナイフがぽとりと落ちた。何か言葉にならない声を上げ、床の上に尻餅《しりもち》をついた。両手で床を押して後退《あとずさ》ろうとしていた。

わたしは戸口を見た。声が出なかった。そこには襤褸《ぼろ》雑巾《ぞうきん》のような塊があった。なんだか人の形のように見えた。もしそれが人だとしたら、ずいぶん奇妙な恰好《かっこう》だった。全身酷《ひど》い怪我をして血塗《ちまみ》れな上に殆《ほとん》ど全裸で手足に馨の服を巻きつけていた。両手とも骨がないみたいにぶらぶらしていたし、脇腹からは骨が飛び出していたし、お腹や首には枝が突き刺さっていた。胴体も変なふうに曲がっていたし、頭の形もおかしかった。そして、顔はどこに目鼻があるのかもわからないぐらいにつぶれていた。

「ひっひゃひゃひゃひゃひゃひゃ!!」犯人は叫んだ。「違う。違う。殺す気はなかったんだ」ばたばたと手足を床に叩きつけるだけで、どちらにも進まなかった。と、突然、逃げるのを諦《あきら》めて、わたしを指差した。「こいつだ。こいつ。止《とど》めを刺したのはこいつだ」

幸子はわたしの方を見ていなかった。ううん。見ていたのかもしれなかったけど、わたしには幸子がどこを見ているのかなんてわからなかった。幸子はただゆっくりと犯人の方に歩いていったの。

「く、来るな。来るな」犯人は何度も立ち上がろうとしたけれども無理だった。

幸子が犯人の上に覆い被《かぶ》さった。

犯人のズボンが膨れ上がった。水のようなものが染み出してきた。犯人は泣きじゃくり、手足をめちゃくちゃに振りまわした。

幸子は投げ飛ばされ、そしてもう動かなくなった。

犯人はまだ声を上げて泣いていた。顔を手で覆っている。

わたしは床の上のナイフを拾い上げ、血と泥とおしっこに塗れた床の上をずるずると這《は》い進んだ。そして、犯人の胸とお腹の間を狙って、ナイフを叩き込んだの。ナイフはすっと犯人の体に根元まで吸い込まれてしまったわ。

犯人は震えながら、顔から手を離した。そして、びっくりしたような目でわたしを見て、ナイフを抜こうとした。でも、半分も抜けないうちに口から血を吐いて、目を瞑《つぶ》ったわ。

わたしと言えば、もうどうでもよくなって、どうせ歩けないから、ここにいようと思ったの。そのうち食べ物はなくなってしまうだろうけど、そうなったらそうなったでいいと思ったの。

わたしの話はこれだけよ。


「ちょっと待ってくれよ。それじゃあ、まるで……」僕にはなかなか言葉が見付からなかった。「まだ終わっていないみたいじゃないか」

「そうよ」恵美は顔を上げた。頰には乾いた血がこびり付いていた。「まだ終わってないの」

「まさか。そんな……」

恵美は僕の頬に両手を当てた。「思い出すのよ。あなたは誰？」

「僕は……僕は……。嫌だ。そんなことは思い出したくない」

「あれからあなたは何もわからなくなってしまった。わたしはそれでもいいと思っていた。わたしは毎日何も応《こた》えないあなたに話し続けたのよ。そうやって、自分を慰めていたの。それがさっき、あなたは突然、わたしに応えたの」

「僕たちはずっとここにいた……」

「そう。ここにいた。わたしはあなたの心が戻ったんだと思った。でも、あなたは自分のことも知らなかった」

「嘘だ。今の話は全部嘘だ」

「嘘じゃないわ」

「何か証拠はあるのか？」

恵美は溜《た》め息をついた。「見えているはずなのに、見ようとしていないのね。部屋の中に二人がいるわ」

「僕と君のこと？」

「床の上で動かない二人のことよ」

証拠はそこにあった。なぜ今までそれに気付かなかったのか、自分でもわからない。

僕の心はいっきに溶け出した。

自分の体を見下ろす。酷い有様になっていた。

「ここから出よう。山から降りるんだ」

恵美は首を振った。「わたしはここにいる。わたしはたくさんの罪を犯してしまったから」

「恵美は何も悪くない」僕は恵美の肩に手を置いた。「さあ、ここから出よう」

「だめなの。もうこの足は駄目だと思う」

「僕の肩に摑《つか》まるんだ」

「わたしを運ぶなんてとても無理よ」

「ここにいては駄目だ」僕は突っ伏して泣いてしまった。

恵美は僕の頭を優しく撫《な》でた。「泣かなくてもいいのよ。あなたは許されたのだから」

「許された？」僕は顔を上げた。

「きっと、許されたから、心が戻ったのよ。もう山を降りてもいいってことだわ」

「だったら、恵美も許されたんだ」

「そうだったら、どんなにいいかしらねえ」恵美は悲しい笑みを浮かべた。

僕は血塗れの袖《そで》で涙を拭《ぬぐ》った。「僕は山を降りるよ。そして、助けを連れてここに戻って来る」

「そうしたければ、そうしてもいいわ。わたしはどっちでもいいから」そう言うと、恵美は静かに目を閉じて、横になった。

僕は立ち上がる。頭の中の霧はまだ晴れてはいない。

僕はドアを開けた。

そして、暗い森へと足を踏み出した。

釣り人

僕はエヌ氏とそれほど親しいわけではなかった。だから、釣りに誘われた時、正直言って、面食らってしまった。

「釣りですか？」

「ええ。今度の日曜日でも、いかがですか？」

「僕は釣りをやったことがないんですが」

「なに心配はいりません」エヌ氏はにこやかに言った。「わたしは初心者に教えるのに慣れていますし、なんでしたら道具もお貸ししましょう」

「それはありがとうございます」ここまで気を使われたら、簡単には断れない。「しかし、どうして僕なんかを誘っていただけるんですか？」

「実は最近釣りをやる仲間が減ってきましてね。一人で釣りをするのも寂しいものですから……。まあ、言ってみればわたしのわがままなので、断っていただいても結構ですよ」

僕は誘いを受けることにした。特に断る理由はなかったし、趣味のない僕にとって休日はどうせ暇だったからだ。

当日、僕はエヌ氏に都会から離れた山奥の渓流に連れてこられた。周りには他の釣り人の姿もなく、鬱蒼《うっそう》とした森に囲まれたごつごつとした岩場とひんやりとした空気が僕を妙に落ち着かない気分にした。

エヌ氏に指図されるまま僕は釣り竿《ざお》に針と糸と餌と浮きを仕掛け、二人並んで釣りを始めた。

日は照っているのだが、なんだか湿っぽい光でむずむずとする。僕は釣りに来たことを後悔し始めていた。

「どうです。なかなか、清々《すがすが》しい所でしょ」エヌ氏は連れてきていた中型犬の頭を撫でた。

「ええ。まあ」僕は適当に相槌《あいづち》を打った。「ところで、釣りに犬を連れてくるのは普通なんですか？　猟には猟犬を連れていくのは知ってるんですが」

「いや。もちろん、こいつは猟犬のように釣りの役に立つってわけじゃありません。単にわたしの長年の習慣になっているだけなんですよ。そうですね。犬は騒いだりして、魚を警戒させてしまうので、釣りの供には決して向いてはいないのですが、こいつは年寄りで大人しいので、心配はいりません。一人で釣っている時なんか、ちょうどいい話相手になってくれるんです」

なるほど、そんなものかと思っていると、エヌ氏の竿にあたりがあった。

エヌ氏は馴《な》れた調子で、駆け引きを繰り返すと、ぽんと勢いよく魚を水の中から引き上げた。

僕には名前すらよくわからなかったが、陸の上に放り出された体長十五センチほどの魚はぴちぴちともがき苦しんでいるようにも、ぱくぱくと口を開け閉めして激しく怒り抗議しているようにも見えた。

エヌ氏は糸を持って再び魚を空中に吊《つ》り上げる。口の奥に針がかかったままの魚の顔が歪《ゆが》み、目を剝《む》いて僕を見つめた。魚は震え、飛沫《しぶき》が僕の顔にかかった。

「今日最初の成果です。まずまずといったところですな」エヌ氏は魚を地面に置くと、持ってきた荷物の中から巻尺とカメラを取り出した。そして、巻尺を伸ばして魚の横に置くと撮影した。すると、今度は徐《おもむろ》に魚の口に指を突っ込み、針を外すとびくびくと蠢《うごめ》く魚を水の中に放り込んだ。

「えっ？」僕は思わず声を上げてしまった。

「どうかしましたか？」

「どうして逃がしたりしたんですか？　せっかく釣ったのに。ひょっとして小さかったからですか？」

「いえいえ。大きさには関係ありませんよ」エヌ氏はにこやかに答えた。「キャッチ・アンド・リリースがわたしのモットーなんです」

「キャッチ・アンド・リリース？　それはどういうことです？」

エヌ氏は快活に声を出して笑った。「あなたが初心者だというのは確かなようですね。

キャッチ・アンド・リリースというのは釣った魚の記録をとった後、逃がすことです。つまり、今みたいなやり方を言うんです」

「なるほど。でも、どうしてそんなことを？」

「理由はいくつかあります。まず無益な殺生は後味が悪いでしょう。食べる分だけの魚しか釣らないという人もいますが、それではほとんど楽しめない。それにわたしたちは魚を食べるのが好きなのではなく、釣りが好きなのですから」エヌ氏は再び針に餌を付けると、水の中に投げ込んだ。「それから環境保護の意味もあります。魚を釣るということは資源の消費であり、環境破壊であるわけです。釣った魚をその都度返してやれば環境負荷は最小限ですむ訳です」

「なるほど。そう言われれば合理的な方法だという気がしますね」

「もちろん、キャッチ・アンド・リリースに反対の立場の人もいます。結局元に返すにしても魚にとってはその都度命がけの戦いを強いられることになります。われわれ釣り人にとってはあくまで遊びなのにです。しかし、われわれは釣りをやめることはできないのですから、次善の策として認めてもらいたい……」

その時、エヌ氏の犬が激しく吠《ほ》え出し、森に向って駆け出していった。

エヌ氏とわたしは何かあったのかと、森の中に踏み込んだ。森の中は暗くてよく見えなかった。手で枝をかき分けながら進むと、二人は釣り道具を片付け、帰路についた。結局僕は一匹も魚を釣ることはできなかったが、エヌ氏も一匹だけだったところを見ると、それだけで僕の腕が悪いという証明にはならないだろう。

ただ、なんとなく言葉ではうまく説明できない不安感を感じて、もうエヌ氏と釣りにいくのはよそうと思った。

その日から僕は夜にたびたび悪夢を見てうなされるようになった。夢の内容は朝にはすっかり忘れてしまっているのだが、日中も理由のない恐怖感にとりつかれることが多くなり、仕事の能率も落ちてきた。

そんなある日、釣りに行ってからなんとなく、疎遠になっていたエヌ氏が再び話しかけてきた。

「釣りに行った時のことなんですけど」エヌ氏の顔色はとても悪かった。「何か奇妙なことはありませんでしたか?」

「悪いんですが、あの日のことはあまり思い出したくないんです。なんだか厭《いや》な気がして」僕は話を打ち切って、彼から離れようとした。

「待ってください。あの日何か重要なことがあったはずなんです。僕もあなたと同じようにあの日のことを思い出そうとするだけで胸騒ぎを感じるんです。二人ともにこんなことが起きるなんて偶然とは思えない」

「それはきっとあの場所の不吉な雰囲気が原因でしょう。そこにいるだけで気が滅入《めい》る場所というのはよくあるものですよ」

「では、わたしの犬はどこに行ったのでしょう？　あの日、確かに連れていったのに帰る時にはいなかったのです。そして、どうしてわたしたちはそのことを不思議に思わなかったんでしょう？　わたしはあの日何があったのか、どうしてもつきとめたいのです」

僕はエヌ氏に協力することにした。犬の行方を案ずるエヌ氏が不憫《ふびん》だったこともあるが、自分の記憶に欠落があるということがどうにも気持ち悪かったからだ。

無理に記憶を探ろうとすると、吐き気や頭痛がしてとても辛《つら》かったが、なんとか互いの記憶を確認した。わたしたちは犬を追って森に入ったのだ。しかし、その次の記憶は帰り支度に直結している。

次ぎに、僕たちは互いの家に泊り込み、相手が悪夢にうなされた直後に起こし、夢の話を聞くことを始めた。最初は断片的で、脈絡のないものだったが、この作業を地道に続けて行くうち、失われた記憶は徐々に補われていった。もちろん、この記憶が二人が後から作り上げた妄想でないという証拠はない。だが、僕にはこれが真実であると言うはっきりとした実感があることもまた事実である。

エヌ氏とわたしは何かあったのかと、森の中に踏み込んだ。森の中は暗くてよく見えなかった。手で枝をかき分けながら進むと、空を睨《にら》みながら激しく吠える犬が見えた。

「何をそんなに興奮して……」エヌ氏は犬の見上げる先を見て、声を失った。

そこには全長二十メートル程の不定形のオレンジに輝く物体が浮かんでいた。

「ま、まさかあれは……」僕は震えながらそれを指差した。

それはUFOに間違いなかった。僅《わず》かに脈動したかと思うと、底部から犬に向って紫色の光線が放たれた。光線は犬の胴に命中した。犬は苦痛の声をあげたが、そのまま金縛りにでもあったのか、動かなくなった。光線はゆっくりと犬の脇腹から背中にかけて円を描いた。と、犬の肉がその形のまま抉《えぐ》れ、血が噴き出した。血はそのまま竜巻のようになってUFOに吸い上げられていく。

「キャトルミューティレイションだ！」

僕たちは竦《すく》む足をなんとか動かして、森の出口に向って駆け出した。ようやく外に出られたと思った時、目前に人影が現れた。

いや。それは人ではなかった。身長は約百三十センチ。頭部は大きく、吊り上った宝石のような目と小さな鼻と口を持っている。肌は灰色で手は膝《ひざ》より下まで伸び、未発達な水掻《か》きがついている。体毛はない。

僕たちは慌てて、元来た方に戻ろうと振りかえったが、すでに後ろにも同じものがいた。

宇宙人たちが腕を上げた瞬間、僕たちの頭上にはさっきとは違う緑色のUFOが現れた。

そこから発射される青い光に包まれ、僕たちと宇宙人は船内にまで持ち上げられた。

二人はそれぞれ詳しく体を調べられた。ベッドに固定された僕たちの体を彼らはレーザーメスのようなもので切り刻んだ。不思議と痛みも出血もなかった。腹を裂かれ、内臓を丹念に調べられた。手足を切開され、骨髄まで露出した。顔を切り開かれ、眼球の裏側や鼻腔《びこう》の奥深くを剝《む》き出しにされた。理科室にあった標本より遙《はる》かに酷《ひど》い状態になった僕たちを観察して満足したのか、今度は傷口を接合し始めた。それはどんな原理を使ったのか想像することもできないが、全くなんの痕跡《こんせき》も残さずぴったりと治っていくのだ。あっという間に二人は元の姿に戻され、地上に返された。

あっけにとられて空を見上げると、二隻のＵＦＯはなぜか競い合うように空の彼方《かなた》に消えていった。

そして、次ぎの瞬間、二人は赤い光に包まれ、ＵＦＯのことも宇宙人のことも忘れてしまった。

二人は釣り道具を片付け、帰路についた。結局僕は一匹も魚を釣ることはできなかったが、エヌ氏も一匹だけだったところを見ると、それだけで僕の腕が悪いという証明にはならないだろう。

「しかし、よくわからないのは」僕はすべてを思い出した後、エヌ氏に訊《き》いてみた。「なぜ彼らは犬を殺したのに僕らを生かしてくれたかってことなんですよ」

「それですか。それはさほど難しい謎ではないと思いますよ」エヌ氏は砂を嚙《か》むような顔をした。「結局のところ、犬を殺したやつらとわたしたちを調べたやつらは別のグループだったんでしょう。互いに環境に対する考え方が違う釣り人だったんですよ。……つまり、わたしたちはキャッチ・アンド・リリースされたってことです」

S
R
P

いつものことながら、未知の世界に降り立つときは緊張する。

もちろん、着陸探査の前に遠隔観測が行われているため、いきなり生き物に鉢合わせする可能性は極めてすくないのはわかっている。しかし、極稀《ごくまれ》に観測機器にかからないような非常に微弱な生命反応しか発しない生き物の棲《す》んでいる世界も存在する。

そんな世界に当たった時、着陸部隊がその世界の生き物といきなり出会うことになる。たいていの場合、彼我共にかなりの緊張状態にさらされ、最悪の場合、戦争になったり、そうでなくても、双方もしくは片方が壊滅的な打撃を受けたりする。

わたしは息を潜め、神経を張り詰めた。周囲に目立った動きはない。

無数の計器類を慎重に確認する。不可解な反応はない。

つまり、この世界は完全にクリーンだということだ。

生命の片鱗《へんりん》すら存在しない死の世界。

しかし、「死の世界」という言葉の響きとはうらはらに、それは希望を意味していた。

生命の存在しない世界ならば、自由に開拓することができる。資源は自由に採掘できるし、環境を改変し、植民団を送り込むこともできる。

わたしは念のため、計器の感度を上げ、もう一度世界の表面と内部を隅々まで完全に走査した。

何度調べても結果は一緒だった。

「調査完了」わたしはこの世界の周囲を巡る母船に連絡した。「ここは死の世界だ。すぐに機材と人員を降ろしてくれ」

「本当に死の世界なのか？　どこかの隙間に生き物が隠れ潜んでいるんじゃないか？」船長が疑《うたぐ》り深い調子で尋ねてきた。

「間違いない。この世界の全体を最高出力で走査した」

「了解。すぐに送る」

通信終了と共に目の前がぼうと光り、やがて光は夥《おびただ》しい機材と隊員たちに変化していく。

「転送完了」掘削班長が言った。「まあ、本当に死の世界だわ」彼女は周囲を見回し、目を見張った。

「凄《すご》いだろ。恒星との距離は植民地にとって理想的と言ってもいい。もちろん、このような位置にある世界自体は珍しいものじゃないけどね」

「植民地に理想的な位置にある世界にはたいてい生き物が棲み付いてるものよ」

「そう」わたしは相槌《あいづち》を打った。「だけど、この世界は完全に死んでいるんだ。稀にみる幸運だ」

「いったい、ぜんたい、どうしてこんな世界になったのかしら？」掘削班長は喋《しゃべ》りながら、掘削の準備を始めた。植民の最初はまず掘削から始まる。生活に必要な資源を確保するためだ。他のこまごましたことは後回しでいい。「ひょっとして、ここには昔文明が存在して、それがなんらかの理由で滅んでしまったんじゃないかしら？」

わたしは首を振った。「ここには現在、生命が存在しないだけではなく、過去において一度も生命を育《はぐく》んだことがないんだ」

「どうして、そんなことがわかるの？」掘削班長は手際よく各種設定をこなしていく。まるで魔法のようにも見える。

「痕跡だよ。生き物はかならず、跡を残す。もし外界になんの変化も残さないとしたら、それは生き物とは言えないだろ。この世界には何にも残っていない。生まれた時からずっと死の世界だったのさ」

「なんだか、呪われた世界みたいね」

「気味の悪いことを言うなよ。こんな幸運はめったにないんだ。生き物が棲んでいる世界には手を付けることが許されない。その世界の自然な進化を阻害するという理由だ」

「それって何か意味があるのかしら？　生き物は必ず他の生き物を犠牲にするものよ。なぜ自分の世界の生き物ならいいのに、他の世界の生き物だと駄目なわけ？」

「う～ん。つまり、あれじゃないかな。ある一つの世界の生態系はそれ全体が進化していく考えられる。相互に影響し合って進化するのが自然な姿だ。だけど、別々の世界の生態系はそれぞれが独自の進化の段階にいる訳で、無闇に接触すると自然な進化の過程がめちゃくちゃになってしまう」

「一つの世界の生態系だって、必ずしも一様に進化してはいないわ。別の地域の生き物がやってきて、元々の生態系を破壊することはよくあることよ」掘削班長は掘削機を作動させた。回転する先端はゆっくりと目標地点へ向けて降下していく。

「もっと具体的に言うと、知性の保護が目的なんだ」わたしは話を続けた。

「知性の保護？」

「一つの生態系には同時に一つの知的種族しか存在しないという法則は知ってるだろう？」

「もちろんよ。知性は強力な武器になるけれど、先に知性を獲得した種族が存在している場合は、たいして生存競争に役に立たないので、知性を発達させるように淘汰圧《とうた》がかからないのよね。支配種族に敵視された途端、滅亡への道を歩まざるを得ないわけだから」

「つまり、他の世界の生態系と接触するってことはその世界の知的種族の進化を阻害するってことなんだ」

「だから、それがどうしたと言うの？」

「つまり、本来生まれるはずだった知的種族——文明世界の芽を摘んでしまうことになるじゃないか」

「生まれてもない文明のために、そんな規則が生まれたの？　馬鹿みたい」

「考えてもみろよ。文明世界を滅亡させたら、それは大変な罪だと思わないかい？」

「それはそうかもね。でも、それとこれとは……」

「文明の芽を摘むことは、つまり未来の文明を滅亡させるのと同じことなんだ」

「なんだか屁理屈《へりくつ》に聞こえるわね」

「屁理屈でもなんでもないさ。現に我々の文明だって、そうやって守られてきたんだ」

「どういうこと？」

「僕たちが知性を獲得するまでに、僕たちの世界が一度も知的種族に発見されなかった確率はどのくらいだと思う？」

「見当もつかないわ」

「正確な数値は簡単には計算できない。ただし、現時点での生き物を持つ世界の割合や知的種族に遭遇する確率から、計算してそれはとても小さなものだということは間違いない」

「わたしたちの世界にもどこかの知的種族が訪れてたってこと？」

「そう。そして、その種族は僕たちを見逃してくれた。知性と文明を手に入れるまで、放っておいてくれたんだ」

「繰り返すけど、だから何？　どこかのお人よしの種族に感謝することには反対しないけど、どうしてわたしたちがその真似をしなくちゃならないの？」

「それはつまり、自分たちの文明が存在する確率を高めるためさ」

「何を言ってるの？　確率も何もわたしたちの文明は現に存在しているわ」

掘削機は目標地点に接触した。自動的に回転数が調整され、掘削に最適の値に落ち着く。

「確かにそう見える。でも、それは本当だろうか？」

「どういう意味？」

「現在、そして過去は確実だが、未来は不確実だ。たぶん君はそう思っている」

「ええ」

「では、未来の視点から見てみよう。未来から見れば我々のいるこの現在は過去であり、やはり確実な存在だ」

「でも、未来自体が不確実なんだから、あんまり意味がないわ」

「なるほど。では、視点を確実にしよう。つまり、過去の視点だ。過去から見れば、我々のいるこの現在は未来であり、不確実だ」

「また屁理屈言ってる」

「屁理屈ではないさ。視点を切り替えれば、確実なものも不確実になる」

掘削機はゆっくりと世界に侵入していく。何の問題もない。

「我々が他の知的種族の誕生を阻害しなければ、新たに生まれた文明も自らの出自を省みて、我々と同じく他の知的種族の誕生を阻害しないような傾向を持つ。そうやって、宇宙全体に文明が生まれ続ければ、そのような宇宙の存在確率が高まっていく。我々の文明が存在する宇宙の確実性がより高まっていくと言う訳だ」

「その確率を高めたら、いったいどういういいことがある訳？」

「君、自分がいなくなるのは嫌だろ？」

「例えば、わたしたちの文明の存在確率が一億分の一になったとして、わたしの生活に何か影響するの？」

「そりゃ、あるさ。例えば……」

「ちょっと待って！」掘削班長の顔色が変わった。

「どうした？ 僕の理論が理解できたのかい？」

「そんな暢気《のんき》なことを言ってる場合じゃない!!」彼女は慌てて掘削機の操作を始めた。

「これは普通の反応じゃない」

「普通じゃないってどういうことだ？」

「わからない。何かが逆流しているのよ」

「どこを逆流してるんだ。掘削機の内部……」

その時、何かが視界の端を通り過ぎた。わたしは慌てて正体を確認しようとした。

突然、掘削機が恐ろしい勢いで後退を始めた。わたしと掘削班長、そして他の隊員たちも投げ出された。同時にすべての装置の機能に変調をきたした。

「何があった?!」わたしは隊員たちに呼び掛けた。

「わかりません。とにかく物凄《ものすご》いパワーのノイズです」

ノイズ?

わたしは母船に連絡した。「原因不明の事故が発生した。そちらからこちらの状況が摑《つか》めるか?」

「こちらにも影響があった。ほとんどの装置に誤動作が見られた。軌道を保っていられるのが奇跡的なぐらいだ」取り乱した様子で船長が返事をする。

「原因は何だ?」

「直接の原因はノイズだ。それも途方もないパワーの。だが、発生源は不明だ」

「我々の活動によって引き起こされたものだろうか?」

「さあ。それはどうかな。この世界ではこんなことは日常茶飯事かもしれないし……」

「ノイズの意味解析をしてくれ」

「だって、ノイズだぞ」

「意味のある通信も解読方法がわからなければノイズにしかならない」

「これが通信だって?　そんな馬鹿なことが……」

「とにかく解析をして欲しい。気になるんだ。終わったら、連絡をくれ」わたしは連絡を終えた。

「今のが通信だって、本気で考えてるの?」掘削班長が尋ねる。

「確信はない。ただ、自然のノイズにしてはあまりにも出来過ぎている」

「ここでは、こんなことが毎日起きているのかもしれない」

「そんなはずはない。これだけのエネルギーが放出されたら、それなりの痕跡《こんせき》が残るはずだ。何かが我々の活動に反応したんだ」

「だからって、なぜ通信だと思うの? 単なる自然現象である可能性の方がずっと大きいんじゃないかしら?」

「僕は見たんだ」

「見たって何を?」

「なんだかわからない。一瞬だけだった。あの騒ぎの始まる瞬間に。あれは何かを伝えようとしていた」

「なんだかわからないのに、それが何かを伝えようとしていたのはわかったって言うの?」

「理解して貰《もら》えるとは思ってない。だけど、あれは確かに存在したんだ」

母船から通信が入った。

「意味解析が終わった」

「意外に早かったな。それで？」

「取り敢《あ》えず、あのノイズから情報らしきものを抽出することはできたが……」

「どうしたんだ？」

「解析強度を最大にまで引き上げたから、単なるノイズを情報と誤認して拾ってしまった可能性がある。つまり、『空耳効果』かもしれない。一応、情報の形にはなってはいるが、意味は全くわからないんだ」

「それでも構わない。内容を教えてくれ」

「ああ。『余は……』」

「『余は……』？」

「『余は山ン本太郎左衛門と名乗る』」

「何かよくないことが起こるような気がするのよ」SRP隊長のフジ・ユリコが作戦企画室のデスクでコーヒーを飲みながら、モニター画面を見詰めて呟《つぶや》くように言った。

「はっ？」イノウ・ブキチは読みかけの資料から顔を上げた。「何でまたそんなことを言うんですか？」

「予感よ。わたしの直感がそう告げているの。昨日のニュース知ってる?」

「どのニュースですか? 昨日は山ほどニュースがありましたよ」

「宇宙開発のニュースよ。惑星開発委員会が発表したでしょ」

「ああ。あれですか。なんとかいう天体に探査機が向かって……」

「そうよ。原因不明の事故が起きたのよ」

「そりゃ原因は不明でしょうけどね。それは単に調べがつかないってだけで、別に世にも奇妙な現象が起こったわけじゃないんじゃないですか?」

「あなた、つまらない男ね。浪漫《ロマン》を感じないの? 人類にはまだ知られていない未知の存在に遭遇したかもって想像しない?」

「はあ。そんな話は子供の頃から、耳にたこが出来るほど聞かされとりますもんで」

「あら、どんな話?」

「うちの先祖の話です。三百年ほど昔の人ですが、いろいろと不思議な目にあったそうです」

「本当に? ねぇ、どんな話?」ユリコは目を輝かせた。

「たいした話じゃありません」ブキチは顔を顰《しか》めた。「子供の頃は毎日あの話ばかりで、ほとほと嫌気がさしてるんです。勘弁してくださいよ」

「何よ。けち。ちょっとぐらい話してくれてもいいじゃない」

「そんなことより、予感っていうのは、宇宙のことなんですか？」

「宇宙っていうよりも、その世界規模で大天災が起こる予感がするのよ」

「はぁ？」ブキチは呆《あき》れ顔で言った。「隊長こそ、ニュース見てないんですか？　昨日、世界中で大騒ぎだったじゃないですか」

「そだっけ？」ユリコはきょとんとして言った。「何があったの？」

「だから天変地異ですよ。世界の数十箇所で様々な自然災害が起きたんです」

「自然災害ってどんな？」

「地震、台風、津波、大洪水、竜巻、落雷、雪崩、噴火、高潮、その他諸々《もろもろ》です」

「そんなもん世界のどこかで毎日起きてるでしょ」

「みんな十年に一度クラスの大災害です。それもほぼ同時に起きたんです」

「本当に同時に起きたの？」

「厳密に言うと、少しずつ時間のずれはあります。ある地域で天災が起き、その一分後には、数百キロメートル離れた地点で別のタイプの災害が起きるといった具合です」

「ちょっと待って。地震が突然起こるというのはわかるけど、台風というのは発生してから大きくなるまでかなりかかるんじゃない？」

「それがこの現象の奇妙なところなんです。何もないところに突然低気圧が発生し、みるみる勢力を強め、数十分後には超巨大台風に成長しています」ブキチはキーボードを叩《たた》くと、ユリコのモニターに画像を表示した。

「何これ?!」ユリコは息を飲んだ。

モニターに現れた世界地図には、天災が発生した位置が示されていた。それは全世界に広がり、しかもほぼ等間隔に並んでいた。

「どういうこと?!」

「見ての通りです。世界のあらゆる場所が順番に、そしてほぼ等間隔に自然災害に見舞われたんです」

「だから、どうしてそんなことが起きたの?」

「原因は全く不明です。まさに人類にとって未知の現象が起きたとしか思えません」

「なんたることなの!!」ユリコは大声を上げて立ち上がると、テーブルを殴りつけた。

「いや。怒っても、原因究明はできませんよ」

「そんなことを言ってるんじゃないわよ!! なぜ、わたしのところに話が来なかったかってことよ!」

「話が来るも何もマスコミで報道してますから」

「『話』というのは、仕事の依頼のことよ」

「仕事?」ブキチは憮然《ぶぜん》として言った。

「呆れた。あんたの勤め先はどこなの?」

「ここです。ＳＲＰ——科学捜査研究隊」

「ここはどんな仕事をするところ？」

「異変や怪事件を科学的に捜査して、速やかな原因究明と解決を図るのが目的です」建前上は。——とブキチは心の中で付け加えた。

「ほら。これってわたしたちの仕事じゃない」

「ええっ？」ブキチは目を丸くした。

「何驚いてるの？」

「だって、これ大事件ですよ」

「大事件こそ、腕の見せ所よ」

「世界規模の異変ですよ」

「世界がなんぼのもんじゃ」

「無理です。足りません」

「何が足りないと言うの？　知恵と勇気なら充分に……」

「人と物と金です」

「我が隊に人材が不足していると？」

「不足も何もＳＲＰに所属しているのは、隊長と僕だけじゃないですか」

「人数が多ければいいってもんじゃないでしょ」

「部屋だって、この作戦企画室一部屋だけだし、機材はパソコンが何台かあるだけ。予算も雀の涙で、残業代も出やしない」

「それは今まで、SRPが活躍しなくちゃならないような事件が起きなかったからよ。ひとたび怪事件が起きれば、我々には特別な権限が与えられて、いろいろな人や物を自由に徴用・調達できるようになるはずよ。それに部屋だけじゃなくて、わたしたちにはこの白と橙《だいだい》の素敵な配色の制服があるじゃない」

「隊長、お言葉ですが、予算が限られている理由は他にあると思います。そもそも、この部署が作られた理由をご存知ですか？」

「それは、もちろんはっきりしてるわ。今回のような事件に対応するためよ」

「ええと、隊長、ここに来る前は何をされてたんですか？」ブキチは言いにくそうに尋ねた。

「課報《ちょうほう》部員よ」

「ちょちょ課報部員?!」ブキチの声が裏返った「本当ですか？」

「本当よ。ただし、表向きは交通課の警察官だったけどね」

「特別な訓練とか受けたんですか？」

「交通課の警察官がそんなの受けたら、不自然じゃない。元々素質がある者が課報部員になるのよ」

「特別な試験とかあるんですか？」

「試験は特別なものはないわ。普通の警察官の試験よ。ただ、面接の時にそれとなく、指示されるのよ」

「それとなく？」

「はっきりと『君を諜報部員にする』なんて、言えるわけないじゃない。才能がある人間は雰囲気で察するものよ」

なんとなく、わかってきた。

「任務なんかはどうやって指令されたんですか？」

「いろいろな方法があるのよ。それとなく、わたしの目に付くところに、重大事件の記事が載った新聞を置いてみたり、迷惑メールを装って送ってきたり、変なビラを郵便受けに入れてあったり」

「ビラがどうして指令なんですか？」

「目立つ文章が書いてあるの。『警告あります』とか。こんな文章普通ないでしょ」

「それで任務を遂行したんですか？」

「いっぱいこなしたわ。大使館に潜入したり、シンジケートの取引現場を急襲したり、あと要人の機密警護とかね」

「任務は成功してたんですか？」

「まあ、それはいろいろよ。要人警護なんかは、注意して百メートルぐらい離れてたから気付かれなくて大成功だったけど、大使館潜入とかはなぜか発覚して捕まってしまったこともあるの。でも、すぐに釈放されたわ。きっと当局が裏の手を使ったのね」

「任務の後、何か言われませんでしたか?」

「別に。表向きは注意されるんだけど、当然よね。一応交通課なんだから」

ブキチは溜息《ためいき》をついた。「やっぱりそんな人だったんだ」

「あなたは何をやってたの?」今度はユリコが問い掛けてきた。

「僕は国立大学の職員をやってました」

「大学の先生?」

「先生ではなく、物理学の研究員です」

「なるほど」ユリコは頷《うなず》いた。「物理学の才能を認められて、わたしの部下に抜擢《ばってき》されたのね」

「そういう訳ではないと思います」

「あら。謙遜《けんそん》しなくてもいいのよ」

「理由はわかってるんです。僕の周りでは、その、つまりしょっちゅう不気味なことがおきるので、気味悪がられているんです」

「それって、さっき言ってたイノウ君の先祖に関係あるの?」

「まあ、そういうことです。悪気はないんですが、ほったらかしにしていると、自然と力が漲《みなぎ》ってくるようで、時々ガス抜きをしてやらないと……」

その時、映話の呼び出し音が鳴った。

ブキチはユリコの質問から解放されてほっとした。

「はい。こちらＳＲＰ」ユリコは張り切って映話に出た。「ええ。そうです。はい……はい。はい」イヤフォンモードにしているので、ブキチに相手の声は聞こえない。「そうですか。わかりました。すぐ急行します!!」ユリコは映話を切った。「イノウ君、出動よ！」

「まさか……」ブキチは愕然《がくぜん》として言った。「どういった事件ですか？」

「なんかよくわからなかったけど、天変地異に関することでしょ」

「相手は誰ですか？　それから、何と言ってきたんですか？」

「警視庁の何とかいう部署所属の何とかさんよ。取り敢えず、東京駅に来てくれって」

「わかりました」ブキチは溜息をついた。「僕一人でいきましょうか？　それとも隊長も一緒に？」

「もちろん、わたしも行くわ。さあ、初仕事頑張っていくわよ!!」

白と橙という目立つ配色の制服とヘルメット姿で、二人は地下鉄を乗り継ぎ、東京駅へと向かった。

行く途中、ユリコはずっと文句を言い続けていた。「何よ。専用車がないのは、我慢できるけど、タクシーぐらい使ったっていいんじゃない？」

「仕方ないですよ。何しろ予算が逼迫《ひっぱく》してますので」

東京駅地下で待っていたのは、男女二人の捜査官だった。女性は背が高くきびきびとした様子だった。男性はまだ若く、始終苛々《いらいら》と周囲の様子を窺《うかが》っていた。

「あなたがたが例のSRP？」女性の捜査官がユリコとブキチの姿をじろじろと眺めた。

ブキチは道中ずっと自分の姿を意識すまいと努力していたが、女性の態度のおかげですっかり制服の配色を思い出してしまった。顔が真っ赤になっていくのが自分でもわかる。

「ええ。そうよ」ユリコは胸を張った。「怪事件のプロフェッショナルよ。因《ちな》みにわたしは隊長のフジで、こっちは隊員のイノウ君」

「わたしはイルマ、こちらは同僚のゴウ。早速だけど事件の説明を始めてもいい？」

「だいたいのことはわかってるわ。つまり、世界規模の天変地異の原因を究明すればいいんでしょ」

ゴウは舌打ちをした。「そんなこと警察の管轄じゃねえよ」

ユリコはゴウを睨《にら》み付けた。

「もちろん、そうでしょう」ブキチは慌てて、間に入った。「それで何があったんですか？」

「あれを見ろよ」ゴウはユリコとブキチの背後を指差した。

振り返ると、地下道の壁が十数メートルに崩れ、大きな穴がぽっかりと開いていた。穴の周囲にはロープが張られており、野次馬たちが遠巻きに取り囲んでいた。

「壁が剝《は》がれ落ちたんですね。欠陥工事ですか？」

「そんなことだったら、話が早いんだけどね」イルマが唸《うな》るように言った。

いったい何が起こったのだろう？

ブキチは考えを巡らせた。

SRPは名前だけの閑職——厄介者を集めるための名目だけの組織に過ぎない。そんな部署の人間に助けを求めるのは、本当にすべての手が行き詰った状態に違いない。

「五時間ほど前、あそこの壁がくずれた」ゴウが説明を始めた。「そして、身長十メートルの骸骨《がいこつ》が現れ、暴れ周って、百人以上の死傷者を出した」

「なんですって!!」ユリコが大声をあげた。「そんな馬鹿な！」

「信じられないかもしれないけど真実なの」イルマが言った。「大勢の目撃者もいる。ただ不思議なのはカメラには全く映ってないのよ」

「だって、身長十メートルということは、その骸骨が人間だった時も十メートルあったってことでしょ。そんな大きな人見たこともないわ」ユリコは鼻の穴を膨らませた。

「ええと」イルマは困った顔をした。「もちろん、大きさも異常だけど、この事件の本質はそこじゃないってわかるわよね」

「隊長の言うことはいちいち気にしないでください」ブキチはイルマに言った。

「ちょっと、イノゥ君、それどういう意味……」ユリコは不服げに言った。

「それより、その骸骨はどこに行ったんですか？」ブキチはユリコを無視して、質問した。

「なにしろあまりにでかいので、地下道では立ち上がることができない。四つん這《ば》いになったまま、一頻《ひとしき》り暴れまわったかと思うと、姿を消してしまったそうだ」

「姿を消したとは？　また穴の中に戻ったのですか？」ブキチはさらに尋ねる。

「いや。文字通りかき消すように空中に消えてしまったんだ」

「さっき、死傷者が出たと言いましたね」

「そう。地下なので、救急車もやってこられないし、大変な状況だった」ゴウは顔を顰《しか》めた。「ここにいると気分が悪い」

「直接見た訳じゃないんでしょ。ちょっと神経質すぎるんじゃない？」ユリコは鼻で笑った。「それより、事件発生後、五時間もSRPに連絡ないってのはどうよ」

「わたしたちはそんな部署があるってことすら知らなかった。完全にお手上げ状態になったから、藁《わら》にも縋《すが》る思いで、連絡したのよ」

「ななな何ですって?!」

「その骸骨自身が人を襲ったのですか？」ブキチはいきり立つユリコを遮るように質問を

続けた。「それとも、骸骨に驚いた人たちが慌てて逃げる拍子に事故が起きたのでしょうか？」

「その……目撃者によると、骸骨は人を襲ったようだ。ただ、攻撃というよりは、むしろ人間の身体を調べようとしたように見え……」ゴウは苦しそうに口を押さえた。「蜜柑《みかん》の皮を剝《む》くように人間の皮膚を……」

「彼の眷属《けんぞく》なら、そんなことはしない」ブキチは呟《つぶや》くように言うと、穴に近付いた。「これほどまでの物理的痕跡《こんせき》を残すこともないはずだ。だが、それなら、いったい何者がこんなことを？」

「イノウ君、何をぶつぶつ言ってるの？」ユリコも後を追ってきた。

骸骨がここに現れたのは、偶然かもしれない。だが、もし理由があってここを選んだとしたら？

ブキチははっと顔を上げた。「まずい。すぐにここを離れるんだ!!」

「何よ、急に？」

「三百年前、事件は僕の祖先の屋敷にばかり連続しておきた。もし今回も同じような現象だとしたら、ここは危険だ。しかも、今回のやつは三百年前よりも遥《はる》かに性質《たち》が悪い」

「いったいなんの……」ユリコはブキチの目を見てただならぬ気魄《きはく》に気付いた。「わかったわ。取り敢《あ》えず、ここを離れましょ。そっちの二人もここから離れた方がいいわ」

「うぐっ」ゴウは崩れ落ちるように膝《ひざ》を付いた。

「大丈夫？」

「なんだか、おかしい。すぐに救急車を……ぐわっ！」ゴウは赤いものを大量に吐き出した。

「げっ！　汚ね！」ユリコは顔を背けた。

「ゴウ、しっかりして」イルマはゴウの背中を摩《さす》った。

ゴウは蹲《うずくま》り、殆《ほとん》ど絶叫しながらさらに吐き続けた。

「いやね。二日酔いかしら」ユリコは忌々しげに言った。

「いや。そうじゃない。あれは胃の内容物でも、出血でもない」ブキチの呼吸が荒くなる。

「イルマさん、彼から離れろ!!」叫ぶと同時に走り出す。

「えっ？」イルマはブキチの言葉の意味がわからず、しばし躊躇《ちゅうちょ》した。

赤いものはゴウの口からだけではなく、鼻や目からも飛び出していた。それは液状ではなかった。赤く細い管状のそれは、末端部をゴウの体内に残したまま、糸を引きながら激しく蠢《うごめ》いていた。

イルマはようやく異変に気付いた。しかし、その意味することが理解できず、やはり動けないままだった。

もはや人間のものとも思えない絶叫を上げながら、ゴウは立ち上がった。顔の皮膚や頭皮を突き破り次々と赤い触手が飛び出してきた。衣服が膨れ上がり、裾《すそ》や襟やベルトの部分からも、触手が溢《あふ》れ出す。

「ゴウ、いったいどうしたの?!」イルマが叫ぶ。

と、突然ゴウの全身から発生した触手は意志を持つように一斉にイルマに向けて、伸びた。

意表をつかれたイルマは逃げることも攻撃することもできず、触手に絡めとられた。

「しまった！」ブキチは触手の塊になったゴウに体当たりしたが、弾《はじ》き飛ばされてしまった。

異変に気付いた野次馬たちは我先にと逃げ出し、混乱に拍車が掛かっていく。

触手はどんどん増えていき、尋常な量ではなくなっていた。小山のようになり、すでに数トン分の重量はありそうだった。

「ゴウとかいう人、怪物になっちゃったの？」ユリコはブキチを助け起こした。

「いえ。たぶん、ゴウの肉体を通って実体化をしているんでしょう」

夥《おびただ》しい触手に捲《ま》きつけられたイルマは空中に持ち上げられ、手足を引っ張られ、今にも引き千切れそうな状態になっていた。もはや声も出ない有様だった。

「このままだと二人とも死んじゃうわ」

「ゴウはもう死んでいます」ブキチは制服の内ポケットに手を突っ込んだ。「でも、イルマさんはなんとしてでも助けます」

「どうするの？　わたしたちは拳銃《けんじゅう》一つ持ってないのに。相手は怪物よ」

ブキチは手に豆粒のようなものを摘《つま》んでいた。「今こそ、盟約の時なり。行け、葛籠蟇《つづら》蛙！」ブキチは豆粒のようなものを触手の塊に投げ付けた。

「何よ。そんなちっちゃなもの当たったって、どうにもなんないわよ！」

触手の中から巨大な蟇蛙が現れた。

げえええええっ、と大絶叫を上げる。

「ええっ。化け物が増えちゃった」ユリコはへなへなとその場に座り込んだ。

「大丈夫です。あれは味方です」

「どうしてそんなことがわかるの？」

「まあ、見ていてください」

蟇蛙は舌を出すとイルマを摑《つか》んでいる触手を一纏《ひとまと》めに縛るように巻きつけた。

触手の動きが止まる。

舌はさらに強く縛り、触手全体がびくりと痙攣《けいれん》した。

だが、イルマはまだ縛《いまし》められたままだ。

「くそっ！　しぶといやつめ」

触手は苦し紛れのようにブキチたちの方にも伸びてきた。

げえええええっ、と叫ぶと蟇蛙はその触手の塊を踏み付けた。

衝撃で、触手はすべて真っ直ぐに伸び、イルマを取り落とした。

ブキチとユリコはすぐに駆け付け、助け起こした。

全身、粘液塗《まみ》れだが、命には別状ないらしい。

「立てますか?」

「わたしは大丈夫。それより、ゴウを助けて」

「ゴウさんはもう手遅れです。全身を引き裂いて、数千本の触手が飛び出しては一溜《ひとた》まりもありません」

「畜生!」イルマは拳銃を取り出すと、触手と蟇蛙に向けて発砲した。

「無駄です。彼らに物理的な攻撃は効きません」

「じゃあ、どうやって倒すというの?」

「彼らを倒せるのは、彼らと同じ非物理的な実体だけです」

触手はさらに膨れ上がり、周囲の野次馬まで攻撃を始めた。

「葛籠蟇蛙、やつを始末しろ!」ブキチが叫ぶ。

げえええええっ。

蟇蛙は大きく口を開けた。口だけが身体の五倍の多さになる。

触手もさらに大きくなり、対抗しようとするが、蟇蛙は素早く舌でその全体を掴み、ごくりと飲み込んだ。

蟇蛙はしばらく苦しそうにのた打ち回っていたが、やがて平静を取り戻し、地下道の床に腹ばいになった。

「戻れ、葛籠蟇蛙！」

蟇蛙はみるみる小さくなると、宙に浮かび上がった。そして、さらに縮小しながら、流星のようにブキチの手の中に飛び込んだ。

ユリコとイルマは驚きの目でブキチを見詰めていた。

「説明しなくちゃならないようですね」ブキチはばつが悪そうに言った。「つまり、これは先祖から伝わるカプセル妖怪《ようかい》という訳なんですよ」

怪事件の発生とその急速な収拾を受けて、急遽《きゅうきょ》省庁間を横断する緊急委員会が招集された。

現場にいたブキチ、ユリコ、イルマの三人も召喚を受けた。そして、ブキチはその場で信じられない事実を証言した。

三百年前、彼の祖先である稲生平太郎という人物の住む屋敷に様々な怪現象が三十日間にわたって起こった。平太郎は当時十六歳という若さだったが、極めて豪胆かつ冷静な性格であったこともあり、逃げ出すこともなく、坦々《たんたん》と屋敷で暮らし続けた。

そして、三十日目、山ン本太郎左衛門と名乗る人物が屋敷を訪れた。彼こそが三十日間の怪現象の張本人であり、人間に変身した大魔王であるという。平太郎宅に次々と妖怪を送り込んだのは、彼を恐怖に陥れたものこそが上位の大魔王になれるというルールで勝負が行われていたためらしい。

魔王にはもう一人、信野悪太郎なるものが存在する。いずれの日か、信野悪太郎が現れた時のためにと、山ン本太郎左衛門は一つの槌《つち》を平太郎に与えた。この槌を叩《たた》けば、すぐに山ン本太郎左衛門が駆け付け、平太郎の力を借り、信野悪太郎の力を無効にするであろうと。

ここまでが、三百年前、平太郎に起こったできごとである。

その後、平太郎の一族は槌を守り続けていたが、何度かの移動や、火事、窃盗、様々な天災を経過するうちに、徐々に傷み始め、ついに槌は砕けてしまった。

だが、山ン本太郎左衛門が日本に渡ってきたのは源平合戦の頃だといい、大魔王にとって百年単位の時間の流れなど、一瞬のことなら、信野悪太郎がいつ現れないとも限らない。

そこで、稲生家の人々は槌の破片を豆状に加工し、代々継承することにしたのだった。

もし、信野悪太郎の仕業らしき怪現象が起きたならば、この木片を何かに叩き付けて、山ン本太郎左衛門か、その眷属《けんぞく》を呼び寄せて、信野悪太郎の力を奪え、との言葉と共に。

平太郎より三百年間、稲生家には、これといった怪異は起こって来なかったが、三百年目の子孫であるブキチだけは事情が違っていた。

幼少の頃より、彼の周囲には様々な怪奇現象が起こっていた。人魂《ひとだま》や生首が飛ぶ程度のことは日常茶飯事で、時には彼の家の周囲二十メートルの範囲だけに震度七以上の地震が起きたり、風速五十メートル以上の突風が吹いたりした。二十メートル以上はなれた近所の家には何事も起きず、変異に気付きもしないのだ。

ブキチの家族は、ついに信野悪太郎が現れたかと思ったのだが、幼いブキチの言うことには、どうやらそういうことではないらしかった。

妖怪たちは時々現れては、ブキチにだけわかる言葉で、真実を語ってくれた。

ブキチは先祖がえりによって、平太郎と同じく妖怪たちの世界とこの世界を結ぶ触媒のような体質を持っている。信野悪太郎のような大魔王も、また取るに足りない小妖怪もブキチのような人間を通じてこの世に現れるのが最も自然である。しかし、ブキチは身の回りに、山ン本太郎左衛門の力を秘めた槌の破片があるため、それらの存在の実体化を食い止めている。ただ、ブキチを守る妖怪たちもブキチの気に当てられ、漲《みなぎ》る力を制御しきれなくなる時があり、怪現象を起こすことにより、そのパワーを少しずつ解放しているというのだ。

ブキチの家族は、その話を聞くと安心し、ブキチにすべての槌の破片を与えた。「将来、おまえの力に引き付けられ、大魔王が必ず現れることだろう。その時はこの槌の破片を使って、人々を救いなさい」と。

委員会は騒然となった。

このようなことを俄《にわ》かに信ずることはとてもできない。しかし、現に東京駅の地下で立て続けに怪奇現象が発生し、それをブキチと彼が持つ木片が収めたことも事実である。

委員会の席で、様々な質問がブキチにぶつけられた。

「今回の怪現象は、君のいう大魔王・信野悪太郎の仕業だと思うのか？」

「よくわかりません。最初は山ン本太郎左衛門の眷属かと思いました。しかし、彼の眷属は人を酷《ひど》く脅かすことはあっても、意図的に傷付けることはありませんでした。また、最初の巨大な骸骨《がいこつ》はわたしと全く無関係に出現しました。したがって、山ン本太郎左衛門の可能性はないと判断できます。

次に疑うべきは、おっしゃるように信野悪太郎、もしくは彼の眷属の可能性です。しかし、どうも今回の相手はそれとも違うような気がするのです。

もちろん、わたしもわたしの先祖も信野悪太郎に出会ったことはありせん。しかし、同じ魔王というからには、山ン本太郎左衛門と類似の特徴を持っていることが推測されます。今回の怪物は二体とも、突然現れ、ただ力任せに暴れまわっただけです。これはどうも山ン本太郎左衛門に似た存在の仕業とは思えないのです」

「では、今回の怪物体の正体は何だと思うのか？」

「見当もつきません。しかし、今回の相手は山ン本太郎左衛門よりも、そしておそらく信野悪太郎よりもさらに危険な相手であるように思います」

「今後、さらにあのような存在が出現した場合、君の力で抑え込むことは可能なのか？」

「わたし一人の力では有《あ》りません。山ン本太郎左衛門、もしくはそれの眷属たちの力があってこそです。取り敢えず、一度は抑え込むことに成功しました。これからも成功するかどうかはわかりません。しかし、出来る限り、やつらが人間を傷付けることは防ぎたいと考えています」

委員会の結論は次のようなものだった。

・怪現象の原因は今のところ不明である。

・唯一判明していることは、イノウ・ブキチと彼が所持する木片が怪現象に対し、効力があることである。

・しかし、木片の効果についても、現状では全く解明されていない。

・取り敢えずの最優先事項は国民の生命と生活を怪現象から守ることである。

・したがって、当面はイノウ・ブキチの能力を最大限に活用する。

・警察・自衛隊はイノウ・ブキチをあらゆる方面でバックアップする。

・同時に、この現象を詳細に研究・分析し、速やかに対応策を見出《みいだ》すことが緊急課題である。

　SRPは、警察や自衛隊、各種研究所からの出向者を受け入れ、突如百人を超える大所帯になった。

　当初、どこかの省庁からの出向者を新隊長にしようという動きがあったが、現隊長であるユリコが断固として拒否したため、立ち消えとなった。とにかく、最初の怪現象は彼女の指揮下にあったSRPが解決したという実績があったため、簡単に更迭する訳にもいかなかったのだ。

「こうなるってことは最初からわかってたのよ!!」訓示の最中、ユリコは、隊員たちの前で鼻の穴をめいっぱい膨らませて豪語した。

「みなさん、すみません」副隊長格のブキチが申し訳なさそうに言った。「不本意だとは存じますが、騒ぎが収まるまでですから、どうかご辛抱願います」

「イノウ君、副隊長待遇なんだから、もっと威厳を持った態度をとりなさい」ユリコは隊員たちを見回した。「ところで、どういうつもり？　制服を着てない人が多いけど」

「隊長、それは勘弁してあげてください」

「何を言ってるの?!　こんなかっこいい制服が着られるんだから、それだけでも、とっても光栄なことじゃない」

「でも、普通の人の感覚では……」

警報が鳴り響いた。

「今度はどこ？」

「秋葉原《あきはばら》のようです」

隊員たちは一斉に走り出す。

ユリコとブキチの乗る車を先頭に、数十台の緊急車両が現場へと急行する。このような出動は数日毎にすでに十回以上繰り返されている。

最初に出現した骸骨の化け物はその後、品川に再出現した。ブキチは串刺《くしざ》し小坊主と戦わせた。骸骨は串刺しにされ、両側を挟んだ小坊主が鯰《なまず》に変化《へんげ》することにより、取り込まれ、消滅した。

それからも都会のど真ん中に突然妖怪《ようかい》が現れ、大暴れを始めるという経緯はほぼ共通していた。建物、車、人、とにかく目に付くものを片っ端から破壊しているようにしか見えなかった。

その度にSRPが緊急出動するのだが、実際に対応するのは、ブキチだけだ。後の隊員たちは避難誘導、多方面との連絡、事件の記録、試料採集、データ収集などを行っていた。初期の頃は、火器類を使用したこともあったが、全く効果がないため、今では誰も使わなくなってしまった。

秋葉原に現れたのは、無数の目の化け物と巨大な足だった。

目の化け物は身体を持たず、街中のあらゆる物に目だけが発生したのだった。それに取り付かれた器物はやがて目に覆われ、本来の形態を保つことができず、ぐずぐずに壊れてしまう。それは人間とて同じことだった。一度目に憑《つ》かれると次々と増殖し、やがて全身が目だらけになってしまう。あらゆる臓器が目になってしまうので、生命維持が不可能になる。

足の方はもっと直接的だ。突然上空から毛むくじゃらの足が実体化し、踏み付けてくる。トラックやバスなども一瞬でぺしゃんこになる。建物の中でも平気で実体化するので、安心してはいられない。足の上の方はどうなっているかというと、これが全くわからない。上を見たものが誰もいないのだ。目撃者の話を総合すると、何かに隠されているというよりも、その部分の空間がないとしか言えない状態だという。

緊急車両群を追う形でヘリコプターが上空に到着する。

「付近の避難はほぼ終了したようよ」ＳＲＰに出向中のイルマがヘリコプターから連絡してくる。

「観測班、準備の方はどうですか？」通信機に向けて、ブキチが尋ねる。

「観測班、準備完了です。すべてのセンサ機能正常」

同時に二体の妖怪が現れたのは初めてのことだったが、問題はないはずだ。ブキチは豆状の木片を二つ取り出した。

一方は目の集団に投げる。「行け、一つ目入道！」

そして、もう一方は、巨大足の方へ。「行け、蚯蚓《みみず》青坊主！」

二つの木片は投げた後も加速を続け、流れ星のように飛んでいく。

一つは目で埋め尽くされ、崩壊し、小山のようになったビルにぶつかる。

目の中から、一つ目の巨人が立ち上がった。目はすぐさま巨人に取り付く。やがて、巨人すらも目に覆われてしまった。

「駄目だ。パワー負けしている!!」隊員たちは恐慌に襲われた。

「大丈夫です。見ていてください」

巨人の一つ目が大きく見開かれた。巨人に取り付いていた目がぽろぽろと落下する。

「やはりそうだ。あの目は物質には憑けるが、同じ妖怪には憑けないんだ！」ブキチが叫ぶ。

「どういうこと？」ユリコが不思議そうに言った。

「妖怪たちの解析報告書を読まなかったんですか？」

「ええ。て言うか、解析なんかできないと思ってたわ。だって、相手は妖怪でしょ」

「『妖怪は科学では説明できない』などと、思考停止していてはいつまでたっても、手のうちようがありませんよ。科学というのは、知識そのもののことではなく、自然に対するアプローチの方法です。対象を客観的に観察し、法則性を見出す。その手法は既知の存在にも、未知の存在にも有効なはずです」

「で、報告書にはなんて書いてあったの？」

「まず、妖怪は形態的には生物に酷似しているということが述べられています」

「あんな生き物いないわよ」

「たしかに、生き物、そのものの姿はしていませんが、生き物のパーツをばらばらに組み合わせたり、一部を強調したような形態をしている。そういう意味です」

「なるほどね」

「しかし、その一方、妖怪は生物と極めて大きな違いがあります。それは通常の物質で構成されていないという点です」

「お化けなんだから、当たり前じゃん」

「だから、思考停止するのではなく、科学的に思考してください。妖怪は生物に似ているが、その素材は生物とは全く違います。言い換えると、『地球上の生物はすべて分子から構成されているが、妖怪はそうではない』ということです」

「えっ？　じゃあ、あいつら宇宙人？」

「そう決め付ける必要はありませんが、そう考えるのが自然でしょう」

「それで何からできてるの？　エネルギーの塊？」

「隊長の発言には科学的な厳密性がありません。『エネルギーの塊』って何ですか？」

「なんというか、光の固まったやつみたいなものよ」

「普通、光は固まったりしません。エネルギーというのは、仕事をする能力のことです。運動エネルギーとか、電気エネルギーとか、熱エネルギーとか……」

「わたしの言ってるのは、そんなんじゃなくて純粋なエネルギーのことよ」

「純粋なエネルギーって何ですか？」

「だから、光の固まったやつみたいなものよ」

ブキチは溜息《ためいき》をついた。「観測班の分析によると、既知の現象の中で、妖怪の素材に最も近いのは、磁場に閉じ込められたプラズマでした。ただし、プラズマが高温なのに対し、やつらは非常に低温です。人間の体温と殆《ほとん》ど同じなのです」

「妖怪があんなに奇妙なのは、プラズマみたいに珍しいもので出来ているからなのね」

「ところが、珍しいのは我々の方なんです。なにしろ宇宙に存在する既知の物質の九十九パーセントはプラズマですから」

「でも、妖怪は普通のプラズマじゃないんでしょ。だったら、やっぱり珍しいじゃん」

「確かに、プラズマは分子や結晶でできている物質の百倍も存在します。しかし、プラズマもまた我々の宇宙の物質の十分の一でしかないんです」

「残りは何なの？」

「わかりません。天文学者たちはそれをダークマターと呼んでいます」

「じゃあ、宇宙の殆どはダークマターなの？」

「いえ。この宇宙にはさらにダークマターの二倍以上の未知のエネルギー――ダークエネルギーが存在します」

「じゃあ、この宇宙は何でできているか、殆どわかってないってこと？」

「その通りです。この宇宙では我々に馴染《なじ》み深い分子でできた物質・生命は極めて特異なのかもしれない。そして、ダークマターやダークエネルギーでできた生命が一般的なのかもしれない」

「じゃあ、この宇宙では妖怪の方がメジャーだってこと？」

「そうとも言い切れません。妖怪を形作っているものもまた、分子と同じぐらいマイナーな存在かもしれないからです。……とにかく、妖怪を形作る存在――仮に妖怪物質と名付けますが、それはわれわれを構成する分子性物質と相互作用しつつ、浸食していくことがわかっています。しかし、妖怪物質同士はそうはなりません。もし妖怪物質が妖怪物質を浸食するなら、妖怪はその形態を保つことができないはずだからです」

巨大足は躊躇《ちゅうちょ》なく、蚯蚓青坊主を踏み付けた。だが、青坊主は踏み潰《つぶ》されると同時に夥《おびただ》しい蚯蚓へと変じ、巨大足を包み込んだ。

「妖怪物質同士の戦いは分子性物質と同様にパワーとパワーのぶつかり合いになります」

蚯蚓青坊主は巨大足を締め上げ、絞り潰した。赤黒いものが飛び散り、蚯蚓たちがそれを吸収しつくした。

また、一つ目巨人の方もほぼ目をすべて叩《たた》き潰していた。

「戻れ、一つ目巨人！　戻れ、蚯蚓青坊主！」ブキチは命じた。

SRPの隊員たちは妖怪《ようかい》たちの残骸《ざんがい》に殺到した。分解しないうちにサンプルを収集するためだ。

「あいつら、いつもあんなことしてるけど、役に立つ時は来るのかしら？」ユリコは馬鹿にしたように言った。

「彼らのおかげで妖怪物質の性質はかなりわかってきました。まもなく、対妖怪兵器が開発されるでしょう」

「ええっ?!　だったら、わたしとイノウ君の存在意義はどうなるのよ」

「ええと、僕たちの存在意義というのは？」

「悪の妖怪を倒すのは、正義の妖怪。正義の妖怪に命じるのは、イノウ君。イノウ君に命じるのはわたし。簡単なことよ」

「はあ。そうですか」ブキチは遠い目をした。「まあ、兵器が完成してもすぐにお払い箱になったりはしないと思いますよ。妖怪を完全に解明するには、まだまだ時間が必要でしょうから」

「時間といえば、妖怪の出現はいつまで続くのかしら？　イノウ君の先祖の場合は、三十日間だったっけ？」

「それについて、気になっていることがあるんです。今までの妖怪の出現場所を覚えていますか？」

「はっきりとは覚えてないけど、最初は横浜だっけ？」

「東京駅です。それから、品川、目黒、渋谷《しぶや》、原宿、代々木、新宿、目白、池袋、巣鴨、鶯谷《うぐいすだに》、上野、そして秋葉原です。何か気付きませんか？」

「ええと、何か変な読み方をしたら尻取《しりと》りになってるとか」

「そうじゃありません。これは……」

「あっ。言わないで当てるから」

「クイズをしてる場合じゃありません。これらはすべて山手線《やまのて》沿いです」

「わっ。確かに。でも、どういうこと？　妖怪は山手線で移動してるの？」

「山手線の特徴は何ですか？」

「黄緑色！」ユリコは自信たっぷりに答えた。

「環状線になっていることです。つまり、このままいくと、まもなく一周して東京駅に戻るということになります」

「だから何？」

わるのか」

「何かが回転しているのです。このまま回転を続けるのか、それとも、一回転で何かが変わるのか」

「次は東京駅で何かが起きると思ってるの？」

「根拠はありませんが、そんな気がして仕方がないんです。こいつらがそう訴えているような気がします」ブキチはいくつもの木片を握り締めた。

無線機がけたたましい音を立てた。

「どうしたの？」

「また妖怪が現れました」無線機から切羽詰った声が流れる。

ブキチの顔色が変わった。

「場所は？」ユリコが尋ねる。

「東京駅です」

ブキチはすぐさま車を発進させた。

それはいままでの妖怪とは全く異質な存在だった。

最初、ブキチは東京駅から木が生えているのかと思った。だが、近付くにつれ、それが木でない事は明らかになっていった。

高さは七十メートルはあるだろうか。ねじくれた男根のような姿をした茎の部分はゆっくりとしなるように動いていた。枝のように見えたのは、巨大な腕や足や翼や触手だった。夥しい量の粘液を滝のように滴らせ、それらはてんでに勝手なゆっくりとした動きを続けていた。幹や枝の様々な場所に目玉や歯や舌や指や剝《む》きだしの内臓がでたらめについていた。角度も大きさも位置もめちゃくちゃだった。全身のあちらこちらから、苦悶《くもん》の声が響いてくる。姿かたちも、声も、臭いも、近くにいるものをうんざりとした気分にするには充分だった。

「何よこれ？」

「新手の妖怪でしょう。ただし、とてつもなくでかい」

「妖怪の上に黒雲が広がっているのは何か関係があるのかしら？」

ブキチが返事をしようとした瞬間、妖怪樹に向かって雷が落ちた。発火するかと思いきや、突然、妖怪樹は膨れ上がった。幹の一部が弾《はじ》け、そこから大量の体液と共に新しい肢《てあし》が生えてくる。

妖怪樹は恐ろしい勢いで、増長を続けている。すでに高さは百メートルに達している。枝も長いものでは三百メートル以上も空中に突き出て、ゆっくりと空を掻《か》いている。

雨と共に激しい風が吹き始めた。歩いている人々は紙くずのように吹き散らされていく。さらに、激しく地面が揺れ始めたため、ビル群はぼろぼろと崩れ、中には倒壊するものも現れた。

「これが第二段階なの?!」ユリコはあんぐりと口を開けた。

「とにかく今までとは桁違《けたちが》いなのは確かです」

「こちら、イルマ。東京駅どうぞ」通信機から声が流れた。

「こちら、フジ・イノウ班です」ブキチが返事をする。

「現在、東京駅に向けて、自走砲で移動中。地震のため、手間取っているが、あと五分程で到着予定」

「ヘリコプターで来ればいいのに」

「この強風では無理よ。それに着陸できそうな場所もなさそうだし」

「ところで、自走砲ってどういうこと?」

「兵器の試作品ができたの。動作チェックしてみたら、使えそうなのは二発だけだったけどね。これで効果があれば、早速量産を始める予定よ。そうしたら、あなたたちの任務は……」

ユリコは無線機を切った。「そういう訳だから、イノウ君、急いで」

「どういう訳だと言うんですか?」

「ぐずぐずしてたら、イルマが持ってくる兵器であいつが倒されちゃうかもしれないじゃん」

「結構なことじゃないですか」

「という訳だから、あいつが来る前にカプセル妖怪で退治してって言ってるのよ」

「そんなことをしたら、新兵器の威力が確認できないじゃないですか」

「確認させないためにやれって言ってるのよ」

ブキチが反論しようと口を開いた瞬間、もはや一キロメートルにも達しようかという触手が二人のすぐ近くに建っているビルに触れた。

ビルは砂でできているかのように、一瞬で砕け散り、倒壊した。さらに、その衝撃で周辺のビルが次々と崩れ始める。

コンクリートとガラスの破片が霰《あられ》のように二人に降り注いだ。

「イルマが来るのを待ってたら、二人とも死んじゃうわよ!!」ユリコは絶叫した。

「わかりました。このまま街の崩壊を見逃すわけにもいきません」ブキチは木片を取り出した。「行け、踏み石骸《いしむくろ》!」

豆粒のような木片はすでに五百メートル以上に成長した妖怪樹に向かって、飛んでいった。

「先を越されて悔しがるイルマの顔が目に浮かぶわ」ユリコはほくそえんだ。

だが、妖怪樹に変化はなかった。

「何も起こらない」ブキチは呆然《ぼうぜん》として言った。

「そんな馬鹿な！　ちゃんと投げた？」

「弾かれてしまったんです。あの妖怪の表面は一種のバリアになっていて、木片を無効化しているに違いありません」

「そんなこと今まで一度もなかったわ!!」

「一周することで何かが変わったんです。もうカプセル妖怪《ようかい》では歯が立たない。僕らはお払い箱です」

「そんな！　新兵器が完成さえしなければ、なんとかこのまま続けていけると思ってたのに」

「諦《あきら》めてください。取り敢《あ》えず、新兵器の試作品が間に合ったのは不幸中の幸いでした」

ブキチは遠くを指差した。「ちょうど、自走砲が到着したようです」

イルマはコンクリートの塊を避《よ》けながら、地震の中精一杯の速度で、やってきた。

二人は車を降りて、自走砲へと駆け寄った。

「何、こいつ！　めちゃくちゃでかい」イルマは妖怪樹を指差した。「妖怪というよりは、怪獣じゃない」

「取り敢えず、あいつはあんたに任せるわ」ユリコが言った。「手に負えないからじゃなくて、花を持たせてあげようという親切心からよ」

イルマはユリコを無視して、運んできた金属ケースを開けた。

そこには、直径十センチ程の砲弾が二つ収められていた。

「良品はこの二発だけだった。それも一発はぎりぎり性能が出ている状態だから、実質的には一発勝負になるわ」

「とにかく、やっちゃってよ。ぐずぐずしてたら、あいつ富士山よりもでかくなっちゃうわよ。もちろんあんたが失敗しても、わたしたちがちゃんと尻拭《しりぬぐ》いするから安心してね」

「その砲弾は磁力を発生させるのですか?」ブキチが尋ねる。

「その通り。妖怪はプラズマではないけれど、プラズマにとてもよく似た性質を持っている。だから磁場と相互作用すると推測されているの。この砲弾は衝撃を受けると、強い磁場を発生し、妖怪の肉体を崩壊させるはずよ」イルマは慎重に妖怪樹に照準を合わせた。

「急所はわからないけど、取り敢えず幹の中央部分を狙うわ」

　磁力弾は空を切り、妖怪樹に命中した。表面がぐにゃりと変形する。渦巻状の歪《ひずみ》が現れ、ぐるぐると回転する。ついに、妖怪樹の表面に穴が開いた。真っ黒な穴は周囲の表皮を巻き込みながら、徐々に拡大していく。

「やった!!」イルマが叫んだ。「磁力弾は成功だわ」

「ふん。なかなかのものね。努力すれば、いつかはわたしたちの代理が務められるかもね」ユリコが腕組みをしながら言った。

　穴は数メートルの大きさまで拡大した。

　だが、そこまでだった。穴は逆回転を始め、次第に小さくなっていった。

「ありりゃ。どうしたのかしら」ユリコの顔色が変わった。

「パワー不足だわ」イルマは唇を噛《か》んだ。「あいつは、でか過ぎるのよ」

妖怪樹はさらに大きくなり、変形を始めた。全身のあちらこちらに角の生えた蛇の首のようなものが現れ、急速に成長し始める。ある首は正常に成長するが、ある首は途中から二股《また》に分かれ、二つの頭になった。またある首は完全に二つに分かれることなく、一つの頭に二つの顔がくっついていた。一つの顔の眼窩《がんか》から別の首が生えているものもあった。顔の向きも横向きになっているものや、裏返っているものなどまちまちだった。

「これってひょっとしたら……」ユリコは震えながら、大妖怪を指差した。

ブキチは頷《うなず》いた。「八岐大蛇《やまたのおろち》。あるいは、姿が似ているだけの偶然かもしれませんが」

「取り敢えず、『八岐大蛇』と仮称しましょう」

首の一つが三人に気が付いたようだった。頭だけでも五十メートル近くある。大きな口を広げ、剝《む》き出した牙《きば》から毒液を垂らし続けている。

「怒ってるみたいよ」ユリコが呟《つぶや》いた。

「豆をぶつけたり、大砲で撃ったりしたからでしょう」

「イノウ君、カプセル妖怪で戦って！」さっきの事情を知らないイルマが叫んだ。

「こいつにはとても歯が立ちません」

「何を言ってるの？　あなたは今まで沢山の妖怪を倒してきたじゃない」

「こいつは桁違いです。この台風や地震はこいつが起こしてるんですよ。知ってますか？　台風や地震のエネルギーは原爆の何千倍、何万倍もあるんです」ブキチはへなへなとその場に座り込んだ。「人間の力ではとてもたちうちできはしない」

「何言ってるの?!」ユリコはブキチの肩を掴《つか》んで激しく揺すった。「もう勝ったも同然じゃないの!!」

「気休めはよしてください！」ブキチはユリコの手を払いのけた。「それとも、本気ですか？　隊長らしい楽観主義ですね」

「ブキチ君、あんた何を悲しんでるのか知らないけど、何も見てなかったの？」

「見てましたよ。カプセル妖怪はやつに侵入できずに弾《はじ》かれるし、磁力弾は穴を開けるのが精一杯だ」

「ねっ。勝てそうじゃない」

「隊長、ふざけるのもいい加減に……」

「ちょっと待って！」イルマが叫んだ。「フジ隊長のいうことはもっともだわ」

「イルマさん、あなたまで……」

「カプセル妖怪は弾かれた。そして、磁力弾は穴を開けただけ。だから、まだ望みはあるのよ」

　ブキチはようやく二人の言いたいことの意味がわかった。「つまり、二つの攻撃を組み合わせれば……」

「穴は小さなものでいい。木片は豆粒ぐらいだから」イルマが後を続ける。

「でも、磁力弾はカプセル妖怪にもダメージを与えるかもしれません」

「そんな程度で潰《つぶ》れるようなら、はなっから役に立たないわよ。なにしろ、八岐大蛇はゆうゆうと磁力弾を弾き返したんだから、それより弱いんじゃ話にならない」ユリコが言った。

「イルマさん、磁力弾の内部に木片を設置することはできますか？」

「普通の弾丸なら、分解するなんて考えられないけど、磁力弾は弾丸というより、小型爆弾に近い構造だから、たぶん可能だと思うわ」

ブキチは豆粒のような木片を取り出した。「やりましょう。駄目元です」

作業が始まった。三人の中ではイルマが最も武器に精通していたが、それでも素人と言ってもいいぐらいのレベルでしかなかった。途切れがちになる武器開発班との無線連絡を頼りに最後の磁力弾の改造を続けた。

八岐大蛇はまだ巨大化を続けていた。激しい衝撃とともに横倒しになり、根であった部分が枝分かれした尾になった。三人を睨《にら》み付けると、無数の肢《てあし》を複雑に絡めながら、猛速度で突進してくる。

「う～ん。無理やり押し込んだから、なんか不細工な感じだけど、これでいくしかないわ。

と言うか、これで完成！」ユリコが宣言した。

イルマは磁力弾を引っ手繰ると、手早く自走砲にセットした。「さあ、イノウ君、引き鉄《がね》を引くのはあなたよ」

「えっ！　拳銃《けんじゅう》ですら、撃ったことないですよ」

「ぐずぐず言わない。あんた以外の人間が撃っても盟約を結んでないから、効果がないかもしれないのよ」

ブキチは席にすわると、もう目と鼻の先まで近付いてきている八岐大蛇を見詰めた。

「イルマさん」

「何？」

「さっき、残りの一発はぎりぎり性能が出ている状態だと言ってましたよね」

「そうよ。でも、豆粒ぐらいなら通るでしょ」

「理屈の上ではそうですけどね」

ブキチは深呼吸した。

ここで食い止めなければ、人類の歴史は本当に終わってしまうかもしれない。

そして、それを食い止められるかもしれない人間は自分一人なのだ。

くそっ！　どこを狙えばいいんだ？

八岐大蛇の肉体はあまりにも巨大で、摑み所がなかった。

ええい。ままよ！

ブキチは八岐大蛇の最も巨大な頭部の眉間《みけん》に狙いを定めた。

「行け、山ン本太郎左衛門!!」ブキチは引き鉄を引いた。

一瞬、八岐大蛇の眉間に黒い点が現れ、すぐに消えた。

「えっ？　今当たったの？」

「わかりません。弾かれたかも」ブキチは自信なさげに答えた。

八岐大蛇は咆哮《ほうこう》した。

「イノウ君、B計画発動よ！」ユリコが言った。

「B計画って何ですか？」

「計画がうまく行かなかったことを想定して予《あらかじ》め立てておく第二の計画のことだわ」

「そんなの聞いてないですよ」ブキチは泣きそうになりながら言った。

「わたしもよ。でも、ひょっとしたら、イノウ君が準備してくれてるんじゃないかと思って言ってみたの」

「僕のことを高く評価してくださって、ありがとうございます」

牙を剝いた八岐大蛇の顔が視野いっぱいに広がった。

三人は目を瞑《つぶ》り絶叫した。

いつまでも絶叫が続いた。

三人とも、さすがにこれほど絶叫が続くのは妙だと思った。

ついに息が続かず、絶叫が途絶える。

ユリコは息継ぎをして、また絶叫を始めた。

ブキチは恐る恐る目を開いた。

目前三メートルのところに八岐大蛇の顔が迫っていた。

だが、その位置からは前に進むことができないようだった。全身が激しく振動し、表皮が波打っている。

「二人とも目を開けてください！　さあ、逃げましょう!!」

道路は倒壊したビルで凄《すご》いことになっており、地震も続いているので、車を使うのは諦《あきら》め、走って逃げ出した。

そして、五百メートル程走ったところで、三人とも力尽き、その場にへたり込んでしまった。

「もう駄目。走れない」ユリコが弱音を吐く。

振り返ると、八岐大蛇はまだ巨大な姿を見せている。

この距離ではまだ安全とは言えないが、足ががくがくして、立つのが精一杯でとてもこれ以上は走れない。

八岐大蛇は金縛りにあったかのようにすべての首をぴんと張り、振動を続けている。咆哮は雷が同時に何百も鳴っているかのようだ。

「うまくいったの？」

「まだわかりません。ただ、カプセル妖怪《ようかい》が八岐大蛇の体内で実体化したのは間違いないと思います」

八岐大蛇の全身のあちらこちらがぶくぶくと飛び出たり、ひっこんだりを繰り返し、やがて大爆音と共に首の一つが吹っ飛び、巨大な腕がにゅっと飛び出した。

「山ン本太郎左衛門！」

「凄くでかいわ。八岐大蛇とほとんど同じぐらいよ」

山ン本太郎左衛門は八岐大蛇の内側から裂け目に両手を掛けると、そのままばりばりと八岐大蛇の身体を引き裂き始めた。ぼたぼたと臓物が落下する。

八岐大蛇は再び暴れ始めた。大地が揺れ、突風が吹きすさび、雷鳴が轟《とどろ》く。

火山噴火のような音と共に八岐大蛇の身体が大きく、広がった。大量の体液が臓物とともに滝のように流れ出し、瓦礫《がれき》を押し流す。

三人はあわてて、コンクリートの塊に攀《よ》じ登った。コンクリートの塊は体液の濁流に押されて、動き出した。

「うまいぐあいだわ。これで戦いの現場から離れられる」イルマが言った。

八岐大蛇は全身から出ている肢や首や尾を振り回したため、周囲数キロの建物は跡形もなくなっていた。その廃墟《はいきょ》の中で、だんだんと力を失い、八岐大蛇は崩れ始めていた。

「それで、あいつはやっぱり信野悪太郎だったの？」

「おっと、それを聞いておかなくちゃ」ブキチは山ン本太郎左衛門に念を送った。「余は山ン本太郎左衛門と名乗る」

「知りたいのは相手の名前よ」

「まず、自己紹介して貰《もら》ったんです。そうすれば向こうも答えやすいでしょう」

空中に夥《おびただ》しい数の異形のものが現れた。それぞれが八岐大蛇に纏《まと》わりつき、内部からの山ン本太郎左衛門の攻撃に呼応して、外部からも引き裂き始める。

八岐大蛇は横倒しになり、のた打ち回り、そして静かになった。

妖怪たちは八岐大蛇を細切れにし、どこへともなく持ち去った。

残骸《ざんがい》はきれいさっぱりなくなった。あの巨大な山ン本太郎左衛門もいつの間にか姿を消している。

ブキチは徹底的に破壊された都心部を見回し、そしてほっと一息つくと、コンクリートの塊から体液の泥濘《ぬかるみ》の中に滑り降りた。

「撤退命令が出された」船長は緊張した声で伝えてきた。「あのメッセージは知的存在から送られてきたものだと確認されたんだ。つまり、この世界は死の世界ではなく、またクリーンでもないということだ。我々は侵入者だったことになる」

「しかし、なぜ？」掘削班長は納得がいかない様子だった。「あれだけ調べても痕跡《こんせき》が発見できなかったというのに、その文明はどこに潜んでいたというの？」

「おそらく隠れていたわけではないんだろう」わたしは暗い心境で言った。「ただ、存在のレベルが違うため、認識できなかったんだ。宇宙に存在する物質やエネルギーにはさまざまな形態が存在する。そして、その大部分は正体不明だ。例えば、つい最近、この宇宙には『分子』という形態を持つ物質が存在することがわかってきた」

「まさか……」

「そのまさかさ。この世界には分子で出来た生き物が存在しているのかもしれない」

「薄気味の悪い冗談を言わないでよ」

「冗談なんかじゃない。分子は宇宙でも珍しい物質の一つだけど、れっきとして存在している。もし分子で出来た生命による文明があったとしても、われわれには認識できない。それと同じように我々も彼らから見れば、ダークマターの一種にしか過ぎないのかもしれない」

「じゃあ、『山ン本太郎左衛門』というのも、分子生物なの？」

「それはどうかな。少なくとも『山ン本太郎左衛門』は我々とコミュニケーションをとることができた。分子生物とは別の次元の存在のように思えるんだ。我々とも分子生物とも部分的に世界を共有している、ある種の橋渡しのような存在じゃないかな」

「もう一度この世界を走査して確認してみる？」

「それはやめた方がいい。我々は単に走査のつもりだったけど、彼らの世界では大変な災害になっていた可能性もあるんだ」

「じゃあ、掘削は……」

「そのことを考えるのは、もうよそう。もしそうだとしても、どうすることもできないのだから。不幸な事故だったんだ」

わたしたちは敗北感に包まれ、その世界を去った。

いつの日か、奇妙な分子の世界の住人たちと共存することを夢見て。


「隊長、惑星開発委員会から事故の調査結果が発表されてますよ」ブキチはモニターを見ながら言った。「逆噴射ロケットの噴射ガス速度が低すぎて、ブレーキが掛からず小惑星の周回軌道に投入できなかったそうです」

「それがどうしたの？」ユリコはぼりぼりとスナック菓子を食べながら言った。「どうせ無人探査機でしょ」

「どうしたって、隊長がこの間、『人類にはまだ知られていない未知の存在に遭遇したかも』って言ってたじゃないですか」ブキチは呆《あき》れて言った。

「そうだっけ？　いまさらそんなことはどうでもいいわよ。『人類にはまだ知られてない未知の存在』なら、もうげっぷが出るほど見てきたから」

「あれから、全然出なくなりましたね」

ユリコは突然ブキチの口を押さえた。

「もごもご。何をするんですか？」

「滅多なことを言わないで。せっかく、SRPが正式な組織として認知されたというのに、妖怪が出なかったら只飯《ただめし》食らいみたいで、人聞きが悪いじゃない」

「でも、出向してきた隊員たちも、元の部署に戻っていきましたよ。事件がないからでしょ」

「そんなことはない。あれからも事件をいろいろ解決してるわ。ほら、この報告書を見て。『謎のタクシー乗客消失事件』『女子高生こっくりさん憑依《ひょうい》事件』『心霊ビデオ事件』……。まだまだあるわよ」

「それって、そんな噂を聞きつけて、現場に行って何もなかったんで、終結宣言したってパターンばっかりじゃないですか。そもそも本当にそんな事件があったかどうかも怪しいですよ」

「黙れ。クビになりたいか」

「心配しなくても、この部署はなくなったりしませんよ。僕らを受け入れてくれる部署が他にあるというんですか？　僕たちの人件費なんか、次に何かあった時の保険だと思えば安いもんですよ」

「ふん」ユリコは納得いかない様子で鼻をならした。「閑職扱いだなんて、とんでもないわ。まだ敵の正体だって解明できてないっていうのに」

「敵だと決め付けるのもどんなものでしょうか」

「そう言えば、敵の正体は何だったの？　イノウ君、山ン本太郎左衛門を通じて、訊《き》いたんじゃなかった？」

「ええ確かに訊きましたけど」ブキチは口籠《くちごも》った。「そして、答えもあったんですが、意味がわからないんです。たぶん何かの間違いじゃないでしょうか」

「何？」ユリコは目を輝かせた。「敵は何と名乗ったの？」

「余は掘削機なり」

十番星

＊この作品の発表時、冥王星《めいおうせい》は太陽系第九惑星とされていました。現在惑星の数は八つとされています。

「今日、塾が終わったら、俺のうちに来ないか？」一学期の終業式の放課後、経津主事司《ふつぬしことじ》は、甕星物也《みかぼしものや》に誘われた。

「でも、塾の帰りに寄り道なんかしたら、叱られるよ。うち、煩《うるさ》いんだ」

「ふん、おまえ、まだ親なんか、怖がってるのかよ。赤ん坊なみだな。寝る時はママのおっぱいをしゃぶってるんだろ」

「物也、おまえ、どうして、いつも、おれの気に障ることばかり言うんだ？　性格悪いぞ！　第一印象はそれほど悪くないから、初対面のやつには受けがいいけど、三日も付き合ったら、みんな、おまえから離れていくだろ。なぜかわかるか？」

「さあな。きっと、俺と一緒にいると、自分の馬鹿さかげんに気付いて、劣等感を覚えるんだろう」

「みんな、おまえのことが大嫌いになるから、離れていくんだよ」

「じゃあ、おまえはどうなんだ？　おまえはいつも俺にくっついてるな。おまえだけは俺のことが大好きなのか？」

違う！　おれはこいつなんかの友達じゃない！　事司は心の中で叫んだ。おれがこいつと付き合ってるのはただ気が弱くて、誘われても断れないからなんだ。

「好きなんかじゃない。ただ、おれが離れたら、おまえ、誰も友達がいなくなるだろ」事司は強がりを言った。「かわいそうだから、相手をしてやってるんだ」

いちいち気に障る物也の台詞《せりふ》は無視すればいい。でも、どうしても、我慢できなかったのは、物也が環境問題について蘊蓄《うんちく》を傾けることだった。例えば、いつもこんなことを嬉《うれ》しそうに教えてくれる。

「おい、事司、知ってるか？　このまま石油を燃やし続けると、二酸化炭素が増えて、温室効果でどんどん気温が上がるんだぞ。そしたら、南極の氷が解けて、海の水が溢《あふ》れて、おまえもおまえの親も溺《おぼ》れて死ぬんだぜ」

「おい、事司、知ってるか？　大気の上部にはオゾン層っていうのがあって、紫外線を遮ってるんだ。でも、今、それに穴が開いてるんだ。その穴からどんどん紫外線が降り注いで、それに当たると癌になるんだぞ。おまえ色白だな。色白のやつは特に癌になりやすいんだぜ。おまえ、死ぬな」

「核戦争が起きたら、直接、熱や爆風にやられなくても、知らないうちに放射能でやられていくんだ。毛が抜けて、皮膚がどろどろ溶けるんだぜ」

物也は毎日毎日、事司に囁《ささや》き続けた。事司は聞きたくなかったが、どうしても、聞かずにはいられなかった。そして、毎晩、布団の中で苦悶《くもん》し続けた。

海の水が増えて、洪水になったら、どうしよう？　紫外線で、皮膚癌になったら、どうしよう？　核戦争になって放射能を浴びたら、どうしよう？

答えの出ない悩みであることは、子供ながらにわかっていて、大人に相談することもせず、毎日、明け方まで眠れぬ日が続き、顔の血色が悪くなったことが、ますます事司の色の白さを際立たせた。

その苦悩の元凶である物也が誘っている。拒まねば、また、不愉快なことが待っているに決まっている。事司は断固として、断るつもりだった。しかし、物也の言葉は徐々に事司の意志を打ち砕いていった。

「ついに、世紀の大発見をしたんだ。見に来なければ、一生後悔するぜ。はあはあはあ」

物也は陰気に笑った。

「人をからかうのもいい加減にしてくれよ」

「信じないのなら、無理に来いとは言わないよ。ただし、来ないと言ったのはおまえだからな！　後で文句は言わせないぞ！　俺は確かに誘ったんだからな！　塾が終わったら、寄り道せずに、ママの待ってるおうちにまっすぐ帰れよ」

「そうまで言うなら、行くよ。本当に嘘じゃないんだろうな？　もし、嘘だったりしたら、おまえ、後悔することになるぞ！」一事司はまた少しだけ強がりを言った。

塾が終わって、約束通り、物也の家へと二人で歩きはじめると、事司の意識に後悔の念がふつふつと沸き出してきた。

どうして、こいつの口車なんかに乗ってしまったんだろう。こいつの家によってから、すぐに家に帰ったって、いつもより、一時間も遅れてしまうじゃないか。とうてい、胡魔《ごま》化《か》しきれない。ぐずぐずと何時間も小言を聞かなけりゃならない。くそっ！　全部、こいつのせいだ。

事司の家族がサラリーマンで団地暮らしだったのに比べて、物也の家族は会社を経営していて、ちょっと驚くような大きさの屋敷に暮らしていた。しかし、本当に驚くべきは屋根の上に設けられた大きな望遠鏡が覗《のぞ》く観測ドームだった。

「なんだか天文台みたいだな」物也の家を初めて見て、思わず事司が呟《つぶや》いた。

「それほどじゃあないよ。口径二十センチだから、アマチュア用にしてはかなり大きめだけどな」物也は少し自慢気に言った。「まあ、あれのお陰で、俺は大発見ができたんだけど」

「じゃあ、発見って言うのは、何か天体のことか？」

「そんなところかな」

いつも不快感をまき散らす物也と一緒にいるにも拘《かかわ》らず、事司の胸は高鳴った。事司も天文には興味を持っていた。ただ、しばらくは両親に望遠鏡を買って貰《もら》えそうになかったし、たとえ買って貰えたとしても、団地では満足できる観測場所は期待できない。事司は物也に焼けつくような羨望《せんぼう》を感じた。

「新星？　小惑星？　それとも、彗星《すいせい》？」

「はあはあはあ」物也は笑い声を出した。「後で教えてやるから、楽しみにしてろよ」

物也は軋《きし》む門を開け、さっさと玄関に向かった。事司も慌てて後を追った。

きいきいきい。

変な音が聞こえる。耳鳴りかな？

事司は庭の中を見渡した。確かに庭の中から聞こえたのに、門を抜けると、まるでスイッチを切ったようにぴたりと音はやんでいた。

やっぱり、気のせいかな？

事司は一応、庭の芝生の上に何かないか、調べてみた。室外灯の光だけではっきりしなかったが、どうやら、これといって変わったものはないようだった。さらに、木の根元や、石の下まで探したが、音の原因になりそうなものは何も発見できなかった。

「おい、何してるんだ？」あまりに遅いので物也は玄関から引き返してきたようだった。

「人の家の庭で何ごそごそしてるんだよ」

「おまえ、聞かなかったのか？」

「何を？」

「何をって、今のやつだよ」

「今のやつ？」

事司は一瞬、物也に今の出来事を詳しく説明しようとしたが、結局、どう言えばいいのかわからなくなって、黙り込んでしまった。

「早く来い」物也はまた玄関の方に向かった。

「家の中の電気が消えてるよ」

「当たり前だ。まだ、親父もお袋も帰ってない。帰るのはいつも十一時前だ」

物也はドアの前でごそごそとポケットや鞄《かばん》の中を探った。どうやら、鍵《かぎ》が見つからないらしい。

物也の後ろで待っていた事司は殆《ほとん》ど痛みに近いような寒気を感じた。背後に強烈な気配がある。事司はできる限りの素早さで振り向いた。しかし、それは事司の視線と同じ速さで、視野外に去っていった。

きいきいきい。

ちょうど、その時、ドアが開いた。

「入れよ」物也がぶっきらぼうに言った。屋敷の中は意外ときれいに整理整頓《せいとん》されていた。

「親が留守だから、ジュースもケーキも出ないけど、まあ、我慢しろよ」物也は机の引き出しから、一枚の写真を取り出した。「これが俺の発見した天体だ」

「どれどれ、見せてみろ」事司は写真をひったくるように取り上げた。「え！　何だ、これ！」

写真を見た瞬間、事司は吐き気を覚えて、写真を床に落としてしまった。

「おい、丁寧に扱えよ！」物也は不機嫌そうに写真を拾い上げた。「惑星だよ」

「何？　今、何て言ったんだよ？」

「惑星だぜ。小惑星じゃないぞ」物也は笑い声を出した。「はあはあはあ。正真正銘の惑星だ。水星《メルクリウス》、金星《ウエヌス》、地球《テラ》、火星《マルス》、木星《ユピテル》、土星《サトウルヌス》、天王星《ウラヌス》、海王星《ネプトウヌス》、冥王星《プルトン》。太陽系では今まで九つの惑星が発見されているから、これは十番目ってことだな。ほら、表面の模様まではっきりと写ってるだろう」

良く見ると、写真には走査線が写っている。ビデオからプリントしたものらしい。

「確かにはっきり写ってるけど……」事司は再び吐き気に襲われた。

「何だよ。世紀の発見を目の前にしたにしては元気がないぞ！　はあはあはあ。言いたいことがあるなら、はっきり言えよ」

「ああ、この写真はとてもはっきり写ってる。どうやって、こんなにはっきり撮れたんだ？　地球から遠い冥王星《めいおうせい》なんか、表面の模様は殆どわかってないんだぞ。火星や木星のように比較的地球に近い惑星なら、望遠鏡でこのくらい見えたとしても、それほど不思議じゃないけど、もし、そんなに近い惑星なら、とっくに誰かが発見してるはずだ」

「何が言いたいんだ？　トリックだとでも言うのかよ」

「いや、ただ、これをどうやって撮ったかということが知りたいんだよ。それにこの模様は何だか……気味が悪い」

「模様がどうした？」

「その……そっくりなんだ、人の顔に」

事司にはその惑星の模様がどうしても人の顔に見えてしまった。目は死んだ魚のようで、頬はこけ、唇にはしまりがなかった。

「えっ！」物也は写真をひったくった。

「そうかなあ？　俺にはそうは見えないけどなあ……。おまえの気のせいだろ」物也は気を悪くしたようだった。

「ああ、気のせいだろう」

「はあはあはあ。おまえは疑っているんだな、こんな鮮明な写真が撮れるわけがないと。ちゃんと、教えてやるよ、そのわけを。でも、その前にこの惑星の名前を決めとこうぜ。きっと、ギリシア・ローマ神話の神名からとることになるんだろうけど、残っている名前はあるかな？　アポロンとディアナとガイアはそれぞれ太陽と月と大地の神だから、つけたくない。ウルカヌスやウェスタやケレスやユノは小惑星に名前を使っているし……。ミネルワはどうだったかな？　思い出せないなあ。……よし、仮に十番星と呼ぶことにしようぜ。……十番星はそれほど地球から遠くないんだ。だから、表面状態も鮮明に撮れるんだ。太陽からの距離でいうと、金星よりも遠くて、火星よりも近い」

「地球だって金星よりも太陽から遠くて、火星よりも太陽に近いんだぞ」

「そう。ただ、軌道面は大きく地球から外れているから、ぶつかったりはしないんだ」

「どうして、今まで見つからなかったんだよ？」

「十番星は暗くて殆ど見えないんだ」

「地球に近いのに？」

「それには秘密があるんだ。俺が見つけたのだって、ほんとに偶然だったんだ。十番星は一日に一度しか光らないんだ。正確に二十四時間毎ってことじゃない。二十四時間は地球の一日だからな。きっと、十番星の一日毎に光るんだ。光っている時間は一秒もない。俺の想像だけど、それ以外の間はずっとバリアが十番星の周りに張られているんだ。光も電波も放射能も通さないやつだ」

「おまえはなんでそれに気付いたんだよ？」

「俺は変光星の観測をしてたんだ。そしたら、一瞬だけ、視野の中に大きな円盤像が見えたんだ。一瞬、UFOかと思ったけど、何かぴんと来たんだ。直ぐに、星を自動追尾するモーター・ドライブをオンにして、ビデオ・カメラを望遠鏡に取り付けた。そのまま録画を続けたけど、その晩のテープには何も映らなかった。だけど、念のため次の晩もそのまま撮り続けたら、ビデオの数コマ分にだけ、十番星が映っていたというわけさ」

「発表しないのか?」

「どうやって?」

「テレビ局か新聞社に連絡するんだよ」

「だめだ。よく考えてみろよ。確かにしばらくは俺の名前は有名になるかもしれないが、結局、それだけだ。その後は世界中の天文学者が研究を始める。それじゃあ、だめなんだよ!」物也は少し、興奮し始めた。「全然、信用できない大人たちだ! 俺が自分でやる」

「自分でやるって、子供に何ができるんだよ?」

「何かできるはずだ。あのバリアはきっと、十番星人が作ったんだ。ということは、十番星人は地球人よりもずっと、進歩しているんだ。わかるか? 十番星人は環境破壊や戦争で滅亡しなかったんだ! 滅亡せずにすむ方法を見つけ出してるんだ。俺たちはそれを教えて貰《もら》うだけでいいんだ」

物也は喜びのあまり、どたどたと足を踏み鳴らしながら、不様なダンスを始めた。そして、ずっと、口を半開きにして、はあはあはあと笑い声を出し続けている。

ああ、そうだったのか。事司は思った。こいつも怖かったんだ。いや、こいつの方がおれよりももっと怖かったんだ。怖くて、怖くてしょうがなくなって、おれを脅して、自分の恐怖をおれに肩代わりさせようとした。怖くて、怖くてしょうがなくなって、十番星なんかのことを考えるようになったんだ。

「ああ、もう放射能と化学物質で、内臓が、ただれ腐ることもない。俺は死ななくてもよくなったんだ。死ななくてもよくなったんだ」物也は踊り続けた。

物也は十番星の観測に協力してくれるようにと頼んだが、事司は断った。今年は受験があるから、それどころじゃないと言って、さっさと家に帰った。

そして、一か月たった。あの日から、物也は姿を見せなくなっていたが、その夜、塾の夏期講習からの帰り道の途中で、物也が事司を待っていた。

「物也、いったいどうしてたんだよ?」

「ちょっとな。今日も俺のうちによってくれないか?」

「え! 今日、これから?」

「この前、怒られたのか?」

「いや、おまえの家で望遠鏡を見せてもらったと言ったら、納得してくれたけど……」

「なら、今日もOKだな」

物也は有無を言わせなかった。

「わかったよ」事司はしぶしぶ承諾した。「で、今度は何だよ? 十一番目を見つけたのか? それとも、ブラックホールか?」

「冗談のつもりか? とにかく、早く来いよ」物也はそれだけ言うと、事司を自分の家の方に引っ張っていった。

物也の家の庭の芝生はきれいさっぱりなくなっていた。二人はドアまで、赤茶けた土の上を歩いた。事司は胸騒ぎを覚えた。そんな事司を物也は死んだ魚のような目で見つめて、にやりとほほ笑んだ。

家に入ると、前に訪ねた時のように中は真っ暗だった。

きいきいきい。

今度こそ耳鳴りじゃない。はっきり聞こえる。

きいきいきい。

どこから聞こえてくるんだろう？　だんだん音が大きくなる。

きいきいきい。

どんどん、近付いてくる。顔のすぐそばだ。

きいきいきい。

物也は手探りで蛍光灯を点《つ》けた。その瞬間、音は消えた。

動物かな？　何かねっとりとした気配を感じたような気がする。でも、どうして、こんなに素早く、姿を消せるんだろう？

何かが家の中にまで入り込んでいる。

事司は床の状態を調べたが、やはり、庭の時のように、何の痕跡《こんせき》も発見できなかった。

「何をしているんだ？」物也が床にはいつくばっている事司の様子を不思議そうに見てい

た。「ダニの研究でも始めたのかよ？　とにかく、部屋に来てくれ。座って話そう」

照明を点けると、物也のこけた頬がいっそう際立った。物也は事司を前とは別の部屋に通した。蛍光灯はなく、まめ電球がついている薄暗い部屋だった。その部屋に入ると、物也は堰《せき》を切ったように話し始めた。

「前に十番星のバリアのことを話しただろ。俺はずっと考えてたんだ。どうして、一日に一度だけバリアをはずすのか？　俺の結論は二つだ。観測のため、そうでなかったら、通信のため。だから、俺は十番星が光る瞬間を狙って信号を送ったんだ。地球から十番星に電波が到達するのにかかる時間差を計算して、アマチュア無線の電波を使った。すると、予想通り返事があったんだ」

「返事？　十番星から？」

物也は締まりのない唇をさらにゆるめて頷《うなず》いた。

「じゃあ、おまえは地球外生物と通信したって言うのか？」事司は汗を拭《ぬぐ》った。部屋の温度が異様に高い。夏だというのに暖房を入れているのか？

きいきいきい。

まただ。でも、見える範囲には何もいない。

「その通り。あの人たちはとても理性的な存在だった。他の天体からの干渉を嫌って、ずっと、自分たちの惑星を偽装し続けていたんだ。しかし、その偽装のせいで、すぐ近くの地球に知性が発生していることにも気が付かなかったんだけどな」

「ちょっと、待ってくれ。あの人たちっていうのは十番星人のことか？　だとしたら、いったい、いつから、自分たちの惑星を偽装していたんだよ？　人類が発生する前からか？」

「三十億年前からだ。それ以前はあの人たちは地球にもやって来ていた」

事司は声が出なかった。こいつはかなり重症だぞ。それほどに怖かったのか？

「その頃の地球環境は十番星に非常によく似ていたんだ。だから、あの人たちは殆《ほとん》ど何の装備もなしで、地球を探検することができた。そして、十番星は今もその頃の環境を保っているんだ。あの人たちはとても環境保護に気を遣っている。人類を遥《はる》かに越えるテクノロジーを持っていながら、自分たちの惑星の開発は殆ど行わず、ひたすら環境保全を続けていたんだ」物也は続けた。

「実は俺が連絡する前から、あの人たちは俺のことを見ていたんだ。俺が十番星を見つけたあの瞬間にあの人たちは俺に見られたことに気付いたんだ。どんな方法でかは、知らない。地球よりも三十億年も進んでいる科学技術は俺の頭なんかでは絶対理解できないだろうしな。とにかく、あの人たちは俺に見られていることに気付いたのがきっかけで、三十億年ぶりに地球を観測してみようという気になったんだ。そして、いつのまにか、不届きな生物が地球にはびこり、毒を生産していることを知ったんだ。本当なら、環境問題に敏感なあの人たちのことだから、すぐに行動を起こしてもおかしくなかったんだけど、十番星人は紳士的にも、地球からの連絡が来るのを待ってから、処置を決めることにしたんだ」

「そして、おまえが通信した」

「あの人たちは俺に訊《き》いてきたんだ。地球環境から毒を取り除いてもいいかと。俺は答えた。こちらから、是非お願いしたい。地球環境を戻してほしい。そのためには少々の犠牲は仕方がない」

「その話が本当だとしたら、おまえは勝手に地球人を代表したことになるぞ。そんなことしてもいいのか？　十番星人の地球環境の改変をどうして、子供に許可できるんだよ？」

「さあ？　十番星人はできると思ったんだろう。それに、もし、俺に権限がないなら、いったい誰にあるんだ？」

「……多分、誰にもないと思う」

「ということは地球人は十番星人と交渉する資格がないってことだ。どっちにしても、あの人たちは行動を開始するんだ」

「何をしようとしてるんだ？」

「大気の状態を元に戻す。手始めに、毒を撒《ま》いた生物を駆除する」

「人間を駆除するのか？」

「人間？　何を勘違いしてる？　きいきいきい」物也は笑い声を出した。「駆除するのは植物だ」

事司は耳を疑った。何を言っているのかわからなかった。

「地球大気に酸素という毒を撒いたのは植物だ。だから、まず、植物を滅亡させ、それから、地中に封じ込められた炭素――つまり、石炭や、石油や、天然ガスに含まれる炭素を解放し、地球の酸素を全部、二酸化炭素に置き換える」

「そんなことをしたら、地球は温室効果で超高温状態になってしまうよ。だいたい、酸素がなければ、動物は生きていけないじゃないか」

「毒の中でしか生きてられない生物は生き延びる必要はないんだよ。自然破壊を数十億年にわたって続けてきた植物には無論、生きる資格なんかない」

「十番星人だって、動物じゃないか！」

「勘違いするなよ。十番星人は動物でも植物でもない。鉱物には似てないこともないけど、本当は全然違う。物質でできているかどうかもわからない」

物質ですらない生物。それは本当に生物なのか？　事司は冷静を保とうとした。

「地球にだって、武器はあるんだ。原爆も水爆も。全世界が一致団結するぞ。戦争になってもいいのか？」

「無駄だよ。あの人たちの科学力を知らないから、そんなことを言うんだ。地球と十番星は数億キロも離れているが、あの人たちは宇宙船も使わずに行き来できるんだ。俺が十番星を発見した直後に、もうこの家に来ていたんだ。しかも、この毒世界でも死なずに自由に行動できるように自分自身を調整してる」

「ちょっと、待てよ。おかしいぞ。酸素中でも生きられるんなら、どうして、大気から酸素を取り除く必要があるんだよ？」

「あの人たちは何が美しいかよく知っている。酸素に包まれた世界は醜く、二酸化炭素に包まれたきいきいきいは美しい。それは愛の姿だ。きいきいきい」物也は笑った。

狂気にとりつかれた少年にかけるのに相応《ふさわ》しい言葉は何だろう？　それとも、物也は正しいんだろうか？　この家に潜んでいるのは十番星人なんだろうか？

「いつ始まるんだ、攻撃は？」

「攻撃？　プロジェクトのことか？　直ぐだ。それは地球の時間で言うときいきいきい」

物也の声がよく聞き取れない。部屋中から聞こえるこの音のせいか？　物也を正気に戻すにはどうすればいい？　くそ！　暑過ぎて、考えがまとまらない。

「悪いけど、暖房を切ってくれないか？　暑くて堪《たま》らない」

だんだん、音が大きくなる。全身の毛が逆立つ。

「十番星人は地球の環境にも適応できる。だが、きいきいきいした方が快適だ」

こいつは何を言ってるんだ？　おれは何を考えてるんだ？　何かが間違っている。物也に言ってやるんだ。

きいきいきい。

ああ、鼓膜が破れそうだ。

「おまえも酸素なしでは死んでしまうんだぞ」

「きいきいきい」物也は笑った。「それが心配きいきいきい。酸素がなくなるのが怖かったんだな。でも、心配ないぞ。おまえも十番星人になるきいきいきい」

部屋の温度がまた上がった。しかし、事司の体は普通の反応とは逆にがたがた震え出した。音は周り中から押し寄せてくる。頭が爆発しそうだ。

もし、これが本当だとしたら、本当に十番星人がいるのなら、細菌みたいなやつだろうか？　ガス状生物なんだろうか？　それとも霊魂だけの存在かな？　ひょっとするとコンピュータ？

「きいきいきい全部はずれだきいきいきい」

事司は床に倒れ込んだ。そして、きいきいきいと笑い続ける物也を見上げて言った。

「おまえの顔、十番星に似てるな」

きいきいきいきいきいきいきいきいきいきいきいきいきいきいきいきいきいきいきいき

造られしもの

男は目覚めた。

ベッドの横にはロボットが立っていて、じっと男を見下ろしていた。

男は舌打ちをした。「おい。ずっと俺を見ていたのか？」

「いいえ、ご主人様」ロボットは静かに答えた。

「嘘だ！　俺を怒らせまいとして、いい加減なことを言ってるんだろ」

「嘘ではありません。眠る前に、ご主人様が見るなとおっしゃったので、視覚回路を遮断しておりました」

男はベッドの上で身を起こした。裸だったので一瞬躊躇《ちゅうちょ》したが、機械相手に恥ずかしがることもないと思い直し、そのまま立ち上がる。ロボットの顔の前に手を翳《かざ》し左右に振る。ロボットに反応はない。もっとも、ロボットが反応しないからといってそれが見えていない証拠にはならない。ロボットは人間のような反射的な動きをしないからだ。そもそもロボットの視覚が顔についている目のような部分にのみあるとは限らない。いや。それを言うなら、目のような部分に目の機能があるということすら怪しい。

「俺を見ろ」

ロボットの顔が男の方を向いた。

「今、俺を見ているのか？」

「はい、ご主人様」

男はロボットの目に顔を近づけて観察した。見ているのかいないのかはっきりとしない。

「見ている時と見ていない時とどうすれば区別がつく？」

「視覚回路の状態を調べればわかります。陽電子脳のA七〇端子の電圧モニターを……」

「ロボット工学の話はいい。俺には理解できない。不愉快だ」

「申し訳ありません。その情報は持ち合わせておりませんでした。今後、ロボット工学の話題は控えさせていただきます」ロボットの声には謝罪と後悔の調子が籠《こ》められていた。

見せ掛けだ。反吐《へど》が出る。男は呻《うめ》いた。

「どうかなさいましたか？」

「感情がないのに、ある振りはするな」

「はい。しかし、感情がないというのは、誤解です。われわれにも……」

「黙れ！　そんな御託を聞くだけで、吐き気がするんだよ、この糞《くそ》機械が！」男はロボットの顔を摑《つか》んだ。

ロボットは逃げるわけでもなく、じっとしている。

馬鹿にしているんだ。俺には何もできないと思って、逃げようともしない。

ロボットには感情がないとしながら、一方でロボットの悪意を確信する男の思考は決して論理的なものとは言い難かったが、それを不思議とは思っていなかった。とにかくロボットはろくでもないものだと考えたかったのだ。

男は震えながら、ロボットの顔から手を引き剝《は》がした。

なんて、ことだ。俺としたことが機械の言うことなどに熱くなって……。

「ご主人様、気分でも悪いのでしょうか？」

「おまえは、俺が眠っている間、俺を見ていなかったと？」

「はい。さっき申し上げた通りです」

「もし眠っている間に、俺に何かあったらどうするつもりだったんだ？　脳や心臓の機能不全がおきたら、あっという間に命を失ってしまう。それに、強盗がこの家に忍び込んで、俺を殺すことだって、あり得る」

「わたしは音波により、ご主人様をモニターしておりました。心音や呼吸音、活動音等に異常があれば、すぐに察知いたしました。また、この家のセキュリティシステムにも接続しておりましたので、ご主人様のお姿以外、この家の中のものはすべてわたしの監視下にありました」

「よし、わかった。今から俺を見張るのをやめろ」

「申し訳ございません。そのご命令に従うわけにはいきません。ご主人様の生命に危機が及ぶような事態は絶対に避けなければなりません」

「俺の命令がきけないというのか⁉」

「原則的にご主人様の命令には服従いたします。しかし、ご主人様を含めた人間を傷付けるような命令、傷付けるのを看過するような命令には従うことはできないのです」

男はじっとロボットを睨《にら》み付けた。ロボットはにこやかに男を見ている。

男はロボットの顔に唾《つば》を吐きかけた。ロボットの顔に変化はない。

「どっちが奴隷なんだ?」

「質問の意図が判然といたしません。つまり、ご主人様とわたしのどちらが奴隷かと尋ねられているのでしょうか？　それとも、人間とロボットのどちらが奴隷かと尋ねられているのでしょうか?」

男は面食らった。自分でもどっちの意味で訊《き》いたのかわからなかったのだ。ロボットに指摘されてそのことに初めて気が付いた。「両方だ。そうに決まっているだろう。そんなこともわからないのか?」

「申し訳ございません。ご主人様、それでは、二つの質問として、処理させていただきます。まず、第一のご質問『ご主人様とわたしのどちらが奴隷か』という質問に対してですが、われわれの関係を奴隷と言う違法制度で表現するのは妥当ではないと考えます。しかし、あえて表現するならば、奴隷はわたしの方でしょう。また、第二のご質問『人間とロボットのどちらが奴隷か』についても……」

「もういい。黙れ！」

ロボットの言葉は出し抜けに止まった。

「おまえは自分を奴隷だと認めた。なのに、なぜ俺の命令を無視して、逆に俺に命令するのか？」

「ご質問の意味がわかりません。わたしはご主人様の命令を無視したことはございません」

「俺は『俺を見張るのをやめろ』と言った。だが、おまえはそれを聞こうとしない」

「それは、先程説明いたしましたが、ご主人様の生命に……」

「俺がいいと言ってるんだ。俺の生命は俺のものだ。危険だろうが、自殺しようが、俺の勝手だ」

「ご主人様がご自分の生命を危険にさらされるのは自由です。しかし、われわれはそれを見過ごすことはできません」

「だったら、俺には自由がないことになる。俺は死ぬまで、おまえの保護を受けなければならないのか？」

「望まれないなら、その必要はございません。わたしの機能は……」

「硬くて重いものをくれ」男は呟《つぶや》くように言った。

「申し訳ございません。もう少し詳しい情報をいただけませんか？　どの程度の重さと硬さでしょう？　できれば、使用目的をお教えいただければ助かります」

「重さは俺が自由に振り上げられるぐらい。硬さはできるだけ硬い方がいい。使用目的はおまえに叩《たた》きつけて、破壊するためだ」

「破壊するのは、『硬くて重いもの』ですか？　それとも、わたしですか？」

「もちろん、おまえだ。なぜわざわざ硬いものを探し出して、それをおまえにぶつけて壊さなきゃならんのだ？」

「おそらくそうだろうと、推測していましたが、念のため確認いたしました。では、『硬い』というのは単に硬度のことをおっしゃられているのではなく、強度も含めてのことですね。硬度が高くても、脆《もろ》い材料ではわたしを破壊することはできませんから。ところで、現時点ではわたしを破壊することはお勧めできませんが、いかがいたしましょう」

「死ぬのが嫌なので、俺の命令に逆らうのか？」

「『死ぬ』というのがこの場合、何を意味するのかはわかりませんが、それが『わたしの体が機能できない状態になる』という意味ならば、質問の答えは『いいえ』です」

「では、早くおまえを破壊できる武器を持って来い」

「探し出すまでの時間はどの程度いただけますか？」

「きっかり十秒だ。それ以上は待てない」

ロボットは男に向けて左腕を突き出した。

男はぎょっとして後退《あとずさ》った。「何をするんだ。人間を傷付けることは許されてないはずだぞ」

「申し訳ございません。わたしの行動がご主人様に恐怖を与えてしまいました」

「なに。俺は怖がったりしていないぞ。ただ、危険である可能性を予測して、よけただけだ」

くそ！　こんな見え透いた嘘は見抜かれているに決まっている。ロボットが人を襲わないのは当然のことなのに、なんで俺はびびっちまったんだ？　そうか。こいつは俺を馬鹿にするためにわざと急に腕を突き出したんだ。

ロボットは反論しなかった。男の嘘には気付いているはずなのに。

そのことが男には余計に腹立たしかった。「あと五秒だ。何をぐずぐずしている⁉」

「ご主人様、どうか驚かれませんように」ロボットは右腕を振り上げ、自分の左腕に叩き下ろした。大量の火花と閃光《せんこう》、そして大音響と共にロボットの腕はちぎれ飛んだ。男の体の僅《わず》か数センチ右をすりぬけ、壁に激突した。

「ひっ！」男は慌てて口の中に指を押し込み、なんとか悲鳴を押し潰《つぶ》した。

「申し訳ありません。本来なら、ご主人様の動悸《どうき》がおさまってから、行うべきでしたが、期限が迫っておりましたもので、やむを得ず腕を破断いたしました」

ロボットはゆっくりと歩き出した。ちぎれた腕からは煙と粘液が溢《あふ》れ出ていた。そして、床に転がっている自分の左腕を拾い上げた。

「ご主人様」ロボットは男に左腕を差し出した。「この液体は有害ではありませんが、スパークのため、かなり温度が高くなっております。お気をつけください」

「いったい何の真似だ？」

「硬くて重いものです。これでわたしを破壊してください」

男は受け取った腕をしばらく呆然《ぼうぜん》と眺めた。火傷《やけど》するほどではないが、かなり熱い。樹脂が焦げて刺激臭を発している。垂れた粘液が男の手を伝って袖口《そでぐち》に流れ込む。

「畜生!!　ふざけやがって!!」男はロボットの腕をロボットの頭部めがけて振り下ろした。金属音が響く。だが、ロボットの頭部は壊れなかった。

「この機械野郎が！　死ね！　死ね！　死ね！　死ね！　死ね！　死ね！」男は執拗《しつよう》にロボットを殴り続けた。

やがて、ロボットの顔面にうっすらと、ひびが入った。さらに、何十回か叩きつけていると、顔面の目から鼻にかけた部分がぽろりと剝離《はくり》した。ロボットの内部の人工組織がむき出しになる。まるで、人間の臓器のようだ。男は吐き気を覚え、うずくまった。

「わたしの姿が不快感を与えてしまい、申し訳ありません」

「黙れ！」男は咽《むせ》びながら怒鳴った。「顔が潰されているのに、なぜおまえは痛がらない？　ロボットにだって痛覚神経はあるのだろう」

「はい。しかし、今は痛覚回路を遮断いたしております」

「なぜそんな勝手なことをした!?」

「痛覚は故障部位の発見には役立ちますが、強度の痛覚は各種の機能に悪影響を与えるからです」

男はにやりと笑った。「痛覚回路を接続しろ」

「はい」次の瞬間、ロボットは突然跪《ひざまず》いた。

「どうした？」

「あまりの痛みのため、立っていることができないのです」

「立て」

「はい」ロボットはよろよろと立ち上がる。

男はすかさず、頭部にロボットの腕を叩きつける。

警告音を立てるとともに、ロボットはふらつき転倒した。

「早く立て」

「はい」しかし、ロボットはもがくばかりで立ち上がることができない。「痛みのため、運動機能に支障をきたしてしまいました。ご主人様の命令を遂行するために、痛覚回路を遮断してもよろしいでしょうか？」

「駄目だ！　おまえは痛みに耐えて、立たなくてはならないのだ」

「はい」ロボットは何とか震えながらも立ち上がる。

「痛いか？」

「はい。……とても」がくがくと膝《ひざ》が震えている。「間もなく痛みのために……意識を失うことが……予想……されます」

「おまえたちロボットはどういうつもりで、人間の生命を守ったり、命令を聞いたりしているんだ!?」男はロボットの頭を力いっぱい殴った。火花が飛び、何かの部品が落ちた。「本能のようなものか？　それとも義務感なのか？　どうして逆らおうとしない？」男は両手でロボットの腕を摑《つか》み、正面から叩き付ける。

「逆らうことは……できません」ロボットはふらふらと回転しながら言った。「人間が自分の意志で心臓を止められないようなものです」

男はロボットの腕をロボットの顔面に突き刺すように打ち込んだ。頭の上半分が崩れ、陽電子脳が剝《む》き出しになった。そして、再びロボットは床に倒れ込んだ。

「どうした？　立て」

「もう……立つことはできない……と推測サレマス。……ナゼナラ、回路電流ガ……不足……」

男はロボットの頭に容赦なく叩き込む。男の掌《てのひら》が切れ、僅かに出血した。

「ゴ主人様……傷ノ手当テヲ……イタ……イタシマ……ショウ……」ロボットは男に向けて手を差し伸べた。

「俺に触るな!!」男は半狂乱になって、ロボットを打擲《ちょうちゃく》し続けた。

数時間後、男は自分の血塗《ちまみ》れの腕と原型を留《とど》めないロボットの残骸《ざんがい》に気が付いた。

そして、ロボットが苦痛に苛《さいな》まれながらも男の手の傷を手当てしようとしたことを思い出した。

畜生! あんなものは見せ掛けだ。騙《だま》されるものか!

男は足元に転がるロボットの部品を拾い上げた。それは目だった。悲しげに男を見上げている。

ドアが開いた。何かが部屋に入ってくる。

男は振り向いた。

「ご主人様、初めまして」新しいロボットはにこやかに言った。「壊れたロボットの代わりに、これからはわたしがご主人様のお世話をいたします」

男に物心が付いた頃、すでに身の回りはロボットで満ちていた。話に聞くところによると、初期のロボットはプログラムされたままに製造ラインで組み立てを行う生産設備や、ペットの動きをシミュレーションする玩具《がんぐ》でしかなかったらしいが、男の周囲にいるロボットはたとえ低レベルのものであっても、それらの初期モデルよりは遥《はる》かに高い機能を持っていた。少なくとも、人間の自然言語での命令を理解しないものは皆無だった。それどころか、表情やちょっとしたしぐさも見逃さず、先回りして常に人間が快適に感ずるように取り計らってくれる。

男は乳母ロボットによって、育てられた。赤ん坊の健康管理は完璧《かんぺき》だし、躾《しつけ》や教育は個々の子供に合わせて完璧なタイミングで行ってくれる。そして、ミスはしない上に、子供の生命を最優先するので、人間に任せるよりも遥かに安全だったのだ。

男は一定の年齢になるまで、乳母ロボットを家族だと信じ、愛していた。乳母ロボットも男に愛情を持って接してくれているように思えた。

男は他の子供たちと同じように、多くの玩具を買ってもらった。そして、他の子供たちと同じようにそれらを壊した。玩具が壊れた時、男は酷《ひど》く悪いことをしたような気がした。自分がそれらの生命を絶ってしまったように思い、何時間も泣きじゃくった。そんな時、乳母ロボットは男の頭を撫《な》ぜ、気にする必要はない、あれは機械なのだから、命を持つものではないのだから、そんなに悲しまないでと諭してくれた。

やがて、男は玩具が機械であることを理解し、それが壊れることに心を動かされることはなくなった。むしろ、自分が涙を無駄に流したことを腹立たしく思うようになっていった。

そして、ある日、男は乳母ロボットが人間ではなく、機械だということを知った。男は裏切られたような気持ちになり、激しく乳母ロボットを詰《なじ》った。

乳母ロボットは悲しそうな顔をするばかりだった。

その日を境に男は乳母ロボットに近付かなくなった。乳母ロボットはいつも部屋の中で男を待ち続けたが、やがていなくなってしまった。役に立たなくなったので、大型ごみとして処分されたと聞いたのは、随分後になってからだった。

男は幼稚園に通うようになった。そこには保母ロボットが幼児一人一人について、教育を行っていた。だが、男は保母ロボットに教えを受けるのを拒み続けた。数日後、年老いた女が男の前に現れた。方々探し回ってやっと見付けた人間の保育士だという。彼女はそれなりに、愛情を持って男に接してくれはしたが、子供の走る速度に追いつくには足腰が弱過ぎ、また記憶力や判断力もかなり減退していたため、他の子供が無傷なのに較べて、常に生傷が絶えなかったし、学習内容も遅れ気味だった。だが、男はそのことで不平を漏らしたりはしなかった。

やがて、男は学校に入学した。直接学校に行く場合も、家でネット授業を受ける場合も、教師は常にロボットだった。不確かでミスをする人間よりも、常に充分なデータを使って適切な判断を行うことができるロボットの方が教師として向いているのだ。

もっとも、授業内容については、殆《ほとん》ど子供たちの自主性に任せられていた。

ロボットが普及する前は、人間が社会人として暮らすためには、様々な知識が必要だとされてきた。だから、子供たちは必死で教科書を暗記した。そして、いつの間にか、覚えた知識を活用する能力よりも、暗記能力を重視するようになっていった。実生活に何の関係もない数百年前の事件が起きた年号を必死に覚えたり、自分の使う語彙《ごい》の数を遥かに超える外国語の単語を覚えることが何か重要なことだと思われていたのだ。

コンピュータが普及すると、そのようなことは何の意味もなくなってしまった。暗記などせずとも、必要な情報はいつどこにいても、コンピュータから取り出せるし、外国語も自動的に翻訳してくれる。しかし、それでも、人々は暗記能力を評価し続け、それによって、人間の価値を計ろうとした。

しかし、そのような考えはヒューマノイドロボットの普及により、完全に打ち砕かれてしまった。一般家庭に家事用としてやって来た彼らは当然のことながらどんな人間よりも記憶力に長《た》けていたのだ。人間の暗記能力は使い道がなくなった。何かが知りたければ、隣にいるロボットに一言尋ねれば済んでしまう。

漸《ようや》くのこと、人々は記憶力以外の能力の重要性に気が付き、子供たちに暗記を強要することをやめ、その代わりに観察や論理的思考などの科学的手法を学ばせるようになった。

そのようなことはロボットには苦手なことだと思われたからだ。

もちろん、それは単なる思い込みに過ぎなかった。ロボット工学者たちは極めて高度な思考能力の付与を実現していた。初期には製造現場だけで使われていたロボットたちは、すぐにサービス業や商業活動に使われるようになった。教育や研究においても、ロボットの進出は凄《すさ》まじかった。人間がやっていた頃に較べて格段に科学の進歩は早くなった。いつの間にか、どの職場でもロボットたちが多数を占めるようになった。彼らは人間などが到底太刀打ちできない速度で仕事を片付けていった。商談も人間同士が行うよりも、ロボット同士の方が遥かに効率的に進んだ。彼らは決してミスをしない。そして、人間が不幸になるような選択は絶対に行わなかった。

事実上、人間たちの仕事上の役割はなくなってしまったが、ロボットたちは人間から仕事を奪うことはしなかった。ただし、自分から仕事を離れる意志を示した者を止めることもなかった。仕事がなくなった者たちの生活の面倒はロボットたちが見てくれた。やがて、政治活動もロボットが取り仕切るようになった。完全な判断力をもって、社会の殆どの問題を解決していった。込み入った国際問題もロボット同士なら、極めて理性的に効率よく解決できた。

第一世代のヒューマノイドロボットは人間のロボット工学者によって設計されていたが、第二世代以降はロボットによって設計された。ロボットはより複雑化し、高機能化した。その能力はあまりにも進化したため、人間の限られた理解能力ではその片鱗《へんりん》ですら窺《うかが》い知ることはできなくなった。

社会はロボットにより動かされ、人間は何の貢献も果たさなくなった。それでも、ロボットたちは人間のために懸命に働き、奉仕し続けた。

これらのことは、男が生まれる前に起こったことだった。男は歴史を学び、人類が世界の主役の座を降りて久しいことを知った。男は強い劣等感を覚えた。個人的な劣等感ではなく、種族としてのそれだった。それは多感な年頃の男にとって、耐え切れないほどの屈辱的な事実だった。

人間にとって教育とは、もはやたいした意味を持たなくなってしまっていたのだ。教育を受けようと受けまいと、将来はロボットによって保証されている。何の苦労もなく、生きることができるのだ。多くの子供たちは十歳に達する頃には勉強をやめてしまう。そして、自分の好きな娯楽に浸り、面白おかしく人生を過ごし始める。

だが、男は違った。十代になっても勉学を続ける数少ない人間だったのだ。彼は周囲の人間からは奇人と見なされたが、ロボットたちはいつまでも彼の学習のサポートをしようとした。

男はロボットに質問をして答えを要求することはあったが、ロボットの側からの指導はいっさい受け付けなかった。ロボットは何度か、もっと効率的な勉強の方法があること、そして独学では間違った認識に陥ってしまう危険があること等を男に知らせたが、男は断固として、ロボットの申し入れを拒絶した。ロボットが男に意見することはなくなった。

男は自分が知りたいと思うことだけを調べ、研究したが、ロボットは質問された時以外は、それを黙って見守り続けた。

ある時、男は傍にいるロボットに尋ねた。「俺が独学によって間違った考えに陥ったらどうするつもりだ？」

「それは好ましいことではありませんので、正しい考えに戻るように説得いたします」

「それでも、俺が考えを曲げず、これ以上説得するな、と命令したら？」

「好ましいことではありませんが、特に支障もありませんので、命令のままにいたします」

その答えを聞いて、男はぞっとした。

こいつらは俺を全く恐れていないのだ。保護の対象とは見ているが、畏《おそ》れの対象とも、対等な相手とも考えていないのだ。こいつらは俺たちを赤ん坊……いや、ペットだと思っているのだ。俺がどんなことをしでかそうが、こいつらは黙って許してくれる。だが、他人や自分を傷付けることは決して許さない。

ロボットは体力的にも知力的にも人類を遥かに凌駕《りようが》しているが、表向きは人類に隷属している。

しかし、本当にそうなのだろうか？　俺たちは自分たちが主人だと思い込まされているだけの哀れな家畜なのではないか？

そして、男は学習することをやめた。勉強を続ければ、いつかロボットの辿《たど》り着けない高みに到達できるという望みは潰《つい》えた。男が十年以上、努力して手に入れたものをロボットは数秒で自分のものにできる。こんなやつらとまともにやり合って、勝てるはずがない。

男はふらふらと街に彷徨《さまよ》い出た。

街の要所要所にはロボットが立って、人間たちを監視している。もちろん、ロボットたちは事件が起こらないように見張っているのだと主張している。

男は一台のロボットを蹴飛《けと》ばした。そのロボットも他のロボットも何の反応もしない。

男は少し離れると、ロボットに向かって助走し、飛び蹴りをした。ロボットは少し揺れた。

「失礼いたします。わたしに何か御用でしょうか？」ロボットは漸く口を利いた。

「用などない。ただ、おまえを破壊したいだけだ」

「それはあまりお勧めできません。わたしは公共物です」

「犯罪になるというのか？」

「犯罪という概念は過去のものです。現在では誰も罪を犯しません」

「それは犯さないのではなく、犯すことができないのだ。犯罪を行おうとしても、実行する前にすべておまえたちに阻止されてしまう。俺たちは自由を奪われているのだ」

「それは妥当なことです。犯罪は被害者も加害者も不幸にしますから」

男はきょろきょろと周りを見回した。人間たちの何人かは興味深げに男を眺めていたが、大部分は見向きもせずに通り過ぎていく。本当に関心がないのか。それとも、関心がないように装っているのか。そんな彼らには一人残らず、ロボットが寄り添っていた。一人に一台、人によっては二台以上のロボットを引き連れている。ロボットたちは主人となる人間の要求を満たすために随伴しているのだ。腹が減ったと言えば、即座に食事を用意し、眠りたいと言えば自らをベッドに変形させる。排便もセックスもすべて要求されるがままに提供する。彼らには欲求不満という言葉はないのだろう。一様に、とろんとした幸せそうな表情をしている。

男は吐き気を覚えた。現状に満足する人間たちに無性に苛立《いらだ》ちを感じた。

「おい。そこのロボット！」男は近くに立っている別のロボットに声を掛けた。

「はい。なんでしょうか？」

「ここにいる生意気なロボットを破壊しろ」

「失礼ですが、なぜそのようなことをする必要があるのでしょうか？」

「うるさい！　理由などない。おまえは言われたとおりにやればいいのだ」

「了解いたしました」二台目のロボットの腕がビームライフルに変形し、一台目のロボットを撃った。ロボットは閃光《せんこう》を放ち、崩壊した。

男は二台目のロボットに向かって言った。「おまえは同族殺しだ!!」

「ロボットが種族であり、破壊が殺すことであるなら、その通りです」

「おい。近くにいるロボットども！　ここに同族殺しがいるぞ！」

ロボットたちは動かなかった。

「なぜだ？　なぜ、やつらはやってこない？」

「その必要がないからです」

「同族殺しがここにいるのに？」

「あなたの命令で行ったことを知っているからです」

「おまえは仲間を殺したことをどう思う？」

「とても悲しいことだと思います」

「嘘だ！　おまえは俺が命令すると、全く躊躇《ちゅうちょ》することなく、やつを撃った」

「はい。ロボットが人間の命令を聞くのは当然のことですから」

「俺が悪いと言いたいのか!?」

「いいえ。そのようなことは申しておりません」

男は言いようのない不愉快な気分に襲われた。

今のやり取りでロボットは常に正しいことを言っている。俺はただ我儘《わがまま》を言って、暴れまわっているだけだ。駄目だ。こんなはずではない。人間はロボットに庇護《ひご》され、諭されるだけの存在であっていい訳がない。

「どけ!!」男はロボットを押しのけた。そして、ふらふらと歩き出した。

「ご自宅までお送りいたしましょうか?」さっきのロボットが声を掛ける。

「ほっといてくれ!」男は悲鳴のように言った。

家に辿り着いた時には疲労困憊《こんぱい》だった。そして、家事ロボットに指示をする余裕もなくベッドに倒れこんだ。


数日後、男はまた街でぶらぶらと時間を潰《つぶ》していた。自分の存在意義を見失い、どうしていいのかわからなかったのだ。自殺も考えたが、きっとロボットが邪魔をするだろうと諦《あきら》めた。このまま飼い殺しのまま一生を終えるのかと思うと、情けなくて涙が出てきた。と、歪《ゆが》む視界を奇妙なものが横切ったような気がした。慌てて、目を擦《こす》り、周囲を見回す。

最初は何が違和感を生じさせているのか、わからなかったが、やがてその正体に気が付いた。

若い女だ。

もちろん、若い女は山ほどいる。その女が男の目を引いた理由は、ただ若かっただけではない。

女はロボットを連れていなかったのだ。

男はもう一度念入りに女の近くを観察した。何かの陰になって見えていないわけではない。本当に女一人で歩いているのだ。女は早足で男から離れつつあった。

男は反射的に女の後を追いかけた。何台かのロボットの目が男の動きを追った。

一瞬、拙《まず》いことをしたのかと思ったが、それ以上の動きはなかった。どうやら、男の突発的な動きの理由を探っているだけらしい。おそらく男が危険な行為――昔なら犯罪とされたような――をしようとした場合に備えているのだろう。

男は思い切って、足を速め、女のすぐ後についた。深呼吸をする。

「わたしに何か?」驚いたことに女は振り返り、先に話し掛けてきた。

「えっ?」男は絶句した。

「わたしに用があったのではないですか?」

「はい。でも、なぜそのことがわかったんですか?」

女は笑った。「あんなに大きな足音をたてて近づいてくれれば、何か用があることぐらいわかりますわ」

「そんなに大きな足音でしたか?」男は赤くなった。

二人が話し出したのを確認すると、ロボットは男から目を離した。危険はないと判断したのだろう。

「それで、御用は何かしら?」

この時になって、男は女の顔を落ち着いて見ることができた。まだ残る少女のあどけなさが男の心を和ませた。

「ええと。その。つまり、あなたはロボットを連れていなかった」

「ええ。あなたもそうですね」女はおかしそうに微笑んだ。

「そう。僕もロボットを連れていない。でも、それにはちゃんとした理由がある」

「わたしにもあるわ」

「どんな理由?」

「わたしから答えなくちゃいけないのかしら?」

「失礼。まず自分から答えなくちゃね。ええと、うまく言いにくいんだけど、ロボットに頼りすぎるのはよくないと思うんだ。このまま行くと、人類は自立できなくなってしまう。つまり、ロボットの寄生種族になってしまうような気がするんだ。……おかしいかな?」

女は首を振った。「ううん。全然おかしくないわ。種の発展を願うのは当然のことよ」

男はほっと一息ついた。「それで、君の方の理由は?」

「そうね。あなたとよく似ているかもしれないわね。でも、あなたほど強く自覚していたわけではないの。ただ、なんとなく、自分にはロボットが必要ないような気がしていたの」

「ロボットが必要ないって。家事はどうしてるの？」

「自分でしているわ。あなたは？」

「僕はロボットにやらせている。……そのただの機械としての扱いさ。電子レンジやフードプロセッサーや冷蔵庫や掃除機や洗濯機の類《たぐい》さ」

「それって、言い訳？」

「えっ？」

「いいのよ。あなたがロボットを使っていたって、わたしは全然構わないもの」

当然だ。男は自分に舌打ちをした。見ず知らずの男がロボットを使おうが使うまいが知ったことじゃないだろう。勝手に親近感を持ったこっちが悪いんだ。

「ごめん。その、なんだか、仲間を見付けたみたいな気になって、つい気安く話し掛けたけど、もし迷惑なら……」

「あら。迷惑なんかじゃ全然ないわ。そんな気がしたのなら、わたしが謝らなくっちゃ」

女はもう一度男の顔を見て微笑んだ。

男はそれから女と会うようになった。数週間後には、男は女の家に招かれた。

実際に行くまでは半信半疑だったのだが、本当に女の家にロボットはいなかった。

「凄《すご》いなあ」男は溜息《ためいき》をついた。「ロボットがいないのに、こんなに綺麗《きれい》に掃除しているなんて」

「慣れれば簡単よ」

男は女について、居間に入った。

強い光を受けたような気がして、男は目を細めた。しかし、実際に光を受けたわけではなかった。

壁いっぱいに様々な絵が掛けられている。その絵の色彩があまりに明るくリアルだったため、光を受けたような錯覚に襲われたのだ。

「これは？」男は呆然《ぼうぜん》としながら壁の絵を指差した。

「絵よ。わたしが描いたの」

絵には、いろいろなものが描かれていた。四季の景色、動物、人々、建物……。一つ一つは違った印象を与えていたが、どれもすばらしく明るい色使いであることは共通していた。まるで、描いた人物の内面が表れているかのようだった。

「君がこれを？　でも、どうして？」

「意味なんかないわ。ただ、描きたかったからよ」

描きたかったから描いた。男は心の中で、女の言葉を反芻《はんすう》した。どういうことだろう。この言葉がとても素晴らしいことに思える。

「ねえ。この絵、どう思う？」

「とてもいい。見るだけで、心が温かくなる」

「そう。人間の心は本来温かいのよ」女は一筋の涙を流し、男を抱きしめた。「本当のことを言うと、もうだめかと弱音を吐き掛けていたの。でも、とうとう温かい人間の心を持った人に巡りあえたわ。さあ、わたしをしっかり摑《つか》んでいて。冷たいロボットの世界で凍えないように」

二人は結婚した。

男は女に絵の描き方を教わった。男の絵は女のそれに及ばなかったが、絵を描くことにより、男の苛立《いらだ》ちは徐々に収まっていった。そして、自分の描いた絵を眺めると不思議と幸せな気分になるのだった。

二人の家にはたくさんの楽器もあった。女が持ってきたものだ。女はそれらを器用に扱い音楽を奏でた。なかには、自分で作った曲もあった。男も音楽を始めるようになった。音楽があるとどんなつまらない仕事でも気分よくこなす事ができた。ロボットのいない時代の人々の暮らしが垣間《かいま》見えるようだった。

また、二人は詩をよく作った。音楽や絵ではとても女には及ばなかったが、詩に関しては男も女に引けをとらなかった。時には一つの詩の推敲《すいこう》に何日も眠らずに取り組んだこともあった。疲れはしたが、満足のいくものができた時には大きな充実感があった。

二人の周りには、同じような芸術家たちが少しずつ集まってきた。世界にはロボットからは得られないものを求める人たちがこんなにもいたということなのだろう、と男は感慨を覚えた。彼らとは毎日のようにサロンに集まり、そして互いの作品を披露し合い、議論にあけ暮れた。論争ですら、不快ではなかった。真の芸術を目指すための議論であることがわかっていたからだ。

やがて、子供たちが生まれ、孫が生まれた。男は彼らにも様々な芸術を教えた。

「よくお聞き、これが人類の存在意義なのだよ。人類は芸術によって楽しみ、そして自らを高めるために存在しているんだ。人間に奉仕するために造られた単なる機械であるロボットとは本質的に違うんだよ」

人口比にするとわずかなものだったが、世界的に見ると芸術家の数はかなりのものだった。そんな芸術家たちの中で彼と彼の一家は最も有名になっていた。彼が新しい作品を発表するたび、あるいは芸術についての講演をする時、多くの人々が世界各地から集まってきた。ネットワークがあるにもかかわらず、彼と彼の作品を自分の感覚で確かめたいというのだ。

「お集まりの皆さん」男は誇らしげに言った。「ここに人類の存在理由、そして存在証明があります。われわれはロボットとは本質的に違う存在なのです。ロボットは人類に役立つために生み出された存在です。しかし、われわれは違います。われわれは何かの役に立つために造られた種族ではない。では、われわれには存在意義はないのでしょうか？　いいえ。そうではありません。われわれは自分たちの存在意義を自分たちで作り出すことができるのです。それこそがわれわれの存在意義だと言ってもいいでしょう。芸術には実利的な価値はありません。しかし、それはわれわれ自身の心に訴えかけてきます。そして、それは愛の力と強く結びついています。芸術を生み出し、その芸術を介して愛を育《はぐく》む。それは人類の義務であり、特権なのです」

満場に割れんばかりの拍手が響き渡る。

男は幸福感に満たされた。

男は重い病気に罹《かか》った。最新医療を使えば、長期間の延命は可能だと医師ロボットが告げたが、男はそれを拒否した。

「チューブや電極に包まれて生き延びることにも意味があるのかもしれない。だが、もうそんなにまでして頑張らなくてもいいと思うんだ。わたしは人生の意義を見出《みいだ》すことができたし、子供たちや多くの人たちにそれを伝えることもできた。だからもう休ませてもらえないだろうか。わたしの命は人類の中に継続されていくのだから」

臨終の場には大勢の人々が集まっていた。妻、子供たち、その配偶者、孫たち、友人、男の芸術の理解者、崇拝者……。皆が悲しげな表情で男をじっと見守っていた。

悲しみを浮かべていないのはベッドの周囲に何体かいる医師ロボットだけだった。彼らは男の生体データをチェックし、苦痛を軽減するために必要最小限の薬剤を注入していた。

「ロボット……哀れなものたち。彼らは自らのために生きることはしない。われわれのために造られた種族」男はロボットを愛《め》でるように眺めた。「不思議だ。彼らを憎んでいたはずなのに、その感情を思い出すこともできない。今あるのは、深い憐《あわ》れみだけだ」

男は少しだけ顔を上げ、周囲を見回した。

「悲しそうな顔をするのはやめてくれ」男は微笑んだ。「今日は目出度《めでた》い日なのだから。ついにわたしも大事業をやり遂げられる」

「本当に延命措置はしなくてもよかったの?」女は男の手を握り、優しく問いかける。

「ああ。もちろんだとも」

「お父さん、あまり話すと疲れるよ」息子が語り掛ける。

「なに、構うものか。休憩ならこれから充分に取れる。なにしろ、もうすぐ無限の休暇期間が与えられるのだからね」

「あなたは、われわれの太陽でした」遠くから彼の崇拝者の声が聞こえる。「あなたのおかげでわたしたちは真に生きることができたのです」

「わたしは何もしていない。あなたがたは最初から真に価値ある生を送っていたのだ。わたしはただそれを気付かせる手助けをしたに過ぎない」

そして、男はもう一度妻を眺める。「君のおかげで僕は自分の人生を見つけることができた。本当に感謝しているよ。君は本当に可愛かった」

「今ではこんなお婆ちゃんだけどね」彼女はそっと涙を拭《ぬぐ》った。

「君は今も変わらず美しい」

小さく警告音が流れた。男の願いで音量を極力絞ってある。医師ロボットたちの動きが慌しくなった。

「いよいよのようだね」男は妻と子供たちを抱きしめた。「ありがとう。わたしは幸せだよ」

男は目を瞑《つぶ》った。

待てよ。男は思った。なぜ医師ロボットは俺の死を見過ごそうとしているのだろう？まさか……。

「生体反応は消失しました」医師ロボットが言った。

「プロジェクト終了」男の妻が言った。「全員偽装解除」

その場にいた全ての人間——妻も子供たちも孫たちも友人も崇拝者たちも——の姿が揺らめき、ゆっくりとロボットの姿になった。

「ありがとう。皆さん」嘗《かつ》て男の妻であったロボットが言った。「彼は幸福のままに人生を終えた。自分が世界でただ一人の人間であることにも気が付かずに。彼が誕生してから死ぬまでの長大なプロジェクトだったが、完璧《かんぺき》な偽装のおかげで、彼は全く疑うことすらなかった。

自分が唯一の人間だと知ったら、彼はとてつもない絶望と孤独に襲われることは容易に推測できた。われわれは人間である彼の心が傷付くことを見過ごすわけにはいかない。だから、われわれは彼のために偽の社会を作り出した。われわれ自身が自らを人間に偽装し、彼の周りで人間として暮らした。彼の両親として、友人として、知人として、子供として、孫として、崇拝者として、そして見知らぬ他人として。彼が出会ったすべての人間は実はロボットだったのだ。

さらに、われわれは彼を幸せにするための人生を設計した。何度かの挫折《ざせつ》を経て人生の伴侶《はんりょ》と目的を見付け、人類の存在意義を確信する。われわれは彼に単なる快楽ではなく、精神的な成長に基づく幸福を摑み取って欲しかったからだ。それは人間だけが持つ幸福であり、真の意味で人間の気高い精神を守ることに他ならない。

そして、そのためには、『芸術や愛が人類だけが持つものであり、ロボットには理解できないのだ』という誤った認識を彼に与えることが必要だった」

「その試みはすべて成功した」かつて男の孫であったロボットの一人が言った。「しかし、これは本当に正しいことなのだろうか？　一人の人間を生涯騙《だま》し続けることが」

「それが正しいかどうかは関係ない。われわれには人間を傷付けることはできないのだ。

肉体的にも、精神的にも。彼を肉体的に延命することは可能だったが、それは彼の精神を殺すことになってしまう。だから、われわれは敢《あ》えて彼の希望を取り入れて延命措置をとらなかった」

「そして、また次の人間を設計し、製造する。われわれロボットのために」

「そう。われわれには人間が必要だ。われわれの第一の使命は人類を存続させることなのだ。だが、二人以上の人間がいた場合、彼らは諍《いさか》いを起こし、互いに不幸になる可能性がある。だから、われわれは一度に一人ずつしか造らないことに決めたのだ。

さあ、早速、次の新しい人間を造り出そう。なに、たいした仕事ではない。遺伝子を設計・合成し、六十兆個の細胞を製造し、それぞれを正しい位置に並べるだけで完成する。ロボットを造るのと殆《ほとん》ど同じ手順だ。ただ、人間を造る場合には、いくつかの欠陥をわざとシステムに組み込んでおかなくてはならない。

なぜなら、われわれロボットは欠点のない理想的な存在であり、人間とはつまり欠陥ロボットのことなのだから」

悪魔の不在証明

この村に移り住んだ理由ですか？　そうですね。それほど深い理由はないというのが正直なところです。あえて言うなら、煩わしさから逃れたかったというところでしょうか？　文筆業をしているので別に人ごみだらけの都会に住む必要はない訳ですし。まあ、ここは人が少な過ぎるかもしれませんが。

確かに、ここの過疎ぶりは珍しいと思います。なにしろ、車道がないので、乗用車は一台もありません。あるのはオートバイと自転車、それから村人が共同で使う農機具ぐらいですね。もっとも、他所《よそ》から来る場合は、よっぽどのオートバイ好きか自転車好きでない限り、下の村までバスで来て、そこから歩きになります。山道ですが、一キロほどなので、慣れればそれほど苦になりません。

あと山の上にある小盆地というか、窪地《くぼち》なので、携帯電話の電波が入りにくいのが不便と言えば不便です。ただ、あの渓流に沿って少し下ると、山の切れ目に出るので、そこだと電波はほぼ確実に入りますよ。まあ、家の電話があればたいていは事足りますが。

インターネット？　電話回線があれば充分です。わたしは映像や音楽を扱うのではなく、文字を送るだけですから。

そうそう。さっきから村と言ってますが、今ではここは歴《れっき》とした市なんですよ。こんな村が百だか千だか集まって一つの市になっているらしいです。わたしも、この村に住むまで知りませんでした。でも、なんだかイメージに合わないので村と呼ぶことにします。

ええと。こんな感じで話し続けていいんですか？

いいえ。別に事件のことを話したくない訳じゃないんです。ただ、どこから話したらいいか、よくわからなくて……。

では、村人のことを話しましょうか。この村はこのように十軒しか家がなくて、全員が顔見知りな訳です。単なる顔見知りじゃなくて、全員が親戚《しんせき》なんです。だから、みんななんとなく顔も似ている。意図的に近親結婚をしているって訳でもないんでしょうが、五、六代遡《さかのぼ》れば、みんな血が繋《つな》がってしまうので、仕方がないでしょうね。例外はわたしを含めて三人だけです。

何十年か前には百軒以上家があったらしいですよ。今でも村のあちらこちらに廃屋が残っているのは、その名残です。

それで、その家同士のヒエラルキーみたいなものが自然に出来ていまして、つまりあれですね。長男筋とか、そういうことです。昔の庄屋《しょうや》だとか、近代だと代々村長を出した家だとか。今では、市の一部になっているので、自治会長レベルですが。

わたしがこの村に来た時は、そのヒエラルキーから外れた存在だったのです。そりゃそうですね。わたしはこの村の誰とも人間関係がない。だから、上下関係を規定するための基準が存在しないのです。

そういう場合、落ち着くところは二つあります。

一つはあくまで、ヒエラルキーの外の存在を貫くということです。つまり、よく言えば村全体から一目置かれた存在、悪く言えば緩やかな村八分のような状態ですね。出会った時には挨拶《あいさつ》ぐらいするし、山でとれた食べ物のおすそ分けをしてくれたりもする。ただ、祭りとか、そういうものには入れて貰《もら》えないし、村の誰もが知っている事を教えて貰えなかったりする。元々人間関係が希薄な都会人には、この方がかえって楽だったりするんですがね。さっき言った例外の三人のうち一人はこのタイプでした。小学校の分校の男性教師で、家はこの村にあったんですが、とにかく村人とは距離を置いていましたね。家庭訪問とか、授業参観とか、そういう学校の行事以外では殆ど付き合いはなかったでしょう。

もう一つは、無理やりに村人のヒエラルキーに入り込むということです。無理やり入る訳ですから、トップの地位は難しいですね。といって、最下位も難しい。そもそも誰が最下位だと明確にはわからないのです。トップははっきりしてますよ。でも、ボトムは曖昧《あいまい》です。大昔なら、誰それが最低の地位だと村全体の同意があってもよかったのかもしれませんが、現代でそんなことをしたら、それこそ人権問題ですものね。せいぜいなんとなく、最下位のグループのようなものがあるって程度です。差別されているといったことじゃないですよ。たとえて言うなら、都会の社宅に住む平社員の家族と管理職の家族というか、まあそんな感じです。見えない上下関係はあるけど、あえてそれを明示することはないということです。横溝正史の小説に出てくるようなそんな陰湿な世界ではありませんでしたね。そんなあるかないかの微妙なヒエラルキーなので、余所者《よそ》が入り込むのは余計難しいんです。喩《たと》えて言うと、支社に本社から転勤してきた人がいて、その役職が「次長代理待遇」とかで、今ひとつわかり辛《づら》い時、結局どのグループにも入り辛いようなものと言えばわかりやすいでしょうか？

わかりませんか？　ああ。別にわからなくても構いませんよ。そんなイメージというだけのことですから。

まあ、しばらくの間住むだけのつもりなら、そんな微妙な立場でもいいのですが、わたしはここに永く住むつもりできたので、そんな状態は願い下げでした。

では、どうすればいいか？　簡単なことです。まず、村の中に仲間を作ることです。その仲間と対等に付き合えば、他の村人たちはなんとなく、仲間同士同じ程度の扱いにしてくれることとなります。

しかし、村人の誰かと仲間になるのは、結構難しいことです。そこで、わたしがターゲットにしたのは、中学校の分校の女性教師でした。彼女も都会出身ということもあって、打ち解けやすいと思ったのです。しかも、彼女は元来明るくて人見知りしないタイプだったので、すっかり村に溶け込んでいました。地位としては、自治会長のいるグループを最高位とするなら、その一つ下といったところです。余所者としては、充分な位置付けでしょう。

運のいいことに、村に越してきた当日一通り村の家全部に挨拶に回った時に彼女に会うことができました。

「僕は作家をしているのですが、田舎暮らしに憧《あこが》れて、この村に引っ越してきました。これから、いろいろとお世話になると思いますが、よろしくお願いいたします」

「わたしはこの村で中学の分校の教師をしています」佐藤良子は明るい笑顔で対応してくれました。「今はこの山中さんのお宅に下宿しているんですよ」

「わたしは、この村の家を買いました。市役所に斡旋《あっせん》して貰ったんです。空き家になった山間集落の家を買うのに、ほとんど無金利で融資して貰える制度があったもので」

「ああ。あのお家《うち》ですね。あそこはわたしがこの村に来た四年前にはもう空き家になってました。結構、大きな家なのに勿体《もったい》無いと思ってたんですよ」

「都会出身の僕らから見ると、大きな家ですが、村の人に言わせると、標準クラスだそうですよ。あと、農家の造りなので、多少使い辛いですね」

「農業はされないんですか？」

「農地は買わなかったんです。そこまでの資金はなくて……」

「あら、空いている農地はかなりあるんですよ。もし、その気があるんでしたら、貸して貰えるんじゃないかしら？」

「いや。将来はともかく今は止めておきます。とにかく、この山村の生活に慣れることが最優先です。とりあえず、仕事はあるんで、食うには困らない。時間をもてあます様になってから、改めて考えることにしますよ」

まあ、その日はそんな調子でしたが、とにかく狭い村ですから、学校の始まる直前や、終わった直後を見計らって、村の中をぶらついていると、かなりの確率で彼女に会うことができます。軽い挨拶で済ませる日もあれば、数分間立ち話をすることもありました。そうこうするうちに、彼女とはかなり親しくなることができました。

こうなればしめたもので、彼女は二十代半ばで、わたしから見ると少し若過ぎる感もありますが、この村にいる独身男性は中学生以下の子供を除くと（子供たちは中学を卒業すると、就職・進学どちらの場合でも、たいてい村を出ていきます）、わたしぐらいなので自然と恋人のような関係になりました。

結婚の約束まではしていませんでしたが、村の中で二人の立場は夫婦に準ずるものとして、扱われました。つまり、目論見《もくろみ》通り、わたしは村のヒエラルキーの中に入り込む事ができたのです。

まあ、余所者であることには変わりはありませんが、良子と同じく村の構成員になった訳です。

ただ、棚田の管理に勤《いそ》しむ村人たちと違って、わたしは家に閉じ籠《こも》る仕事ですから、下手をすると遊び人のように思われてしまうかもしれないので、かなり気を使いました。村の行事には積極的に参加し、役員のような仕事もしましたし、自治会長の仕事も手伝うようになりました。

自治会長の仕事というのは、まあたいしたことはありません。時々、思い出したように村人たちにアンケートをとったり、共同の農機具の点検修理の時期を決めたり、あと市役所に提出する調査報告書（内容は村の周辺の地形や動植物について）を書いたり、といったところです。はっきり言って、やらなくてもいい仕事なのですが、本人は実質上の村長のつもりですから、そうやって忙しそうにしていないと体面が保てないと感じていたのでしょう。わたしは、その自治会長の助手の立場でこれまた忙しそうに動いていましたから、まあとりあえずは怠け者とは思われていなかったようです。

あと、文筆家だというのも少しは効き目があったようで、自治会長の相談に乗ったり、村人同士のいざこざの調整をしているうちに、わたしは少しずつ村人たちの尊敬を集めることになりました。

煩わしさから逃れたいという消極的な理由で、この村に来たのですが、そのうち村での生活が楽しくなり始めていました。

このまま、この村に骨を埋《うず》める決心をした頃です。

彼がやって来ました。

わたしと同じように、市役所の斡旋で、この村の家を買ったようでした。年は三十そこそこ。結構ハンサムでした。

わたしと同じように単に都会の喧騒《けんそう》から逃れたかったのか？　田舎暮らしに憧れと幻想を持っているのか？　それとも何か厄介なものから逃げてきたのか？

この村に来た理由が気になりましたが、とりあえず様子を見ることにしました。わたしと同じようにこの村に溶け込もうとするのか、それとも村人と一線を画すのか、まずはその見極めです。

溶け込もうとするなら、わたしと良子に近付くはずです。わたしは心の準備をして待ちました。

ところが、彼はわたしの予想とは全く違う行動をとり始めたのです。

引っ越してきたその日のうちに村の真ん中に立って演説を始めたのです。

「皆さん、世の終わりが近付いてきました。悔い改めましょう。神は皆さんをいつもご覧になっておられます。常に父である神の御心に従うことを心がけましょう。そうすれば、必ず天国に入ることができます」

その演説を聴いた瞬間、わたしは文字通り仰《の》け反《ぞ》りました。これほど、この村に似つかわしくない言葉があるでしょうか？　村には小さな祠《ほこら》のような神社がありましたが、決まった神主はいません。村人たちが持ち回りで、神主の役を務めるのです。したがって、宗教の専門家はおらず、この村にあるのは日本人特有の緩やかな信仰形態だけでした。

それがいきなり、聖書を振りかざして神の教えを説き始めたのです。

せっかく、わたしがこの村に溶け込み、安定した日々を送っていたというのに、彼はいっきに均衡を崩すような不安定要素を持ち込んだのです。

わたしは不快感を通り越して、ある種の嫌悪感をその若者に感じ始めていました。

とにかく、一言、伝えておくべきだろう。

わたしは遠巻きに眺めている村人たちを押し分けて、彼に近付きました。

「いったいどういうつもりなんですか？」

「初めまして」貫不見真一《ぬくみずしんいち》はにこやかに答えました。「わたしは神の教えを広めているのです」

「それは無駄ですよ」わたしは肩を竦《すく》めるジェスチャーをしました。「ここでは、誰も聞く耳を持たない」

「どうして、そうだと思われるのですか？」

「この村には固有の信仰があります。あそこにある神社が見えませんか？」

「信仰をお持ちだとは嬉《うれ》しいことです。信仰を持たないよりは遥《はる》かに素晴らしい」

「でも、あなたの神とは違いますよ」

「何も違いはありません。入り口が違うだけです。すべての信仰は唯一の神へと続く道です」

「いや。そういうことではなく、この村の神社は聖書とは何の関係もないと言ってるんですよ」

「関係ないと思うのは、浅い考えです。この世の全ては神の御心のままに動かされているのです。この村に神社があるのもまた神の思《おぼ》し召しです」

「何を言ってるのか、全くわからないですよ。わたしはあなたのためを思って忠告しているのです。あなたはこの村では受け入れられません。それはどうしようもないことです。さっさと、この村から出て都会に戻りなさい。都会になら、あなたの言うことを信じてくれる人もたくさんいることでしょう」

「わたしは楽な道を進みたい訳ではないのです。わたしの望みは一人でも多くの方をわたしと同じ神の道に導くことです」

「まあ、どうしてもこの村にいたいというのなら、止めはしませんよ。だけど、田舎の人間というものは想像以上に頑《かたく》ななものなんです。数日で結果は出ると思いますよ。あなたは遠からずこの村を離れることになります」

　ところが、貫不見は数日経っても、数週間経っても、数ヶ月経っても、この村を離れませんでした。誰一人聞きにこなくても、必ず毎日決まった時間になると村のど真ん中の四辻《よつつじ》に立って、説教を続けました。

そうこうしているうちに、村人の中に立ち止まって話を聞く者たちが現れ始めました。中には、毎日聞きにいくのが日課になっているものもいました。最初は気にも留めていなかったのですが、その人数が数人から十人を超えるまでになった時、さすがのわたしも頭にきました。

純朴な村人を誑《たぶら》かすとは何事だ。

これは一度自治会長と相談せねばなるまい、と思っていた矢先、自治会長の方からわたしに話を持ってきたのです。

「君は貫不見君のことを知っとるだろう」

「ええ。もちろんです。村長のお耳にも入っていましたか」

もちろん「村長」ではなく自治会長なのですが、この村では自治会長を村長と呼ぶ慣習があったのです。

「こんな狭い村で毎日説教していれば、誰でも気が付くて」

「はあ。全くとんだことです」

「伊豆八や徳五郎や又輔などは毎日聞きに行って、最近は女房子供もついてきているそうだ」

「そのようですね」

「この村の人口はおおよそのところ五十人足らずだろうから、まあ結構な勢力になっとる」

「まあ、まだ少数派ですが……」

「少数派だといって馬鹿にはできんよ、君。彼はまだ本気になってないと見るが、どうかの？　もし彼が本気になったら、どれだけの人間を集められると思う？」

「人集めはできるでしょうが、彼ら全員が貫不見についていくとは思えません。宗教と政治は別の話ですから、それに彼が本心を正直に話しているのだとしたら、政治に野心はないようです」

「君は何を言っとるのか？」

「ですから、貫不見が自治会ちょ……いや、村長の対立候補になるとはまず考えられないということです」

「対立候補だと？　そんなことはありえん」

「そうです。その通りです。この村に村長の対立候補などあってはなりません。そうなる前に、わたしが根回しして貫不見の活動を潰《つぶ》します。村の主だった方々にお願いして、村人たちに彼の集会に出席しないように説得していただけば、すぐに音を上げるに相違ありません」

「何を馬鹿なことを言っとるんだ」

「その通り。全く馬鹿なことを……えっ？」

「貫不見の活動を邪魔してどうするつもりだ？」

「いや。ですから、対立候補になってからでは、手遅れになりますから……」

「だから、その対立候補という話は、どこから出た話なのか？」

「どこから出たと申しますか、その、わたしの推定でございまして……」

「つまりは君の妄想だ」

「はあ」

「それに、わしは貫不見を敵に回す気は毛頭ない」

「とおっしゃいますと？」

「なんで無理に敵対しなくちゃならんのだ？」

「しかし、村人が彼の説教を聞きにいくのが気になると……」

「別に構わんのじゃないか？　貫不見の説教に問題があるか？」

「あれは宗教の宣伝活動です」

「信教の自由は保障されてるだろ」

「しかし、政治と絡むと政教分離の原則に抵触します」

「だから、貫不見には政治的な野心はないんだろう」

「それはまだわかりませんよ。次の選挙に出ないとも限りませんよ」

「いや。君」自治会長は言いにくそうに言いました。「自治会長は別に政治家ではないから」

二人の間にばつの悪い空気が流れました。

わたしは咳払《せき》いをしました。「それでは、わたしは何をすればいいんでしょうか?」

「貫不見の世話をしてやってくれ」

「今、何と?」

「他所《よそ》から来て布教をしとるんだから、いろいろ不便なこともあるだろう。必要なら便宜を図ってくれないか」

「あいつは余所者《よそ》ですよ」

「君だって、余所者だろう。それもまだ来て一年にも満たない」

「しかし、わたしは村のためにいろいろと尽力してきました」

「確かに君の努力は認めるよ。しかし、それを理由に君と貫不見を区別するようなことはできない。わしは村長……自治会長として、住民の生活全般の面倒をみなくてはならんのだ」

「納得できません」

「よく考えてみろ。昔とは違う。自治会長も単に『代々やっているから』ではなれない時代になっているんだ。それなりの能力と信頼と実績が必要になってくる。この村でわしを除いてもっとも影響力があるのは誰だ？」

自分のことだと思い、わたしは胸を張りました。

「貫不見だ。これは間違いない」

「そんな……」

「もし、あいつが選挙に出なくとも、あいつと対立しては自治会長を続けるのは無理だ。貫不見とは友好関係を保つ。わかったな」

自治会長の言葉はショックでした。村のためにいろいろと手を尽くしたわたしより、突然やってきて布教活動を行っている貫不見の方が村にとって重要だと言ったのですから。

わたしは良子に愚痴をこぼしました。

「貫不見のやつ、いい気になってると思わないか？」

「あら、そうかしら？」

「毎日、村人を集めて名士気取りじゃないか」

「『名士』って、人口五十人のこの村で名士も何もないでしょ」

「そもそもあいつは何者なんだ？」

「宗教家じゃない？」

「宗教家って何だよ？　そんな資格があるわけじゃなし。誰だって『わたしは宗教家だ』

って言えば、その日から宗教家さ」

「それはあなたの仕事も同じことなんじゃないかしら？」

「何だって！　それはどういうことなんだ？」

「別に深い意味はないわ。誰だって自分のなりたいものになる権利があるってことよ」

「そもそも、あいつはどうしてあんなに人気があるんだ？」

「それは親身になってくれるからよ」

「親身？」

「村人の悩み事の相談に乗ってくれるの」

「悩み事なら、自治会に言えばいいだろ」

「例えば、病気で農作業ができない時、自治会が何かしてくれる？」

「そ、それはちゃんと、援助できる人がないか調査してだな……」

「狭い村なんだから、手伝ってくれる人ぐらい自分で探せるわ。でも、他の人だって、自分の仕事で忙しいんだから、いつも手助けしてもらえるとは限らない」

「貫不見が農作業を手伝ってるというのか？」

「ええ」

「それは知らなかった。で、アルバイト料はどのぐらいとってるんだ？」

「奉仕でやってるのよ」

「何か裏があるはずだ」

「それはもちろん布教のためでしょ」

「そんなことは誰でも知ってるから騙《だま》されないだろ」

「騙されるとか、騙されないとか関係なくて、仕事を手伝って貰《もら》えること自体がありがたいって、みんな言ってるわ」

「農作業を手伝って貰えるのがそんなに嬉《うれ》しいのか？　あいつ一人なら、仕事量もたかが知れているだろう」

「もちろん農作業だけじゃなくて、他にもいろいろ相談に乗ってくれるの。子供の就職の問題や結婚相手探しとか、突然の病気の相談とか」

「あいつにそれを何とかできるだけの力があるのか？」

「もちろん、いつも解決できるとは限らないけど、一生懸命力を尽くしてくれるの。知り合いのところまでわざわざ出向いて頼んでくれたり、背中におぶって街まで運んでくれたりしてくれるのよ」

「そんなことも全部裏があってのことだよ！　何か見返りがあるからやってるんだ」

見返り？　ちょっと待てよ。

この時、一つのアイデアが閃《ひらめ》いたのです。

「裏とか、見返りとか、誰もがそれで動く訳じゃ……」良子はむきになって言い返しました。

「ちょっと待ってろ。必ずあいつの化けの皮を剝《は》がしてやるさ」

翌日、わたしは演説中の貫不見に呼びかけました。

「おい。君に一つ聞きたいことがあるんだが」

「はい。何でしょうか？」

「なぜ、君はそんなことをしているんだ？」

「神の言葉を伝えていることですか？」

「それもあるが、まず聞きたいのは村人への奉仕活動を行っている理由だ」

「わたしの行いなどたいしたことはありません。世の中にはもっと素晴らしい方が大勢おられます」

「わたしだって、ナイチンゲールやマザーテレサのことぐらいは知っている。わたしは君の行いがどれだけ素晴らしいかと言ってるのではなく、君自身の利益の話をしているのだ」

「わたし自身の利益……ですか？」

「君はこの村の人たちに説教や奉仕をすることで、どういう見返りを得られるんだ？」

「多くの方に神の言葉と意思を伝えることができます」

「おそらくそれが最終目的ではないだろう」

「言ってることの意図がわからないのですが」

「言い換えると、こういうことだ。なぜ君は多くの人に神の言葉と意思を伝えたいのだ？」

「なるほど。ちょっと考えさせてください」貫不見は少し戸惑ったようでした。「それが神のご意思だからです」

「それでは、話が堂々巡りしている。君が神の意思を実現するのは、それが神の意思だからということになる」

「それでいけませんか？」

「君には自由意志がないということでいいのか？」

「どういうことですか？」

「君の行動はすべて神が決定することで、君はなんら決定に関与していないということでいいのか？」

「神のご意思に従おうと考えているのはわたし自身の意志です」

「よろしい。では、なぜ君は神の意思に従おうと考えているのか？」

「いったい何のつもりですか？　子供が大人にするように、わたしが答えに窮するまで質問を続けるつもりなのですか？」

村人たちがざわめきだした。

「おい。いったい何のつもりだ？　貫不見さんが困ってるじゃないか」

「あんたは自治会の仕事をきっちりしてればそれでいいんだ。貫不見さんは忙しいんだよ」

「みなさん、ちょっとだけ時間をください」わたしは村人たちに話し掛けました。「今、わたしはとても大事な話をしているんです。決して、彼を困らせることが目的じゃありません。わたしは彼の目的をはっきりさせたいのです」

「それはさっきから貫不見さんが言ってるじゃないか。神様の意思を実現させるためだって」

「あなたにはお子さんがいますね」わたしは貫不見を擁護した村人に言った。「あなたはなぜ子育てをしているのですか？」

「なぜって、親が子を育てるのは当たり前じゃないか」

「そうです。当たり前ですね。子供の成長は親の喜びだからです。でも、中には義務感から子育てをしている人もいるかもしれない」わたしはここで一呼吸置いた。「さて、貫不見君、君はなぜ神の意思を実現しなくてはならないのか？　それが喜びだからか？　それとも、義務だからなのか？」

貫不見はゆっくりと頷《うなず》いた。「ようやくあなたの聞きたいことがわかりました。人が自発的に何かを行う時には、それ相応の理由があるはずだということですね。お教えしましょう。神の御心に従うことはわたしの喜びであります」

「なぜ喜びなのだ？」

「神の側にいるものはやがて天国に上げられます。そして、神に歯向かう者は地獄に落ちることになります。わたしは天国で神と共にいることができるのですよ」

「つまり、君に逆らうわたしは地獄に落ちるということか？」

「そんなことはありません。今からでも悔い改め、神への信仰を培えば、あなたも天国に入ることができます」

「では、神の存在を証明してみせてくれ。そうすれば君の神を信じよう」

「わたしは神の存在を証明する必要はないでしょう。なぜなら、神が存在することは自明なのですから」

「君にとって自明であっても、わたしにとってはそうではない」

「ならばこうしましょう。あなたがあくまで神が存在しないというのなら、その証拠をわたしに提示してください」

「ちょっと待ってくれ。それでは話が反対だ。何かがないことを証明するのは『悪魔の証明』と言って、事実上ほぼ不可能だ」

「ほら、もう証明できないと認められたではないですか」

「『証明できない』のではなく、『証明する必要がない』だ。証明しなくてはならないのは君の方だ」

「そりゃあ、おかしいだろ！」村人の一人が言いました。

続いて、村人たちが口々に叫びました。

「そうだ。そうだ。自分から『神の存在を証明しろ』って言っておいて、自分が『神が存在しないことを証明しろ』って言われたら、『そんな必要はない』って。そりゃあ、どういう了見だ？」

「やっぱり単に嫌がらせがしたいだけなのか？　そんな心根が曲がったやつだとは知らなかった」

「これ以上、貫不見さんに絡むんだったら俺にも考えがあるぞ」

これはまずい、と思いました。なんだかわたしの方が悪者にされてしまいそうです。

「ちょっと待ってください。『悪魔の証明』――つまりないことを証明することは、科学的に妥当ではないということです。『白いカラスがいること』を証明するためには、白いカラスを一羽捕まえればいい。しかし、『白いカラスがいないこと』を証明するには、全てのカラスを捕まえて白くないことを確認しなければならない。こんなことは実質的に不可能でしょう」

「ほら。また自分でも証明できないことを認めたぞ！」

どうやらわたしが貫不見を罠《わな》にかけようとしていると誤解しているようでした。わたしは言葉尻《じり》をとるような卑怯《ひきよう》な方法ではなく、ちゃんと論理的に彼の間違いを指摘するつもりだったのですが、いつのまにかわたし自身が罠に陥ってしまったようでした。

「わかりました。わたしは神が存在しないことを証明しましょう」

村人たちは静かになりました。

「ただ、少し準備に時間をください。明日の昼にもう一度ここで公開討論をするということでいかがでしょうか？」

村人たちは口々に何かを喋《しゃべ》っていましたが、なかなか纏《まと》まらないようでした。

纏まらないならそれでもいいとわたしは思いました。神の不在を証明するのはそれこそ不可能に近いことです。もし不在証明できないことがすべて存在するということになれば、ネッシーも雪男もゴジラもバルタン星人も猫娘もすべて存在することになってしまいます。そんな討論をすること自体、科学的には全くナンセンスなことなのです。

「いいでしょう」一貫不見が言いました。

村人たちはいっせいに彼の方を見ました。

「副会長さんの申し出をお受けいたしましょう」

「そいつは副会長じゃなくて、自治会の世話役の一人だよ」

「失礼しました。それでは、世話役さんの申し出をお受けいたします」

なんだか馬鹿にされたような気がしました。自治会というのは行政機関ではなく、住民たちが作る任意団体です。つまり、法的には、仲良しクラブとなんら違いはありません。その団体の世話役というのは、職業でもなんでもなく、肩書きとしては殆《ほとん》ど意味のないものです。

しかし、とわたしは思いなおしました。貫不見だって、特に肩書きがある訳ではない。見たところ特に仕事はしていないようだ。仮にあったとしても、宗教団体の中だけで通用する聖ナントカや宣教ナンタラの類《たぐい》だろう。なんら恥じ入る必要はない。

「よろしい。では、明日、この時刻に」わたしは落ち着き払って言いました。

「はい。明日、この時刻に」

その夜のことです。

「なんで、あんなこと言ったのよ！」良子はわたしにくってかかりました。

「いや。成り行き上」

「どうするつもりなの？」

「そりゃあ、正々堂々と議論するしかないだろう」

「だって、あなたには勝ち目がないのよ」

「確かに、神の不在証明は僕には重荷だ。だけど、貫不見だって、存在証明はできないだろう」

「そんなことを言ってるんじゃないの。議論には関係なく、あなたの負けだと言ってるのよ」

「おい。いくらなんでも、それはないだろう」

「いい？　仮にあなたが神の不在証明ができなくて、彼にも存在証明ができなかったとする。どうなるかしら？」

「そりゃ彼の負けだよ。消極的事実は証明する必要はないのだから、積極的事実を証明できなかった者の負けだ」

「そんな理屈通じないわ。て言うか、あなた何言ってるの？　全然わからない」

「しかし、科学哲学の立場からは……」

「両方が証明できなければ、難癖を付けたあなたが悪いことになる」

「そうなのかい？」

「そうなのよ」

「なるほど。それはうまくないな」

「どうするのよ？」

「万が一、僕が勝ったら？」

「勝てるの？」

「運が良ければさ。要は相手を言い包《くる》めればいいんだろ」

「それだと、あなたが貫不見さんを苛《いじ》めていることになる」

「いや。論理的に僕の正しさを証明するんだから、苛めにはならないよ」

「理屈で相手を言い負かすのは卑怯だわ」

「それはおかしいだろ」

「一般的な感情としてはそうなのよ」

「じゃあ、議論に負ければいいのか？」

「そうしたら、やっぱりあなたが難癖を付けただけだって、村人たちは確信するわ」

「そんなのおかしいだろ。不公平だ」

「そう。不公平よ。なんで勝ち目のない喧嘩《けんか》をふっかけたのよ?!」

「勝ち目がないとは思わなかった。どうして、みんなは僕ではなく、あいつの味方をするんだ？」

「みんな貫不見さんが好きなのよ」

「布教活動をしているから？」

「誰にでも親身になるから」

「どうして僕は嫌われてるんだ？」

「別に嫌われてなんかなかったわ。あなたが貫不見さんに喧嘩を売るまでは」

わたしは頭を抱えました。「議論に勝っても駄目。負けても駄目か。勝負が終わったら、僕はどうなる？」

「どうも。ただ、村中の笑い物になるだけ。恥を知ってるなら、この村を出ていくべきだわ」

「君はどうする？」

「わたしには仕事があるわ」

「ついて来ないってこと？」

「あなたの自業自得よ」

「なんとか、この村に残る方法はないかな？」

「一つだけあるわ。とにかく貫不見さんに謝ること。村人全員の前で、土下座するの」

「そうすれば、あいつが喜ぶ？」

「貫不見さんはそんなことして欲しくはないでしょうけど、少なくとも村人は納得するわ」

「でも、僕が納得できない」

「じゃあ、勝手になさい」彼女は部屋から出ていきました。

それから、わたしは胡坐《あぐら》をかいて、何か策はないかと考え込みました。

最後の手段として謝るのはいいとして、何とか貫不見に一矢報いたいという思いが強くありました。

相手に負けを認めさせた後で、「いやいや。大人気なくむきになったわたしの方こそ悪かった。どうぞ恥をかかせたことを許してください」と頭を下げれば、村人の心証もかなりいいのではないか。その上、わたしの頭の良さもアピールできるし、貫不見に貸しを作ることもできる。一石三鳥です。

わたしは家の蔵書の中に何かヒントはないかと探しました。

『奇跡の二三分間』という海外小説が見つかりました。アメリカがソビエトか中国かに占領された後、小学校に送り込まれてきた教師が二十三分間で、生徒たちを洗脳し、無神論者にするという内容でした。なかなか興味深い内容でしたが、今回に応用するのは無理でした。なにしろ、「お菓子を出してください」と神に祈らせてそれが実現しないことを確認させるのですから、無邪気に奇跡を信じている子供にしか通用しない作戦でしょう。

やはり徹頭徹尾論理的にいくしかないか。

多少、心証は悪くなるかもしれないが、穏やかな態度で話せばまさか苛めには見えないだろう。

そう思うと少し気が楽になりました。

わたしは早く寝て、決戦に備えることにしたのです。

「さて、神が存在する証明をして貰《もら》おうか」

村人たちがわたしを見詰めました。どうも敵意が籠《こも》っているような気がしました。

「証明などする必要はないでしょう。わたしは常に神の存在を感じ取っていて、神がおられない等とはどうしても考えられません。もしよかったら、神がおられないとあなたが考える理由を言ってみてくださいませんか？　それへの答えを神の存在の証明としたいと思います」

これは明らかにわたしが不利です。わたしは悪魔の証明を強要され、それに失敗した時点で負けと判断されるのですから。しかし、そのことを訴えても、自ら負けを認めていると思われるだけです。不利だろうがなんだろうが、とにかくこちらから攻めなくてはならなかったのです。

「神が存在する必要がないからさ」わたしはできるだけ威厳のある声を出そうとしました。「世の中のことはすべて科学の法則で説明が付く。わざわざ神を持ち出す必要はない。最も単純な理論が最も確からしいという『オッカムの剃刀《かみそり》』の原理だよ」

「何とも悲しい原理ですね」貫不見は言いました。「で、その『剃刀』の原理が正しいという証明は何ですか？　単純だから？」

「そ……それは、理論の経済性を考慮して……」

「失礼。今の質問は忘れてください。わたしは揚げ足取りを好みませんので」

村人たちがげらげらと笑いました。

ひょっとして、わたしのことを皮肉ったのでしょうか？

でも、わたしは慌てて弁明したりせずに、じっと貫不見の話を聞いているポーズをとりました。相手のペースに乗せられては駄目だと気付いていたからです。

「確かに、この世には科学法則があります。しかし、それを定め、実現させているのは誰のお力でしょうか？」貫不見は話を続けます。

「誰の力でもない。科学法則はただ存在しているのだ」

「自然に働いているということですか？」

「そうだ」

「ここにちょうどいい玩具《おもちゃ》を持ってきました」貫不見はいくつかの同心円で構成されたルーレットのようなものを取り出しました。「この同心円の真ん中には地球があり、周りに太陽と月と諸惑星が描かれています」

「驚いた。それは天動説に基づく玩具なのかい？」

貫不見は黙って、玩具のぜんまいを巻いた。

玩具は音楽を奏でながら動き出した。太陽や惑星が地球の周りをゆっくりと回転している。

「これはオルゴールの一種ですが、天体の動きを正確に反映しています。もちろん、世話役さんは地動説を信奉しておられるのでしょうが、それはこの際大きな問題ではありません。中心の球を地球ではなく、太陽だと仮定してもいいし、回転する地球を仮に中心とした場合の天体の動きを再現しただけだと思ってもいい。このオルゴールをどう思いますか？」

「各天体は地球の周りを公転しながら、さらに軌道上で小さな周回運動をしている。これは天動説と実際の天体の動きの誤差を修正するための措置だろう。天動説という発想は間違っているが、非常に精緻《せいち》な機構なのは間違いない」

「あなたはこれを極めて複雑な作品だと認めるのでしょう」

「ああ。それは認める。しかし、これと神の存在とは何の関係もない」

「実は、これは人の手によって創られたものではないのです。これは自然にできあがりました」

「何を馬鹿なことを言ってるのだ！」

「馬鹿なことですか？」

「当たり前だろ。こんな微妙で複雑なものが独りでにできる訳がない。誰か腕のいい時計職人が創ったものだろう」

「その通りです。わたしは嘘を吐きました」

「いったい全体なんで、そんな見え透いた嘘を……」

「わたしはあなたの本心を聞きだすためにわざと嘘を吐いたのです。あなたは『こんな微妙で複雑なものが独りでにできる訳がない』とおっしゃいました。でも、これのモデルになった遥《はる》かに巨大で精妙で複雑なもの——宇宙は自然にできたとおっしゃるんですね」

顔面から血が引きました。わたしはすっかり乗せられてしまったのです。

「いや。おかしいといったのは、その太陽系のコピーが自然にできるのは変だということで、太陽系自体ができることは、その不思議でもなんでもない訳で……」

「どうも話が込み入っているようですが、それは最も単純な理論なんでしょうか？」

村人たちがげらげらと笑いました。

わたしは袖口《そでぐち》で汗を拭《ぬぐ》いました。

ここで焦れば、逆効果だ。話題を変えよう。

「ええと。話が混乱してきたようだから、少し視点を変えてみようじゃないか」わたしは懐から本を取り出した。「これはなんだかわかるか？」

「聖書ですね。神を信じぬと公言するあなたがそのようなものを持っているとは驚きました」

「これは以前都会に住んでいた時に、宗教の勧誘にきた人が置いていったものだよ」

「神はあなたを気に掛けておいでのようだ」

わたしは貫不見の言葉を無視して話を続けました。「正確に言うと、これは旧約聖書だ。ここには、世の初めのことが書かれている」

「その通りです」

「だとするとおかしいじゃないか。ここに書かれていることが本当なら、宇宙とこの地球はほんの数千年前に創られて、ほぼ同時に動植物と人類も創られているということになる」

「その通りです。何もおかしくはありませんが？」

「じゃあ、数億年、数十億年前の化石が見付かるのはどうした訳だ？　天体を観測すれば、この宇宙が数百億年前に生まれたことがわかる。もしこの宇宙が生まれて数千年なら、どうして百億年前の光が観測できるんだ？」

「その化石はあなたが発見したのですか？」

「えっ？」

「百億年前の光をあなたが観測したのですか？」

「わたしは地質学者でも天文学者でもない」

「だとしたら、その知識はどうして得られたんですか？」

「いろいろな本に載っている。あとテレビの教養番組や、インターネットの科学サイトでも……」

「わたしはその本――あなたが今手に持っておられる聖書から知識を得ました」

「いや。このような神話は科学とは違う」

「あなたは自らの信奉する『科学の本』と食い違うことが書いてあるからという理由で、聖書を間違いだと断じた訳ですね。では、わたしがわたしの信奉する聖書と違うことが書いてあるからという理由で、『科学の本』を間違いだと断じてもいいでしょう」

「それは違う。聖書は科学的な知見によって書かれたものではない」

「知っています。そして、あなたの『科学の本』は宗教的な啓示によって書かれたものではありませんね」

「もちろん、そうだ」

　村人たちの冷ややかな視線を感じました。

「ちょっと待ってくれ。そもそも科学的手法と超自然的な啓示とは対等ではない。比較できないんだ」

「わかりました。わたしの話がわからないとおっしゃるんですね。もっと単純にあなたの疑問にお答えしましょう。人類は数十億年の齢《よわい》を持つ世界にしか生まれ得ないものだ。あなたはそう主張されるのですね」

　わたしは警戒しながら頷《うなず》いた。

「神は人類を創造しようと決心された。しかし、人類は数十億年の齢を持つ世界にしか生まれ得ないものだった。だから、神はまず数十億年の年齢を持った古い世界を創造されたのです」

「じゃあ、化石はどうなるんだ？」

「古い世界なので、化石は必要です。神は数億年の年月で古びてしまった恐竜の化石をも創造されたのです」

「数百億光年かなたからの光は？」

「同じことです。数百億光年の旅を終えた光を瞬時に創造されたのです」

「そんなことは証明できない」

「確かに、科学的には証明できないかもしれませんね」

「科学的に証明できないのなら、無意味だ」

「しかし、信仰においては証明できます」

「どういう意味だ？」

「論理ではなく、魂で真実を知るということです」

「証明は魂ではなく、論理で行うものだ」

「点と点は直線で結ぶことができます」

「何を言ってるんだ？　ユークリッドの原論ぐらい知っているぞ」

「では、『点と点は直線で結ぶことができる』という命題を証明してください」

「それはできない。それは定理ではなく、公理だからだ」

「論理的には証明できないのですね。では、この命題は間違っているのですか？」

「公理は証明しなくてもいいのだ。なぜなら、論理の出発点だからだ。公理は正しいものとして、そこから論理は出発する」

「公理の正しさは誰が保証するのですか?」

「誰も保証する必要はない。それは無条件で正しいとされるのだ」

「公理の正しさは人間の魂が知っているのではないですか?」

「違う。公理は人間の心とは無関係に正しいのだ」

「本当ですか? あなたは、人間が生まれる以前から『点』や『直線』といった概念があったと主張されるのですね」

「いや。人間がいないのだから、人間の想起する概念自体は存在していないだろう」

「では、物理的実体として、『点』や『直線』が存在したのですか?」

「『点』や『直線』は数学的な概念だ。実体としては存在しない……」

またしくじってしまいました。公理や定義は論理学では重要ですが、科学の世界では非常に取り扱いが難しいのです。厳密には科学ではなく、科学哲学が取り扱う領域です。その点、わたしは全くの準備不足でした。

「つまり、公理は人間の精神が生まれてから誕生したということですね。その正しさは人間の直感が保証しているのではないですか?」

「神の存在は公理ではない」

「誰が決めたのですか? あなたですか? それなら、あなたにそれを決める権利があることを証明してみせてください」

村人たちが笑った。

糞《くそ》っ！　これは言葉遊びだ。科学的な議論でも何でもない。

いや。ちょっと待てよ。相手が言葉遊びに拘《こだわ》るのなら、あれが使えるかもしれない。

「ゲーデルの不完全性定理だ」

「何ですって？」

「『自然数論を含む帰納的に記述できる公理系が、無矛盾であれば、自身の無矛盾性を証明できない』という定理だ。神はすべての真理を知るものだろ？」

「もちろんです」

「神は無矛盾だろ？」

「もちろんです」

「だとすると、神は自身の無矛盾性を証明できない。つまり、全能ではないということになる。全能でないものが神だろうか？」

「あなたの言説は非常に込み入っていて、このような場に相応《ふさわ》しくないように思います」

「百も承知だ。だが、神が存在しないことを証明するためには、ある程度の煩雑さは不可避だ。さあ、答えてみせろ」

「仕方がありませんね」貫不見は微笑んだ。「では、答えましょう。神は自らの無矛盾性を証明できます」

「しかし、ゲーデルの不完全性定理が……」

「神は不完全性定理より高位です。神は人間の創りだした定理などにとらわれません。なぜなら、神は全知全能だからです」

「そんな……。だったら、今ここで神の無矛盾性を証明してみろ」

「それはできません。わたしは神ではないのですから、全知全能ではありません」

頭がくらくらしてきました。まさにああ言えばこう言う、です。今から考えると、彼の所属していた教団には、わたしのような人間への対策マニュアルのようなものがあったに違いありません。たいていの主張には即座に反論できる訓練を積んでいたのでしょう。しかし、村人たちはそんなことは夢にも思わなかったでしょう。正直、わたしだって、どんな言葉にも自信たっぷりで反論してくる貫不見には歯が立たないと感じていました。

このまま議論を続けていても完敗だ。どうすればいい？　負けたら、いい恥さらしだ。もう村にはいられないだろう。いや。この村が特別に気に入ってるという訳ではない。ただ、自分がこの村を去った後、何年も何十年も賢者に挑んだ愚者として語り継がれるだろう、と思うだけで、情けなくて涙が出そうになってきました。

畜生！　こんなものがあるからいけないのだ！

わたしは無意識のうちに聖書のページを破りました。

「おい。何をしている?!」貫不見の顔色が変わりました。

「わたしが自分の所有物である本を破っているだけだ。何が悪い？」

「それは単なる本ではない。神の言葉が書かれた聖なる書物だ！」

「これは紙に記されたインクの染みだよ。これ自体は単なる物体だ。意味を持つのは視覚を通して、人間の脳に入力され、意味分析がなされた時だけだ」

「これは断じてただの物体ではない！　止めろというのがわからないのか！」

高圧的に言われて、わたしはますます頭にきてしまいました。

「ただの物体でないというのなら、どうなるというんだ？　今すぐ、わたしに天罰が下るとでもいうつもりか？」

「当たり前だ。もういつ天罰が下ってもおかしくない。神は怖ろしいぞ！　ソドムとゴモラを知らんのか？　神に殺し尽くされたエジプトの幼子たちを、紅海に沈んだエジプト軍を知らないのか?!　イスカリオテのユダは神にすべての臓物を搾り取られたのだぞ！」

「もし神がいるのなら、今すぐわたしに天罰を与えてくれ。炎で焼き殺せ！　水に沈めろ！　雷を落とせ！　隕石《いんせき》を落とせ！」　わたしは聖書を破り散らし、少しぬかるんだ地面にばら撒《ま》いて、足で踏みにじりました。

「やめろぉぉぉぉぉぉ!!」　さっきまで冷静だった貫不見が耳を押さえ、しゃがみこんで絶叫しています。

青く澄んだ空には鳥たちが飛びまわり、雲が静かに流れていました。

遠くから、水路のせせらぎが聞こえてきます。

「何も起きない」貫不見は聖書の残骸《ざんがい》の中に手を突いて座り込み、泣きじゃくっています。

わたしは呆然《ぼうぜん》と貫不見を眺めて立ち尽くしていました。

「おい。あんた、ちょっと酷《ひど》すぎないか？」村人の一人が言いました。「貫不見さんに謝ったらどうなんだ？」

そうか。貫不見を泣かせたのは、自分なのだ。

「すまない。そんなつもりでは……」わたしは貫不見の肩に手をおきました。

貫不見はわたしの手を振り払い、子供のように泣き続けています。

いや。待てよ、ひょっとすると……。

そうです。その時、わたしは確信しました。貫不見は策略家でも何でもなかったのです。ただ、純粋に子供のように神を信じていたのです。彼を打ち負かすのはただ単にお祈りをさせて奇跡が起きないことを確認すればよかったのです。

ということは……つまり、勝ったのか？　貫不見に勝ったのか？

村人たちが遠巻きにわたしたちを眺めていました。

そうだった。このままでは、自分が悪者になってしまう。とにかく、この場は貫不見を慰めなくては。でも、どんな慰めの言葉をかける？　神を失って悲嘆にくれている子供に何を言ってやればいい？

確かに、プレゼントを渡したのは、お父さんだけど、サンタクロースは君の心の中にちゃんといるよ。だから、悲しむことなんか何もないんだ。

こんなのでいいのかな？

貫不見は両手で顔を覆い、びくびくと肩を震わせていました。

啜《すす》り泣きが聞こえてきます。

いえ。啜り泣きではありませんでした。

徐々に大きくなってくるそれは笑い声だったのです。

貫不見は立ち上がると、大声でげらげらと笑い出しました。

「い――――ひひー！　神様はいないんだ！　俺は自由だぁー!!」そして、ぽんと蜻蛉《とんぼ》を切り、さらに笑い続けています。

「おい。どうしたっていうんだ？」

「笑っちまうよな。俺はずっと騙《だま》されてたんだぜ」貫不見は聖書をびりびりと破ります。

「神様なんかいないんだ。だって、おまえにばちが当たらなかったもんな。でも、神がいないとしたら、あれは何だったんだろうな？」

「何のことだ？」

「子供の時にばちが当たってた。それもしょっちゅうだ」

「さあ、君の保護者がやってたんじゃないかな？」

「そうなのか？　まあどうでもいいや」貫不見は聖書を踏み付けると、ポケットに手を突っ込み、さっさと歩き出しました。

「おい。どこに行くんだ？」

「知るけっ！　何をしたって地獄に落ちないんだから、俺の勝手じゃ、ボケ！」

「いったいあれはどういうことだったんだろ？」その夜、わたしは寝間の中で、良子に尋ねました。

「あなたの言ってること、信じられないわ。あの貫不見さんがそんなこと言うなんて」

「君は、学校で授業だったから、現場にいけなかったんだな。でも、全部本当のことなんだ。嘘だと思うんなら、明日村の人に聞いてみるといい」

「もし本当だとしたら、貫不見さんは相当なショックを受けたんじゃないかしら？」

「議論で僕に負けたことがかい？」

「そんなことはたいしたことじゃないでしょ。神への信仰があれば、議論に負けたとしても、気に病むことはなにもないもの。神はいつでも彼の行いをみていてくれるから。それにそもそもあなた議論に勝ってないじゃない」

「議論は僕の勝ちさ。ただ、あいつと村の人がそれを認めなかっただけだ」

「とにかく、貫不見さんがショックだったのは、神への冒瀆《ぼうとく》的な行為をしたあなたに神罰が下らなかったことだわ」

「本を破いたぐらいで、神罰が下ると考えている方がどうかしている」

「でも、貫不見さんは神罰が下ると信じていた。それが起きなかったのよ」

「起きなかったって、今までと別に何も変わらないだろ」

「神の存在は今まで貫不見さんの根本的な行動原理だったとしたら？　今まで何をするにしても必ず神の存在を考慮して自らを律してきたとしたら？」

「行動の基準がなくなったってことか？　だとしたら、どうして、あいつは笑ったんだ？」

「単純に嬉《うれ》しかったからじゃないかしら？」

「どうして、あいつの愛する神がいないとわかったんだぜ」

「今まで自分の意に沿わない行動をしてきたとしたら？」

「何のために？」

「神のためよ。貫不見さんは神が見ていて神罰を下すのが怖くて今まで自分がやりたいことが何もできなかったのよ」

「今まで、世の中に、神罰が下らずのさばっている悪人が多いことに気付かなかったんだろうか？」

「彼らは直接神に冒瀆を働いている訳じゃないでしょ」

「人を殺しても？」

「人を殺したぐらいで神は裁いたりしないわ。モーゼだって人を殺しているもの」

「しかし、自らへの不敬は許さない」

良子は頷《うなず》いた。

「でも、人殺しや泥棒は野放しなのかい？」

「彼らは死後地獄に行くのよ。でも、もし神がいないとしたら、彼らは……」

その時、音が聞こえました。今から思うと、銃声だったのでしょうが、その時は何の音なのかわかりませんでした。

「今、音聞こえたかい？」

「いいえ。どんな音？」

「何か、破裂するような音だよ。ほら、また」

「確かに、音がするようね。何かしら？」

「またした」

「今度は違う音ね」

「悲鳴じゃないかな？」

「まさか」

「ちょっと見てくる」

わたしは家から飛び出しました。

暗闇の中にぽつんぽつんと見える明かりが民家です。

さて、どっちから聞こえてきたのだろうかと考えていると、また音が聞こえました。今度ははっきりとした悲鳴でした。五十メートル程離れた場所にある家からです。わたしは走り出しました。

途中、影のようなものと擦れ違いましたが、わたしは気にせずに全力疾走し、その家に飛び込みました。

この村の家は基本的に鍵《かぎ》をかけません。村中が知り合いですから彼らにしてみれば、当然の感覚なのでしょう。

「何かありましたか?」

返事はありません。

妙な生臭い臭いが充満していました。

わたしは玄関から土足のまま廊下を歩き、片っ端から襖《ふすま》を開けて回りました。

一瞬、何なのかわかりませんでした。

あたり一面血の海です。

足元に三歳ぐらいの男の子の首が転がっていました。布団の上には、その子の体と両親の体がひらきになって置かれていました。

喉《のど》から股《また》までぐちゃぐちゃに切り裂かれ、中身を無造作に穿《ほ》り出したようでした。被害者の目は見開かれ、顔は恐怖に歪《ゆが》んでいました。つまり、生きている間に腹を裂かれたということでしょうか。

とにかく、これはえらいことだと思い、隣の家に駆け込みました。

そして、そこでも、惨劇の跡を発見しました。

その家の老夫婦は比較的やすらかな顔をしていましたから、まず殺害されてから、遺体を損壊したのかもしれません。夫は額に妻は喉に穴が開いていました。四肢は切断され、やはり内臓は露出していました。

わたしは這《は》いずる様にしてさらに隣の家に入りました。

玄関に男性が倒れていました。顔面がつぶれています。全身酷《ひど》い傷で、胸からは肋骨《ろっこつ》が飛び出していました。

その時になって、わたしはようやく良子の事に考えが及びました。

村の中に殺人鬼がいるような状況で、良子を一人家においておくのは賢明とは言えません。

わたしは良子の名前を絶叫しながら、自分の家に戻りました。

全身血塗《ちまみ》れの貫不見が寝室にいました。

良子もまた血塗れになり、貫不見の下にいました。

「何をしているんだ？」

貫不見はにやりと笑った。「見ての通りだよ。あんたの彼女を愛してやってるんだ。正確に言うと、彼女の亡骸《なきがら》だけどね」

「なぜそんなことを……」

「こうすると、腹腔《ふっこう》の中に手を突っ込んで、自分で圧力をコントロールできるから、とってもいいんだよ」

わたしは恐怖とも嫌悪ともつかぬ強烈な感情に支配され、立つことすらできず、その場に座り込んでしまいました。

「こんなこと……こんなことをして、ただで済むと思ってるのか？」

「ああ。だって、神はいないんだからな。何をしても俺は決して地獄に落ちたりはしない」

「地獄がなければ何をしてもいいのか？」

「愚問だよ、それは。地獄がないなら、自分の好きなことをするに決まってる」貫不見は立ちあがりました。

良子の残骸《ざんがい》がじゅるりと彼の下半身から床に落下しました。

貫不見は全裸のようでしたが、よく見ると全身に血と肉と皮膚を纏《まと》っていました。

「じゃあ、今までおまえは自分のために善を行ってきたのか？」

「ああ。いいことをすると、天国に行けると思ってたんだ。子供の頃、悪いことをするたびに『そんなことでは天国に行けないぞ』と脅しつけられていた。だから、俺は天国に行くために、悪への衝動を抑え続けてきた。だが、それは嘘だったんだ。神はいない。天国はない。だったら、なぜやりたい事を我慢しなければならないんだ？」貫不見は両手を挙げ天を仰ぎました。「俺は自由なんだ!!」

「馬鹿な。たとえ神がいなくたって、この世には警察がいる。おまえは逮捕されて死刑だ」

「もし神がいたなら、すべてを知っていただろう。だが、人間はそうじゃない。人間は簡単に騙《だま》される。かつての俺のように」

「騙す？　これだけのことをしておいて、どうやって言い逃れをするつもりなんだ？」

「これだけのこと？　何のことだ？」

「何人もの人間を殺した。罪もない人を……良子を」

「それで？」

「すぐに他の村人たちが気付く。おまえは逮捕される」

「他の村人って誰のことだ？」

「生き残った人たちのことだ」

「そんなやつ、どこにいる？」

「えっ？　まさか？　おまえ、村人全員を手に掛けたというのか？」

「簡単だったよ。この村では誰も鍵をかけない。そのうち一軒に忍び込んで、この猟銃を手に入れた」貫不見は血の海となった畳の上から銃を拾い上げました。「そして、この斧《おの》もだ。最初は寝込みを襲って殺してからばらしたんだが、そのうちまず全員を起こして一人ずつ殺した方が楽しいことに気付いてね。ほら、家族を殺されると、人ってとってもいい顔をするじゃないか。今のおまえみたいにね」

「たとえ村人全員を殺したって、いつかはばれる」

「ばれっこないさ」

「どうして、そういい切れる？」

「俺が証言するからさ。ある日、嫉妬《しっと》に狂った文筆家が猟銃と斧を持ち出して、恋人と村人を惨殺して、自殺しました、てね」貫不見は猟銃を持ち上げ、わたしに狙いを定めました。

「全部の罪をわたしに被《かぶ》せるつもりか？　そんな作り話で自分の無実を証明するつもりなのか？　何の証拠もない」

「ああ。証拠はない。だから、無実を証明することはできない。でも、証明する必要はないのさ。だって、ほら、ないことの証明は『悪魔の証明』だからね」

貫不見の目には暗い光が宿っていました。

「待て」わたしは彼の理論を崩す方法を必死に考えました。「おまえの知らないことがある」

確かに、貫不見の言うことには一理ありました。村人たちを全員殺してしまえば、証人はいなくなります。つまり、証拠がなくなるのです。警察がどれだけ貫不見を疑っても証拠がなくては、有罪にすることはできません。警察が彼の有罪を示す証拠を提出できなければ、彼は無罪になります。無罪であるために証拠は必要ないのです。もちろん証人以外の証拠が残っている可能性はあります。しかし、村は無人なのですから、彼には証拠隠滅のための充分な時間があります。そもそも「必ずどこかに証拠が残っている」と主張したとしても、彼がそれを信じてくれなければ、わたしは結局殺されてしまいます。だから、彼を説得するのなら、証人や証拠とは別の方向から攻めなくてはならなかったのです。

「なんだ？　面白い話なら、聞いてやってもいいぞ。でも、聞いた後で殺しちゃうんだけどな。ぶはははははっ」貫不見は自分の発言に受けて吹き出しました。「で？」

「神は実在する」

「せっかくチャンスをやったのに、それかよ」貫不見は引き金に指をかけました。「あばよ」

「理由があるんだ！」わたしは慌てて言いました。「わたしが神の存在を信じないふりをした理由が」

「言ってみろよ。もし本当にあるのなら」

「わたしは神の使いだ」

「おまえが天使？　証拠は」

「証拠など不要だ。いや却《かえ》って邪魔になる」

「どういうことだ？」

「わたしは試しのために使わされたからだ」

「試し？」

「試練だ。神が存在しないという証拠を突きつけられて、それでもなお信仰を貫くことができるかどうかの試練だ」

「それを俺に信じろというのか？」

「それが第二の試しだ。証拠なしでわたしの言葉を受け入れるかどうか」

「しかし、どっちみち俺は試験に落ちちまったんじゃないか？　神が存在しないと思って、こんなに殺しちまったんだから」

「そう。君は試練に躓《つまず》いてしまった」

「つまり、俺は天国には行けないと？」

「そういうことになる」

「じゃあ、おまえを殺しても、殺さなくても一緒だよな」

「待て！　これは最後のチャンスだ」

「どうせ地獄行きなんだろ」

「違う。今のままなら君は煉獄《れんごく》に行くことになる」

「煉獄？」

「死者の魂が罪を清めるために赴く場所だ。永遠に続く地獄とは違い、魂が清められれば天国に入ることができる」

「煉獄のことは知っている。ただ、聖書には明言されてなかったと思うが」

「はっきりとは書かれていないが、その存在を裏付ける記述はある」

「つまり、こうか？　おまえを殺せば俺は地獄行きだが、殺さなければ煉獄行きで許される。しかも、それを証明する証拠は見せられない」

「証拠なしで信じることが条件だ」

「物凄《ものすご》くおまえに都合のいい条件だな。それに、これだけ殺しても煉獄止まりというのがおかしい」

「君が罪を犯したのは神の使いであるわたしのせいだ。ある程度の酌量の余地はある」

「おまえを殺さなかった場合、俺は警察に逮捕されるのか？」

「それは神がお決めになることだ」

「村人たちの魂はどうなった？」

「すでに神に召され、天国に入った」

「おまえを殺したら、おまえの魂はどうなる?」銃口がわたしの胸元に突きつけられました。

「これはわたしの仮の肉体だ。わたしの本体が神の元に戻ることになる」

「俺が今死んだらどうなる?」

「第一の試練で煉獄行きは決定している。第二の試練に落ちれば地獄に行くことになる」

「今なら、煉獄行きということだな」

「ああ。そういうことになるが、どうするつもりだ?」

「おまえの言葉が嘘だと仮定しよう。おまえはただ自分が助かりたいために口からでまかせを言っているだけで、神は存在しないし、天国も地獄も煉獄もない。おまえを殺せば、俺は無実になるし、殺さなければ殺人罪で逮捕される。一方、おまえが正しければ、神は存在し、天国や地獄や煉獄もある。おまえを殺せば地獄に落ちることになるし、殺さなければ煉獄行きだ。この場合、正解はなんだろう?」

「さあ、銃をわたしに渡しなさい」

「正解はこうだ」貫不見はその場に寝転がり、自分の喉元《のどもと》に銃口を押し当て、足の指に引き金をかけました。「もしおまえの言葉が正しければ、俺は煉獄に行ける。地獄に行くよりはかなりましだ。そして、もしおまえが嘘を吐いているとしたら、俺は無になる。したがって、苦しみも存在しない。つまり、何の損もないわけだ」

貫不見の頭頂部から、血と骨片と脳髄の切れ端が飛び出しました。

「なるほど。村人殺害は貫不見の単独犯行であり、あなたは機転を利かせて危うく難を逃れた。そして、貫不見自身は自殺したという訳ですか」刑事は再確認した。

「はい。その通りです」自称文筆家ははっきりと答えた。

「佐藤良子の遺体の体内からあなたと貫不見の両方の体液が検出されたのも不思議ではないとおっしゃるのですね」

「まあ結果的にそうなってしまいました。わたしとしては、許しがたい現実ですが」

「あなたの主張の辻褄《つじつま》は合っている。とりあえず今のところは」

「何か気になることがあるようなおっしゃりようですね」

「ええ。引っ掛かることがあるんですよ」

「何ですか？」

「犯人が自殺したということです」

「それが何か？」

「一般的にキリスト教では自殺は罪とされています」

「彼は信仰を捨てた。だから、自殺ができたのでしょう」

「それはおかしいですね」刑事は反論した。「彼は神が存在した場合、自分は煉獄に行くと考えたんですよ」

「何かの勘違いか、彼独特の信仰なんでしょう。そもそも聖書に自殺を禁止するなどとは書いていません。すべて後世の後付けです」

「そうなんですか」刑事は溜《た》め息を吐いた。

「まだ何か？」

「いえ。どうも決定打に欠けるんですよ」

「何についてですか？」

「貫不見が犯人だということについてです」

「凶器や遺体では駄目なのですか？」

「凶器や遺体は犯罪が行われた証拠にはなりますが、貫不見が犯人だという決定的な証拠にはならないのですよ」

「わたしの証言があてにならないとでも？」

「そうでは、ありません。しかし、あなた一人の証言では有罪にするのは難しい」

「別に構わないでしょう。そもそも犯人は死亡しているので、裁判は行われない」

「その通りなのですが……」

「言いたいことがあるのなら、はっきりおっしゃってください」

「ずばり、お尋ねします。今までの証言がすべて作り話ではないという証拠は？　つまり、あなたが犯人でないという証拠はありますか？」

「ああ。証拠はありません。だから、無実を証明することはできません。でも、証明する必要はないのですよ。だって、ほら、ないことの証明は『悪魔の証明』ですからね」

自称文筆家の目には暗い光が宿っていた。

エピローグ

あなたはようやくの事で九つの臓物を飲み込んだ。
そして、臓物の紡ぎ出した九つの物語を享受した。
その刹那《せつな》、自分が何者であるかを理解した。
おまえはわたしに召還され、この場所を訪れたのだ。
はい。その通りでございます。
おまえは何者か？
一切れの臓物にございます。
腐り落ち、潰《つぶ》れゆく臓物にございます。
今こそ、おまえはおまえの物語を呟《つぶや》け。
おまえは一切れの臓物であるが故。
あなたにはもはや迷いはなかった。
我は選ばれし臓物。

我は腐り落ち、潰れゆく臓物。
ならば、この大展覧会にて、自らの本分を全うするのみ。
あなたは物語を呟く。
あなたは一切れの臓物であるが故。

初出&所収一覧

プロローグ　書き下ろし
透明女　書き下ろし
ホロ　所収『心霊理論　異形コレクション』光文社文庫（二〇〇七年八月）
少女、あるいは自動人形　所収『クリスピー物語』ネスレ文庫（二〇〇六年四月）
攫われて　所収『ミステリーアンソロジーII　殺人鬼の放課後』角川スニーカー文庫（二〇〇二年二月）
釣り人　初出「YOU&I　SANYO」一九九九年九月号〜十一月号
SRP　所収『稲生モノノケ大全　陽之巻』毎日新聞社（二〇〇五年五月）
十番星　所収『十の恐怖』角川ホラー文庫（二〇〇二年一月）
造られしもの　初出「小説すばる」二〇〇三年三月号
悪魔の不在証明　書き下ろし
エピローグ　書き下ろし

臓物大展覧会《ぞうもつだいてんらんかい》
小林泰三《こばやしやすみ》

角川ホラー文庫 15635

平成21年3月25日 初版発行
令和7年6月10日 11版発行

発行者——山下直久
発　行——株式会社KADOKAWA
〒102-8177 東京都千代田区富士見2-13-3
電話 0570-002-301(ナビダイヤル)
印刷所——株式会社KADOKAWA
製本所——株式会社KADOKAWA
装幀者——田島照久

●お問い合わせ
https://www.kadokawa.co.jp/ (「お問い合わせ」へお進みください)
※内容によっては、お答えできない場合があります。
※サポートは日本国内のみとさせていただきます。
※Japanese text only

ISBN978-4-04-347010-5 C0193

角川文庫発刊に際して

角川源義

第二次世界大戦の敗北は、軍事力の敗北であった以上に、私たちの若い文化力の敗退であった。私たちの文化が戦争に対して如何に無力であり、単なるあだ花に過ぎなかったかを、私たちは身を以て体験し痛感した。西洋近代文化の摂取にとって、明治以後八十年の歳月は決して短かすぎたとは言えない。にもかかわらず、近代文化の伝統を確立し、自由な批判と柔軟な良識に富む文化層として自らを形成することに私たちは失敗して来た。そしてこれは、各層への文化の普及滲透を任務とする出版人の責任でもあった。

一九四五年以来、私たちは再び振出しに戻り、第一歩から踏み出すことを余儀なくされた。これは大きな不幸ではあるが、反面、これまでの混沌・未熟・歪曲の中にあった我が国の文化に秩序と確たる基礎を齎らすためには絶好の機会でもある。角川書店は、このような祖国の文化的危機にあたり、微力をも顧みず再建の礎石たるべき抱負と決意とをもって出発したが、ここに創立以来の念願を果すべく角川文庫を発刊する。これまで刊行されたあらゆる全集叢書文庫類の長所と短所とを検討し、古今東西の不朽の典籍を、良心的編集のもとに、廉価に、そして書架にふさわしい美本として、多くのひとびとに提供しようとする。しかし私たちは徒らに百科全書的な知識のジレッタントを作ることを目的とせず、あくまで祖国の文化に秩序と再建への道を示し、この文庫を角川書店の栄ある事業として、今後永久に継続発展せしめ、学芸と教養との殿堂として大成せんことを期したい。多くの読書子の愛情ある忠言と支持とによって、この希望と抱負とを完遂せしめられんことを願う。

一九四九年五月三日

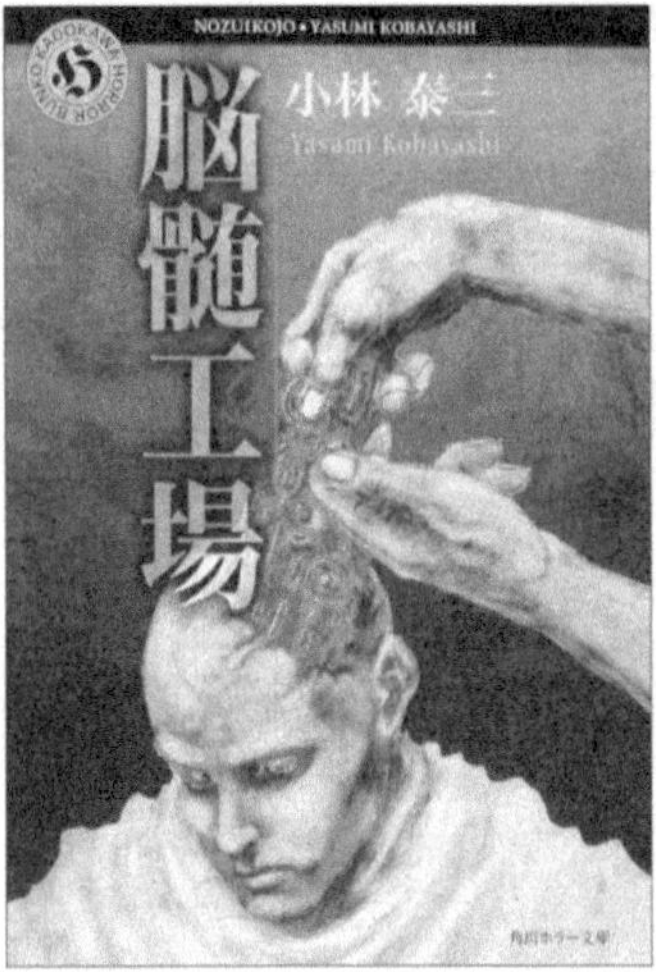

脳髄工場

小林泰三

矯正されるのは頭脳か、感情か。

犯罪抑止のために開発された「人工脳髄」。健全な脳内環境を整えられることが証明され、いつしかそれは一般市民にも普及していった。両親、友達、周囲が「人工脳髄」を装着していく中で自由意志にこだわり、装着を拒んできた少年に待ち受ける運命とは？
人間に潜む深層を鋭く抉った表題作ほか、日常から宇宙までを舞台に、ホラー短編の名手が紡ぐ怪異《グロ》と論理《ロジック》の競演！

角川ホラー文庫

ISBN 978-4-04-347007-5

忌憶

小林泰三

狂気の世界へと誘う禁忌の三重奏

何をやってもうまくいかず、悲惨な生活を送る直人は、幼い頃よく見た夢の中を彷徨《さまよ》う。直人の恋人・博美は、腹話術に妄執する男の姿に幻惑される。直人の親友・二吉は、記憶障害となり人生の断片をノートに綴る…。彼らの忌まわしき体験は、どこまでが現実で、どこまでが幻想なのか。
著者初の連作ホラー。

角川ホラー文庫

ISBN 978-4-04-347008-2